斯妤文集

竖琴的影子

斯妤 著

人民文学出版社

斯妤,女,当代作家,中国作家协会全委会委员,中国散文学会常务理事。

1980年开始写作,已出版散文集、小说集二十多部。代表作有散文集《两种生活》、《斯妤散文精选》,小说集《出售哈欠的女人》等。

曾获"鲁迅文学奖"、"庄重文文学奖"、"紫金山文学奖",两度获"当代女性文学创作奖"。其散文既先锋又典雅,既绮丽又深情;小说则奇崛诡异,灵动饱满,熔沉重与幽默、悲剧与荒诞、现实与幻想为一炉。作品受到青年读者和知识女性欢迎,并被译成英文、法文、德文介绍到国外。现居北京专业写作。

不让自己仅仅是"自己"

(代序)

林丹娅

二十多年前,少女斯妤站在她家乡闽南海边番薯地的青青藤蔓里,拄着锄头想起她刚读过的一篇小说,忽发预感:"我相信自己此生将是一个作家。"

当一个人在说自己经历不多而能感到很多的时候,当一个从来不喜怒形于色的人说"有一种眼泪是从心里流出来"的时候,当一个一贯周正平和的人说出"先锋是一种精神"的时候,当一个历来就讷于言语的人说出"语言是我钟爱所在"的时候,我们不得不相信,有一种作家的潜能,正从她的身体内部苏醒。平顺的生活秩序,庸常的生命节律因为她的出现而打破了惯常的表现形态与运行轨迹。斯妤,就是这样一种现象的命名。它首先表征了被它命名的生命所具有的诗性气质,接着标示了她以文学抵达诗性生活的一种言语方式。一九八〇年,斯妤开始文学写作,而散文作为一种文学样式,曾经是她的最爱。"我近乎执拗地在散文这个小小的空间里着力耕耘,发愿要在它的内涵、形式、风格上有所拓展。"这真是斯妤化了的文学言志,全然突破了她一贯温良恭谦的态度,于是从第一本散文集《女儿梦》开始,到迄今为止出版的《两种生活》《感觉与经历》《文字内外》等散文集中,我们可以清晰地看到她对上述理念持恒不懈的追求:上世纪八十年代初期对"三家模式"的反叛,力图在散文中表现以真为宗旨,以善为极致的审美情趣;一九八五年后转为对人生荒诞与人性荒谬的审丑思考;而九十年代前后萌发的女性意识的自觉,不仅使她的散文内涵增添了文化历史的质感,而且也增添了思想的厚重感与浓郁的思辨色彩。斯妤对散文文体写作的偏好,对拓展其形式与内蕴的执着,成全了她在散文方面的建树,使她以散文名家蜚声文坛。文评家吴义勤曾指出斯妤的那些带有终极意味的形而上追问的散文,改写了散文"轻文体"的形象,提升了当代散文的品格。这个评价应该说是恰如其分的。如此看来,斯妤的出现,即便就是为了散文写作,那么至此也算是功成名就了。然而,斯妤的作家使命似乎还不止于此,散文文体的写作似乎并未全面开发出作家斯妤的潜能。散文也许可以直接宣泄她的情感,也能充分体现她的智性,它给我们带来平实的生活气息,也不乏思想深度的冲击与震撼,但它并没有完成把她带入真正的文学创造中去的使命,因为文学绝不止于真实的表述或记录。文学与所有真正的艺术一样,它更能体现世界上所有事物本质之间的联系,以及这种本质联系与作家想像力之间的奇特关系。

或许是出于作家特性的感召,或许是出于内心表达的需要,一九九三年,斯妤暂时结束了如日中天般的散文写作而转向小说领域。如果说写散文的斯妤,还在人们的料想之中,那么斯妤写的小说,可就大大出乎人们的意料了。一向温柔敦厚,并以散文写真名世的斯妤,作起小说来却一反常规,出手凌厉,风格怪诞,立意高远,内涵繁复,意味深长。一种洞明世事的清澈与鞭辟入里的尖刻,把个众生相,尤其是女生相的本质,通过充满想像力的架构入木三分地铺陈给我们看,令人触目惊心。如《狂言》中的"我"在失态后的狂出真理:"我不是透彻之后才善良(更彻底的善良),而是善良导致了不透彻。所以我说我更像个瞎子而不像是圣徒。"斯妤把人性方面一个十分微妙的症候揭了开来:善良有时就是怯弱的美化与托词,所以看起来对人满怀善意的人,走到后来却只有对人的恐惧。《浴室》把这种人性的荒诞表现得更为具像化了:一个常常受制于人,不敢说"不"的怯弱女人,通过一次幻想式的境遇改变了她一直想改变的现状。饶有意味的是,用幻想替代现实恰恰是女人逃逸现实的通病,幻想的力量后面是真实的无能。因此,当女人也用这个方法去改变她的色狼上司——女性生存恶劣境遇的象征时,他反而得以如愿以偿地占有了女人的身体。此时,身体被锐痛刺激的女人才真正如梦初醒。如果想了解女性主义"身体写作"的真正涵义,这个文本倒真是一个十分形象的诠释:也许头脑还在接受并制造幻觉,只有身体感受才会真正道破真相。斯妤的叙事揭示了女性在性别关系中不仅弱势而且劣势的生存形态、心理形态与反抗形态。对现实的逃逸,结果是被现实罩牢。女性幻想式的反抗反而成全了男性的梦想而成为男性的现实、女性的梦魇。斯妤在小说中充分施展了她对事物本质的认识,故事被她以荒诞的形态所呈现,人生与人性的荒谬尽在其中流露无遗。《出售哈欠的女人》、《竖琴的影子》就是她此类小说的代表作,当这些小说惊艳文坛时,一个文学的斯妤真正诞生其中:在笨拙的言谈举止后面,是思想的灵动与锋芒毕露;在循规蹈矩后面,是诡异狡黠的横空出世;在躯体的懒散惰性后面,是汹涌澎湃不能止息的内心生活;在粗糙的日常事务后面,是精细入微的观察与思考;表面的随和、懦弱后面,是敏感、尖锐、执着、特立独行。当斯妤写出这些小说时,我们才能真正理解罗兰·巴特把作家区分为两类是什么意思:一类作家写重要事物,一类作家不写重要事物而只写人。他觉得后者才是真正的作家。而对于斯妤来说,她起码以此实践了她的口出狂言:"不让自己仅仅是自己"这样一个貌似简单实则极具伟大的目标。

目　录

不让自己仅仅是"自己"（代序）……………………林丹娅　001

竖琴拨动 …………………………………………………… 001

对面 ………………………………………………………… 009

变奏 ………………………………………………………… 157

琴声如诉 …………………………………………………… 273

跋 …………………………………………………………… 280

在写过十多年散文之后,我已经非常厌倦看自己了,所以,本书除了所引作品源自我真实的创作外,其余情节均为虚构。谨此声明。

——作 者

竖琴拨动

我承认我是一个爱想入非非的女人。我最喜爱的生活是无所事事,端坐家中,整天盯着墙上的斑点或者沙发底下的某处污垢胡思乱想。我也喜欢发呆。我的父亲就有不管何时何地想发呆就发呆的习惯。他因为这种不分场合的走神发愣将他的官职一级一级地丢了个尽,到最后他这个老资格的闽中地下党什么也不剩了,只有一副深度近视眼镜和一个不声不响的妻子陪着他。我们当然也还是他的儿女,可是我们三个姐妹各奔东西,各有所属,我们对父亲来说,已经是远处模糊的风景了。以他那对世事漠不关心、视而不见的禀性来说,我们三姐妹也就是聊胜于无而已。我们甚至抵不上他的一根爱走神的神经。

但是我对我的父亲有说不尽的感激。因为是他给了我这种好冥想、爱发呆的品性。这种源自血液的古怪品性使我得以远离喧嚣,躲开撕咬。我如今已经到了我父亲丢掉他的第三个官职的年龄。我发现我越来越像他。我当然没有什么官阶可以丢失的,可是我把温情、友谊、事业、名声、钱袋、头饰等等都当成了父亲的官阶,我是那么乐意(甚至带着一点幸灾乐祸地)看着这一切在我的日复一日的愣怔中瓦解,散落,丢失——渐渐化为乌有。

可是,有一天,当我像往常一样靠在躺椅上,漫无目的地巡视我这多少有些凌乱的家时,沙发底下突然冒出了一只以前不曾见过的旅行包。这只旅行包样式相当古怪,是一种近乎菱形的非菱形,近乎星状的非星状。它的颜色更是匪夷所思:像黑色又不是黑色,像蓝色又不是蓝色,有时候呈黛绿,有时候又呈绛红,有时候它暗淡无光,有时候它又像萤火虫一样贼光闪闪,如泣如诉。

不难想象,我的注意力一下子被它抓住了。我从没见过这样诡谲复杂、暧昧不清的东西。它来自何方?它身上这种鬼祟含混的气息是人间的还是天上的?它躲在肮脏混乱的沙发底下有多久了?它到这里的目的是什么?为什么我以前从未见过它?

它——它到底是什么时候冒出来的呢?

有一种声音像铜锣又像裂帛突然在我心里"哐当"一响。我浑身颤栗。"哐当"。"哐哐当"。嘿,我就这样突如其来、不可思议地瞥见了意义——看见了本相。

我呆立片刻,终于动手将这只古怪的旅行包从沙发下的幽深处扯出来。我发现它出奇地沉重。一只小小的旅行包居然像巨石一样沉重,真是不可思议。

我终于将它拽出来了。可是见鬼的是,我为此居然花去了整整两个小时。当它终于驯服地躺在我脚下的时候,我已是满头大汗,蓬头垢面了。

它那小小的表层原来蓄积了那么多的灰尘!

我知道自己此刻脸上一定是灰一道,白一道,不三不四,滑稽可笑。可是我顾不上它们了,我只想尽快打开这神秘的旅行包。

我弯下腰,急切地拉它的拉链,可是,它的拉链竟然也如顽石一样,坚硬如铁,不屈不挠。

我使出了吃奶的力气。可它似乎打定主意不让我得逞。它是那么咬紧牙关,滞重崎岖。好几次,我几乎都灰心丧气了,我对自己说:算了吧,它不愿你打开它。

我终于还是没能放弃。我咬着牙坚持着,一点一点、一寸一寸地往前挪,往前挪……直到它终于"哗"的一声,豁然敞开。

天哪,我看见了什么!

人头攒动,鬼影幢幢,你来我往,哼哼哈哈——这只小小的旅行包里,原来装着我心里的全部故事,全部人物!

以及全部疑惑?

看见我,这些新交故旧也都一激灵,好像顿时获得了生命。他们开始自报家门、哼哈有声地——跳出旅行包。

第一个出来的是精瘦生硬的苏慰人。她的嘴一张开,我就想起她的著名台词了,那曾经令我目瞪口呆的台词是:

女人渴望被强奸,女人天生就是婊子!

她果然尖锐地、一如既往地蹦出这句话。这使我再次愕然。

接下来出场的依次是:

叶易初、关厚文、伍必扬、达春光……

他们也都各有台词。

叶易初依旧是道貌岸然振振有辞,她的台词近乎指天发誓:

这是爱,不是其他,这是爱!

关厚文则一副正襟危坐、义正辞严的派头:

你是首当其冲,躲闪不得啊,你必须骇世惊俗,骇世惊俗!

伍必扬那狭小深长的眼睛也从旅行袋里钻了出来,他的做派你曾经那么熟悉那么厌恶,现在他再次口吐狂言了:

我说你白你就是白的,我说你黑,你就是黑煤球,黑木炭,黑非洲!

达春光的声音依旧铿锵昂扬,掷地有声:

我将遗弃那个女人,而不是自己的国家——我爱艺术胜过一切!……

现在,尘埃落定了,每个角色都自报完毕。他们,他们这些奇妙的客人似乎很善于四海为家,落地生根,只见他们朝我眨眨眼,算作招呼,就大摇大摆、各司其职地在我凌乱而空旷的房间里游荡起来。

不用说,我惊喜交集。他们,这些有的制造了我有的被我所制造的人,他们竟然以这种方式在我面前闪现。他们是不满意我始终将他们撇在一边,急于登台表演,还是以此来打击我的疏懒怔忡、无所用心?

他们难道是试图拯救我?而且,事情蹊跷,当他们不仅在我房间走动游荡,而且开始在我心里抓挠掐捏,让我隐隐作痛时,连我都逐渐糊涂起来了。我越来越不明白他们是纪实还是虚构?是杜撰还是写真?

是现实还是梦幻?

唯一能够认定的是,他们似乎聚集了我们生存的诸种要素,诸多片段,他们共同制造了我们的生活。而他们对我的这次突然造访,他们在我房间肆无忌惮的游荡走动,使我这个越来越远离尘嚣、无所事事的人再次凝眸注视,于片刻间回味了我们人类的某种生活。

对　面

碰上苏慰人的时候,丛容十七岁。十七岁的丛容豆蔻年华,清纯无知,满脑子的冬妮亚和保尔·柯察金。苏慰人则是五十出头,一脸风霜,沧桑无限了。苏慰人拉了拉丛容的手(那双手虽然长了老茧有些粗糙,可还是不合时宜地显得修长秀气),在那上面使劲拍了两下,冷森森地说:

"又一个美人坯——和你那个颠颠倒倒的妈一样。"

丛容知道面前这位公社常委、妇联主任是母亲"三代表"的表姐妹,丛容谨遵母教,正要恭恭敬敬开口叫一声表姨,却见苏慰人神色一变,接过旁边一位妇联常委关于强奸案的话题,厉声说:

"女人渴望被强奸,女人天生就是婊子!"

说完,苏慰人别过脸,对身旁另一位"妇女姐妹"笑笑,又补上一句:

"特别是那些漂亮女人——哼,自以为漂亮。"

丛容不觉愕然。

更让她吃惊的是,这是公社妇代会的预备会,落座这里的,不是公社妇联常委,就是大队妇女主任。

而苏慰人身为公社妇联主任,却在这种场合说这种话。

丛容的反感油然而生。

要知道,刚才她们议论的正是她的同学缪丽的遭遇。缪丽和她的孪生哥哥一起分在另一个大队,前几天,所有的知青点都在传说缪丽的故事。有人说缪丽被他们大队的支部书记强奸了,有人说,不,是强奸未遂,幸亏她的孪生哥哥突然有预感,及时赶到,缪丽才免于不幸。

丛容深深地替缪丽难过。她一再地想,缪丽是多么清高的人,她怎么受得了这个。

而这个苏主任苏慰人却在一旁幸灾乐祸,大放厥词,丛容被激得忍无可忍,终于偷偷地(当然也是狠狠地)瞪了她一眼。

当然丛容的反应仅限于此,她不敢也不可能再有其他动作。不仅因为这是在会场上,而且因为,苏慰人有权有势,又红又紫,而她,只是一个被随意打发到这个公社来的无依无傍的插队知青。

这里根本没有她说话的地方。

她被叫来参加这个会议,只是因为一个叫李庆霖的知青家长给领袖写了一封信,而领袖恰巧也回了信,顿时全国上下都时兴让知青参加各种会议,让知青成为各种班子的点缀。她虽然被招来坐在公社妇联常委会的圆桌前,可她实际上什么都不是,天大的反感也只能憋在心里,沤在肚里。

当然苏慰人对她的眼神没有丝毫觉察。丛容虽然是初次见她,但早已从母亲和其他亲戚嘴里了解她了。她知道苏慰人从来都是高高在上,目中无人的,在公社那座不大不小的院子里,人们递给她的从来都是奉承和讨好,最不济的也是一脸笑容。这不仅因为苏慰人是县里仅存的几个土改时期的老干部之一,也不仅因为她的前夫曾在地委身居要职,还因为她从来都是一个敢作敢为的女人,她的嘴巴像刀子一样,锋利无情,刀落血溅。

公社里,无论是和她一拨的,还是不和她一拨的,谁都宁可让她三分。

丛容当时尚未领教苏慰人的厉害,所以还能不知深浅地瞪她一眼。她尤其反感她身为女人,身为妇联主任,却责骂女人渴望被强奸。

难道她不是女人?难道她要说自己是……是……是婊子?

没能回避掉"婊子"这个词,丛容被自己噎得满脸通红。

"难为情了?又不是你被强奸,脸红什么?"

苏慰人突然丢开正在听她高谈阔论的几个大队妇联主任,转身向她,一脸怒容。

丛容再次大吃一惊。

要知道,虽然苏家从来都是高高在上,一副谁都瞧不上的派头,可是自从丛容被分到这个公社来以后,丛容的母亲就忍气吞声,不时带着礼物去苏家拜访。据母亲说,苏慰人的态度一次比一次好起来,有一次她甚至主动表示,丛容她会关照的,毕竟是自己人嘛,又正好在她工作了那么多年的地方。

丛容记得那天母亲回家后格外兴奋(那天母亲实在凑不出什么像样的礼物了,只好忍痛把外祖母留给她的翡翠戒指拿了去),她谈了苏慰人好半天,还绘声绘色地告诉女儿,苏慰人说这话时,她那单薄的身体,尖厉的嗓音,还有那又瘦削又皱巴的脸,都一改平常的锐利尖刻之气,变得温和而平实。

可怜的爱好文学的母亲!

有母亲的这些描述在前,丛容自然被苏慰人的一脸怒容弄得目瞪口呆。她心里不由打起鼓来。

她可以断定刚才她那"犯上作乱"的一瞥并没有被苏慰人发现,而尽管苏慰人身边可能有的是打小报告的人,此时此刻也肯定尚未行动。

那么,是什么原因使苏慰人如此愤怒呢?

而苏慰人一愤怒,生性怯弱的丛容立刻失去了平静。因为从小到大,她的全部愿望就是上大学,而在目前这种情况下(高考取消,全凭出身和表现,层层推荐,政审严格),她的母亲已经不止一次地警告她,要想上大学,就不要得罪苏慰人。因为他们家社会关系复杂,若想顺利通过政审,成为唯一有资格接受高等教育的工农兵学员,就得有身在政界的苏慰人鼎力襄助。

而现在,苏慰人突然满脸怒容,丛容心里真是害怕极了。

对她来说,这不仅意味着大学梦要落空,而且意味着母亲又要开始焦虑不安,引发旧疾了。

而母亲的神经衰弱症(她从来不承认母亲患的是精神分裂),可是好不容易才有所好转,并且逐渐稳定下来的。

她越想越紧张,越想越害怕。如果说这世界上她最害怕的是什么,那就是目睹母亲神志不清,思维混乱了。

她从五岁开始就不断面对一个散乱的母亲,怔忡的母亲,她太知道家中唯一的亲人出现精神混乱是多么可怕的事了。

可是,她该怎么挽回,她该怎么弥补呢?

她连问题的症结是什么都不知道!

想到这里,丛容真觉得天昏地暗。她抬起头,求援似的环视四周,可是她看到的不是不怀好意,就是意味深长,最好的也就是一脸漠然,事不关己,高高挂起了。

丛容觉得她只有祈祷了。她此刻是那么想冒大不韪,学母亲那样在危难时刻跪下来向主求救。

求主帮助她!

求主让苏慰人对她没有成见!让苏慰人的怒火变成无名火!

让苏慰人一会儿就云开雾散,多云转晴!

好像回答她心里的呼号似的,苏慰人突然中断了正在进行的会议,指着对面的她,厉声说:

"丛容,你站起来!你说说,你们这些知青都是什么货色?"

丛容惊呆了,她愕然茫然,不知所措。

"我叫你站起来你听见没有?好啊,你就这样目中无人,蔑视领导!哼,告诉你,我早知道你们这些知青都是什么货色了!——大家说说,他们都是些什么东西啊?"

随着苏慰人的目光往四周一扫,附和声顿时如蝇嗡嗡:

"哼,忘恩负义,野心勃勃!"

"跑来吃我们的饭,抢我们的工分,还往我们贫下中农身上泼污水!"

"回家去,回去,不要抢我们的饭!"

……

丛容呆立在那里。面对这突如其来的一切,她吓得快要哭了。

竖琴的影子

"我老实告诉你吧,不要得意得太早！不要得意得太早！"苏慰人尖厉的声音像警笛一样锐不可当,寒光闪闪。

丛容不知道这个可怕的场面是怎么结束的。她只知道苏慰人的嗓音那么坚硬锐利,充满仇恨。那个声音已经穿透耳膜,穿透胸腔,像蛇一样钻进她的心里了。很长很长的一段时间里,丛容只要闭上眼睛,那个声嘶力竭的声音就会扭动腰身,寒气逼人、锐不可当地从她的心底钻出来。

而她,就会连心带肺,从脚指头到头发梢地浑身一阵痉挛。

也就是在这个时候,丛容头一次恨起上大学这件母亲和她蓄谋已久的事来。

让大学见鬼去吧！

是的,让大学——见——鬼——去！

丛容意识到她必须立刻回家,必须抢在苏慰人给母亲一顿猛烈打击之前回家。她必须让母亲和她一样,把上大学这个盘旋在她们母女脑中有一个世纪之久的鬼念头清除出去。完完全全清除出去。

只有不希求,才能不受打击！

也是这时,丛容头一次意识到自己的力量——在外面这个世界她软弱无力,岌岌可危,可是转身向里,她是有力量的,她也必须有力量。

因为她必须保护母亲。自从五岁那年,她目睹母亲的混乱与虚弱,她幼小的心灵里就有了一种奇怪的念头,这就是:她是母亲,她要像保护怀里的洋娃娃那样,保护那个坐在门槛上幽幽抽泣的母亲。

满脸泪痕的母亲。小女孩样的母亲。

丛容一进家门,就知道自己迟到了一步,母亲已经听到风声了。因为,她看见母亲又坐在门槛上了。母亲脸上是那副她多么熟悉又多么害怕的惶惶然的神情!

"妈妈,是我,我回来了!"丛容故作欢欣。

母亲倚着门框,似闻非闻,不置可否。

"妈,吃饭了吗?我可饿极了,给我做顿好吃的吧。"

母亲仍然无动于衷。她甚至连看都不看丛容一眼。

喔,妈妈,亲爱的妈妈,别这样,求你了,别这样。

丛容跪下来,像小时候那样,把脸埋在母亲怀里。

半晌,她听见母亲似是而非地叹了口气。

"妈,你又担心了?没事的,真的没事的。

"妈妈,昨天县委刘书记到我们村了,还特意到我们知青点看了看。刘书记人蛮好,他还把我单独留下,谈了半天呢。

"我就是因为这个才耽搁了。我本来昨天就要回来的,公社通知我,让我在村里等刘书记,我只好晚一天走了。"

说完这个,丛容抬起头,看母亲的反应。可是她失望得很,母亲仍旧无动于衷。

"妈妈,你没在听吗?我跟你说了那么多的事,可是你,咳!"丛容只好故伎重演,猛地站起来,用气呼呼的神色来刺激母亲。

这一招多数情况下总是有效的,丛容多么担心有朝一日它会失效。

谢天谢地,幸亏母亲尚肯配合。

"容儿?哦,容儿!呃,呃,我还以为你……"母亲猛地站起来,瞪大了眼睛打量丛容,好像她是此刻才从地底下冒出来的。

"妈妈!"丛容嗔怪道。

"回来就好,回来就好……"

"妈,你听到什么了?你又瞎担心了?"

"没,没有……哦,你那个同学,缪……缪丽,她真可怜,真可怜。"

原来是因为这个!丛容顿时松了一口气。

丛容于是扶母亲坐到餐桌旁,一边卷起袖子做晚饭,一边给母亲讲缪丽的事。

每逢这种时候,丛容就发现自己原来有三寸不烂之舌:面对一个容易受惊的母亲,十七岁的丛容必须把惊涛骇浪梳理成微波粼粼,把电闪雷鸣分解成和风徐徐,而这,显然既需要临危不乱的气度,又需要滔滔雄辩的口才。

丛容成功了(当然,她总是成功的,她不能不成功。她从懂事起就常常客串这个角色了,她的口齿已经训练得相当专业,换句话说,她的瞎话已经可以说得很圆了)。

母亲知道那个白皙缜密得像个瓷娃娃的可爱的缪丽只是虚惊一场,心里顿时松快起来。丛容又乘机将刘书记找她谈话的事对母亲渲染了一番。为了彻底使母亲免受苏慰人威胁,丛容甚至故作欢欣地告诉母亲,刘书记十分看重她,可能要将她"提干",比如让她去当广播员,或者到县打字室打字(其实这是她自己的愿望)。丛容的想法是,万一母亲知道苏慰人态度骤变,有刘书记的"好意"垫底,母亲也不至于太受刺激。

丛容知道母亲虽然未必看重什么表扬、提干之类的(她总是一心盼望丛容能够上大学,万般皆下品,唯有读书高的思想在她心里是那么根深蒂固),但是知道县里的书记都如此看重女儿,对她那因出身不好、婚姻破裂而日益脆弱的神经、日益慌乱的心境总是有益的。

丛容不知道母亲一高兴,又在心里念叨起她那可敬的表亲来了。母亲认为丛容有今天(作为知青代表参加各种会议,连县委书记都找她谈话)全是因为苏慰人关照的缘故。母亲的信条是:滴水之恩,涌泉相报,吃水不忘挖井人。所以,母亲决定周末苏慰人回城里时,她要再去看她,好好答谢那位"三代表"的表姐妹。

丛容对母亲的这份心思一无所知。她看见母亲不再惶惶然,漠漠然,而是开始有了笑意是多么高兴。她甚至趁热打铁,作出一副势利的口气,告诉母亲以后不用再到苏家走动了,县委刘书记对她那么好,上大学的事,刘书记一定会帮她的,刘书记说话可比苏慰人管用多了。

再说,她现在可不想上什么大学了——她强调说,她真的不想上大学了,她觉得她更喜欢干点别的,在实践中学习。比如教师啦,广播员啦,通讯员啦,甚至打打字什么的,也比去当什么工农兵学员强。

她不敢直接对母亲说,她已经莫名其妙地得罪了苏慰人,上大学的事,十有八九是没指望了。她怕母亲急火攻心,引发旧疾,只好这么拐弯抹角,声东击西。

忙着拐弯抹角也忙着切菜的丛容没看见母亲在背后白了她一眼,一副大谬不然的神情。

第二天,丛容乘船匆匆返回郊区。

刚刚上岸,她心里就一阵烦乱。在家时那份自信,那份刚强,那份胸有成竹消失了,她变成了慌慌然、惶惶然的"母亲"。不明就里,不知所以,疑神疑鬼,惊惧惶恐。她成了典型的母亲。小女孩样的母亲。满脸泪痕的母亲。她不知道这种角色转换是怎么发生的,但她知道确确实实发生了。

迎面而来的人,擦肩而过的人,只要和公社沾一点边,只要貌似和苏慰人认识,都会在丛容心里引发一阵烦乱。那种感觉就像那天苏慰人当众呵斥她,而她不明就里,惶恐不已一样。她可怕地在每个迎面而来的熟人眼里看到了猜疑,谴责,不屑,鄙夷。她发现一夜之间一切好像都翻了个个儿:几天前,她还是个清纯无辜,品"劳"兼优的知识青年。几天后,她就成了一个贼,一个匪,一个过街老鼠,人人喊打。她不知道这一切是怎么发生的,但是她知道这一切确确实实发生了。并非自己神经过敏,不是的,她从那些迎面而来的或鄙夷,或猜忌,或不屑,或忙着拉开距离的各式脸谱上看出了真相。是的,真相。可怕的真相。牺牲无辜的真相。她知道自己十分敏感,可是谢天谢地,这份敏感除了敏锐地捕捉一切,感觉一切之外尚无过失。她从来不曾把没有的看作有的,把细微的看作巨大的。她只是不曾遗漏而已。唉,她多么希望自己善于遗漏,善于丢失啊。至少,让她这个敏感的人有一副坚强的神经,有一颗皮实的心吧。让她这个容易受惊的人不再惶恐不已,惊惧不安吧。

到达知青点时,她的感觉得到了证实。

好友吴茵然在天井碰到她,顾不上寒暄,吴茵然立刻急乎乎地把她拉进宿舍。掩上门,吴茵然压低了嗓门说:

"哎呀呀,你吃了豹子胆了,居然跟公社苏主任抢常委当!公社、大队都炸了锅了,人人都骂你野心勃勃,忘恩负义!"

"什么常委?抢什么常委?"丛容莫名其妙。

"都在传你要当公社常委了。说是上个月县里就传出这个意思了。还说刘书记找你谈话,就为了考核你。还说,还说你趁机奏了苏主任一本,把苏主任的常委奏得彻底没戏了。你疯了,真想当那个鬼常委?"

"你说什么呀?你不知道我一心一意要上大学?"

"我也这么想。咱俩是说好了一定要上清华,至少是厦大、复旦的……可是,可是他们怎么都这么传呢?哎呀,可难听了。"

"原来是这样……"

丛容想起那天莫名其妙地被苏慰人当众训斥,突然一阵揪心,悲从中来。不管吴茵然如何宽慰劝解,丛容还是忍不住放声大哭。她觉得一切都古怪极了,可怕极了。你一心一意想上大学,为此你的母亲还忍气吞声,点头哈腰,可是你却被莫名其妙地拽进什么争夺常委的纠葛里。你谨小慎微,如履薄冰,努力劳动,努力改造,可是一夜之间你却成了阴谋家,野心家,忘恩负义之徒。天哪,出什么错了?为什么会是这样?

那些应该有的正直、善良、实事求是、明辨是非的力量哪里去了?那些不为流言所裹挟,不被假象所迷惑的良知哪里去了?

饮泣半天,丛容才慢慢安静下来。她使劲回忆那天和刘书记的谈话,除了回答刘书记关于家庭成员,关于兴趣爱好,关于对贫下中农,对留在农村工作(丛容可笑地将此理解为广播员、打字员之类的)的认识外,并无一点涉及苏慰人或者任何别人的地方呀，怎么成了这个样子？还有，刘书记也并没有谈到什么常委不常委的呀。如果刘书记那天谈到此事，丛容一定会将自己多年的心愿和盘托出，她一定会告诉刘书记，她是多么想上大学，她从小的目标就是清华物理系，这是她那远去的父亲，还有老家那些叔叔、姑姑们最向往的地方……万一，对了，万一上不了学，那她也要告诉刘书记，她最想望的工作是广播员，她愿意到县广播站去当一个声音婉转、吐字清晰的播音员……

"听说苏主任气极了，把你骂得狗血喷头，我真替你难过……"见丛容平静一些了，吴茵然又嗫嚅着说。

想到苏慰人的愤怒，丛容顿时满心愧疚。因为无论如何，事情是因她而起，是县里对她的看重使苏慰人不安，使苏慰人恼怒。虽然她清白无辜，可是这么多的流言已经足以使苏慰人误解她，迁怒于她了。

丛容于是和吴茵然商量，她是否应该到公社去一趟，去找苏慰人谈谈，一则消除她的误解，二则将自己对常委一事的态度告诉她，使她不再耿耿于怀，恼怒不安。

吴茵然显然和丛容一样简单，她也认为只要谈开了，误解和流言就会不攻自破。她的话使丛容稍稍宽心了些，丛容决定明天就动身。

可是第二天临到走时，丛容突然又胆怯起来。她知道自己是多么害怕那个瘦削尖锐的苏主任，尤其苏主任如今是盛怒之下，而她又处在那种辩解告白的处境，她真不知该如何开口。

丛容头一次觉得生活难以应付，苦不堪言。

因为胆怯，也因为企盼奇迹降临（可怜的、不谙世故的丛容总觉得白就是白，黑就是黑，有就是有，没有就是没有，不白之冤总会真相大白），丛容延宕到第五天才拖着迟疑的脚步走到公社。这时已近日午，本该忙碌喧闹的公社却很奇怪地一片寂静。丛容找到妇联，妇联门锁着。又找知青办，知青办也锁着门。丛容沿着走廊一个房间一个房间地看，发现全都锁着门。

最后总算在楼下的食堂见到人了，那是分管生产的公社常委钟雨墙。钟雨墙曾经在后景大队蹲过点，所以和丛容熟。此刻他正在灶膛前捅火，给自己弄饭，看见丛容，他嘿嘿一乐，说：

"来得正好，帮我弄饭吧。"

丛容这才知道县里开三级扩干会，公社里大小干部都到县里开会去了，只留下钟雨墙和一个干事值班。干事回家伺候生病的老母午饭去了，老钟就手忙脚乱地自己弄饭吃。

人真是奇怪的东西，有的人使你紧张，惶恐，莫名地焦虑。有的人则毫无来由地令你安定，放松。钟雨墙就是这样。他是这个不大不小的公社机关里唯一令丛容心安的人。每回见到她，老钟都是一脸和气，既没有高高在上的傲慢，也没有哼哼哈哈的虚伪，好像丛容不是一个微不足道的知青，也不是一个社会关系复杂的家伙，倒好像是三代贫农的后代，或者是他的老战友的孩子似的。他微笑着看丛容的样子，常常让丛容想起记忆中的父亲。远去的父亲，面容模糊的父亲。有时候丛容甚至会突发奇想，以为他就是父亲，或者是受了父亲的委托，特意来照顾她，安慰她的。

丛容觉得在这样一个忐忑不安的日子里碰上钟雨墙，实在是幸运的事。很放松地和钟雨墙一起做饭,吃饭,听钟雨墙七拉八扯地闲谈,丛容把那堆烦恼暂时丢到了脑后。

吃过午饭,钟雨墙请丛容到办公室去坐坐。

坐在钟雨墙宽大的办公桌前,接过钟雨墙递给她的金黄喷香的番石榴,丛容想起这几天遇上的那么多的白眼,突然眼眶一热,眼泪差点跑了出来。

"心里委屈?"钟雨墙的声音里有一份关切。

丛容点点头又摇摇头。她使劲咬着嘴唇,生怕一松口,眼泪就会一泻千里,没遮没拦。钟雨墙一向看重她,厚待她,她可不想让老钟觉得她娇气脆弱,不堪一击。

可是憋不了多一会儿,丛容的眼泪还是像决堤的河水,哗啦啦下来了。

"哭吧,心里委屈就哭个痛快。"钟雨墙温和的声音使丛容那已经决开的口子更加不可收拾了。

等丛容哭了个够,钟雨墙才让她坐好,慢慢听他讲。他一上来就安慰丛容说,事情的经过他都知道。甚至,知道得比她还多些,还清楚些。

"真的?"得知有人了解真相,丛容感激得差点再次涕泗交流。

于是,钟雨墙把他所知道的大概说了一下。虽是择其大概,但这番话已经把丛容震得说不出话来了。因为,这后面的东西那么多,以她那只装着冬妮亚和保尔·柯察金的脑袋,当然是无论如何也料想不到,也无论如何无法理解的。

原来,前不久,县委的确决定选拔优秀知青进入公社常委会,并开始在各公社物色,考察。他们前卫公社本来推荐了两男一女三个知青,结果县里看了报送的材料后,立刻指示前卫公社要尽可能选拔女知青,因为,上面的精神,不仅要有知青代表,而且要有女知青代表,而前卫公社推荐的女知青,条件很不错。

为此,县委刘书记甚至亲自下来,找这位候选人谈话。

"我?"丛容瞪着钟雨墙,满脸狐疑。

"不是你是谁?"钟雨墙笑着说。

"可是刘书记并没有提什么常委不常委的事啊。"丛容还是不明白。

"没定下来之前,他当然不会跟你说。"

"我也没有说苏主任坏话呀!"丛容又说。

"你是没说。"

"那怎么大家都骂我,说我忘恩负义,背后使坏,和苏主任抢常委当啊?"

"那是苏慰人散布的。她恨你。"

"我并不要当什么常委啊,我也没有给苏主任使坏,她怎么就恨我呢?"

"你是没有,她也知道你没有。可是你当了这个常委,她的常委就当不成了。她不恨你恨谁?"

"为什么我当了常委,她的常委就当不成呢?"

"哎呀书呆子,一个公社只能配一个女常委懂不懂?"

"是这样……"丛容说。

"我看你还是不懂。也许一辈子都弄不懂。"钟雨墙摇摇头,不像理解也不像是惋惜。

丛容的确是不懂,因为接下来钟雨墙谈的那些事儿,丛容更加不懂了。她不懂既然她并不想当什么常委,她也没有给苏慰人使坏,而且公社里有不少人知道这个,为什么人们见了她还是一律的白眼、黑眼？不懂得既然她并不想当常委，也根本没有当常委的能力，为什么县里不来问问她，听听她的意见？不懂得县委组织部为什么要打她"这张牌"（钟雨墙语），为什么要用她来挤掉苏慰人，就因为苏慰人的前夫曾经是组织部那个王部长的对头？……还有，对了，更让丛容狐疑的是，钟雨墙为什么要那样带点神秘地提到刘书记对她的好意？为什么要突然问她，有没有什么要好的男同学？男朋友？难道选拔一个常委还要审查到亲朋好友头上？

"你呀，书呆子就是书呆子。好了，我不该说太多了，以后你自然会明白。总之，跟你说这些，是想让你明白，事情很复杂，不是白就是白，黑就是黑的，所以，不用惦着找谁谈了，不谈她也知道这事你没有掺和。更不用觉得委屈，这世上委屈的事多着呢，都像你这样，一天也活不了了。"钟雨墙说。

丛容觉得自己还是不明白钟雨墙的话，她唯一明白的是事情很复杂，复杂得她这种简单的头脑根本无法弄明白。不要说弄明白，光是想想就让人头疼，情绪紊乱。

唉，只好记住老钟的话，不要觉得委屈，不要觉得委屈，随它去吧……

回村的时候，丛容一路上都默念着钟雨墙的话。她觉得心里渐渐轻松了一些。

一个月后，这件莫名其妙地缠上丛容、令她头疼心烦、不知所措的事情总算了结了。

就像它来得莫名其妙，匪夷所思一样，它的结局也是莫名其妙，匪夷所思的。稍有不同的是，这回丛容很快就被告知真相了。虽然真相同样令丛容莫名其妙，匪夷所思。

和苏慰人不一拨的人在公社虽然人数少一些,但他们在县里却更有根基(这其中包括对丛容友善的钟雨墙)。他们很快就弄清事情的经过,而且钟雨墙基本上没有保留地告诉了丛容。

原来,面对突如其来的威胁,苏慰人也迅速作出反应,而且出手不轻。她弄明白刘书记为何对丛容另眼相看之后,很快就去找刘书记密谈。据说她言之凿凿地告诉刘书记,丛容不但父母离异,社会关系复杂,而且母亲患有严重的癔症,而这种病,显然是会遗传的,丛容的外祖母就曾经患过此病。再说,丛容年轻漂亮,而年轻漂亮的女孩子哪一个是省油的灯?矫揉造作,轻浮放浪是她们的通病,等等,等等。据说,这番话,尤其是前面那关于癔症的报告说得刘书记眉头紧锁,面容阴郁,活像一头突遭打击的狼。尽管如此,最后苏慰人告辞时,刘书记还是阴沉着脸咧了咧嘴,拍拍苏慰人的肩膀,感谢她的一番好意。

此番密谈之后,"形势"急转直下。刘书记不再力主前卫公社配备女知青常委了,他甚至主张多保留一些土改时期的老干部,比如苏慰人那样的精明强干的老同志。至于年轻人嘛,尤其知识青年,还是要多锻炼,多考验,看看他们是否真的热爱农村,是否虚心接受贫下中农再教育。刘书记还说,最近有些兄弟地区正在发起一场知识青年扎根农村的运动,这很好嘛,我们也应该推广、推动,让知识青年和贫下中农的结合真真正正落到实处……

有了刘书记这样明确的指示,县委组织部也不好坚持原意了,尽管王部长一百个不愿意,也不屈不挠地做了努力,但最后还是苏慰人占了上风,她终于如愿以偿,再次登上了公社常委宝座。而知识青年扎根农村的运动,也很快就要在他们这个县掀起来了。

说完这些,钟雨墙阴郁地看着丛容,说:

"好了,你不是不想当常委吗?这回好,够你们受的了!"

"怎么?"

"够你们受的啦!要你们嫁给农民,扎根农村一辈子啦!"钟雨墙说。

可是丛容的思绪显然滞后了,钟雨墙的警告一时还没能进入她的思维。她还在奇怪为什么苏慰人找刘书记谈了一次话,刘书记态度就大变了?为什么刘书记和她非亲非故,却对有关她的消息那么在意?为什么尽管组织部长竭力反对,苏慰人还是顺利地保住了她的常委?

"哎呀呀,这你还没听明白呀?刘书记本来是要你做他的儿媳妇的,所以他要你进公社常委会。后来苏慰人把他这个念头打消了。苏慰人还把她的女儿介绍给刘书记的儿子,他们这就要结成儿女亲家啦——好,现在你明白了吗?"

附录一：
流泉地区一九七五年度知青工作会议材料

前卫公社妇联热情关心女知青，培养女知青(摘要)

流泉地区同贺县前卫公社妇联在妇联主任苏慰人的带领下，关心知识青年工作，尤其注意关心女知青的生活，发挥女知青在建设社会主义新农村斗争中的作用，并把培养使用女知青作为自己的工作重点。

两年来，她们共组织一百七十二名女知青参加各级妇女突击队、铁姑娘战斗队，使她们在艰苦的生产斗争中，经受锻炼和考验，成为建设新农村的一支生力军。

她们还选拔、培养了一批根红苗正、表现突出的女知青，参加生产队、大队、公社三级妇联组织，使她们在工作中增长知识和才干，为今后的健康成长打下基础。

对女知青在生活中、思想上遇到的问题、困难，前卫公社妇联本着主动过问、热情关心的态度，帮助女知青排忧解难。

后景大队女知青丛容因母亲长年患病，思想和生活均遇到不少问题，公社妇联主任苏慰人亲自找她谈话，问寒问暖，送医送药，终于帮她解开了思想疙瘩，卸下了思想包袱，从后进变先进,一跃成为公社和县里的知青典型。不久前,该同志又在公社妇联的大力推荐下,成为公社常委委员的候选人。但是,该同志表示:"是党和贫下中农教育了我,是妇联培养了我,我决不过早脱离农村,脱离生产第一线,我要留在后景大队,真真正正和贫下中农结合,扎扎实实为建设社会主义新农村贡献自己的力量。"

未发表的处女作

父　亲

"好,现在你明白了吗?"

老钟昨天这样问我的时候,我不知自己是否点头了,也不知我的回答他是否满意。因为我的思绪又飘走了。老钟的和气、友善以及他的关切之情常常让我想起父亲。我已经不记得父亲的容貌了,但我多么希望至少记得他的声音,他的神情,他看着我的时候眼睛里那种柔和的光。昨天晚上我很奇怪地梦见他了,但是他始终背对着我,我还是没有看见他的脸。我多么想清清楚楚地看他一眼啊,我不愿想起他的时候总是模糊一片,不知所以。

我现在知道我的这一愿望是多么强烈了:我可以忍受和他的分离,可以忍受对他的思念,可是我再也无法忍受这样一个事实——我,一个常常不由自主地想念他的女儿,居然对他一无所知!我不仅不知道他的近况,他的为人,他是否牵挂我,我甚至不知道他的身高,他的面孔,他的眼睛是大是小,额头是高是低!他讲话的时候,脸上是炯炯有神,虎虎有威,还是疲疲沓沓,有气无力?不,我再也不能对他一无所知了,我绝对不能忍受这一点了!

我要立刻回家,找母亲问清一切,而且要求母亲给我看他的照片……

唉,可恨的是我连这样做的权利都没有!

我能想象如果我真这么做了,母亲的反应是什么。可怜的妈妈会惊慌失措,满眼绝望的神情:"不,不,别提他,别提他……"

然后她就会重新落座到门槛上,满脸泪痕,若有所思。

过了一会儿,妈妈也许会(也许不会)叫我过去,坐在她跟前,岌岌不安地说:

"你爸爸,他不是坏人,他是好人……可是你,不要提他,再不要提他……"

我不知道母亲和父亲之间到底发生了什么,我只知道母亲的病和这件事有关。我当然更知道一个孩子没有父亲是什么滋味。而,一个想念父亲的孩子对父亲的面孔一无所知,在她思念其父的时候,她只能想到一个模糊的背影,一个似是而非的面孔,这是多么残酷的事!

不,不,我拒绝接受这样的事实,我不能让这种事情延宕下去。我现在就要来"规定"一下父亲。我要尽我所能,给父亲以身高,以体温,以个性。我要让父亲的眼睛,发出我向往的、熟悉的光。

父亲高大瘦削,当他身着军装的时候(我曾在废弃不用的抽屉里翻出一张穿着军装的男子的照片,我希望那就是父亲),他是那么英俊潇洒,虎虎有威。他的腰间别着驳壳枪,叉着腿随意站着,既沉稳又坚定,仿佛一座推不倒的山峰。他很少笑,似乎总是严肃,坚定。可是他和我们小孩在一起的时候,却常常笑得两眼眯成一条线。那时候我还不到五岁吧,父亲有一次把我举到头顶上,本来是想让我得意洋洋,格格大笑的,没想到我却吓得尖叫一声,昏了过去。事后父亲说我有恐高症,还摸着我的脑袋说:小可怜,你怎么这么胆小啊,以后,等爸爸空了,爸爸帮你克服它。他亲了亲我的脑门,就上楼去了。

父亲的声音有些特别,它似乎比别人都低,有一种抚慰人、安定人的力量。但因为它低沉,在我们小孩听来,有时候就觉得严峻,坚定,不可抗拒,好像军令似的。每次妈妈发病的时候,或者每当我陷入惶惶然、慌慌然的处境时,我就希望那个低沉坚定的声音在耳边响起,我希望那是父亲的声音。"不要紧,一切都会过去的,很快就会过去。"那个声音说。他是特地来帮助妈妈的,也是赶来平定我的慌乱不安的。他,我的父亲,他爱我们,他爱他唯一的女儿,也爱他有病的妻子。他只是身不由己,对,他只是身不由己。

身不由己。

父亲是否近视呢?我不知为什么常常想起这个问题。我相信父亲的目光既深邃又清澈,他是绝不可能近视的。可是有一次妈妈看我正在端详一副玳瑁边的眼镜,立刻紧张地说:别动它,别动它,那是你爸爸的!可是我相信父亲即使近视,他的眼睛也不会是浑浊的,他的目光只能是既深邃又清澈,既坚定又柔和。

父亲和我们在一起的时候,他是学院里的院长呢?还是教育厅的官员?

我记得他曾是那所著名的海运学院的高材生,他曾对我说,他原来是做梦都想成为一个航海家的,没想到因为痛恨蒋介石的独裁,腐败,投身反蒋运动,结果完全偏离了早年的梦想,成了一个职业革命者。

以及日后备受整肃并终于销声匿迹的"党内右倾"?

但是他显然常常怀念他早年的梦想。他喜欢驾船云游四方,喜欢每到一处都是新面孔,新风景,新气息。可是他参加了反蒋运动,他成了共产党,然后是解放战争,土地改革,公私合营,然后他转到教育界,被派到财经学院当院长,他早年的梦想离他越来越远。他只能日复一日地看老面孔,老风景了。

他就是因为这个才离开我们的吗?他的离开除了逃避险恶外,是否也因为早年那个云游梦呢?

父亲的脸型和我们不一样,他是方形脸,而我和妈妈都是椭圆形。可是我相信我的眼睛像他。我和父亲的眼睛都是大而且有点凹进去的。父亲的鼻子比我还直(他的鼻子和他的腰一样,总是笔直竖挺),嘴则和我一样随意,自如。父亲严肃的时候很帅,英气勃勃,敏锐坚毅,而他微笑的时候,则是——在我看来——是世界上最美的风景,他是那样自然率真,芥蒂不存,好像面对的永远是老朋友,老熟人,或者身边的亲人……哦,天!写到这里,我,我居然真的看见他了,他,我的父亲,他就站在我对面,他正是那么自然率真,芥蒂不存地微笑着。他,他眼睛微陷,鼻梁笔直。我甚至能听见他的呼吸,闻到他那从不夹杂烟草酒精的纯正的成熟男人的气息!

父亲久久地凝视我,久久,然后,他那低沉坚毅的声音涌进了我的耳膜。他在叫我,他从来都是这么叫我的,他说:

"阿容,阿容!"

三年后,当叶易初微眯着眼睛,一脸笑容地将手伸给她的时候,丛容已经将苏慰人忘得干干净净了。她刚刚离开海风吹拂的南方小城,来到这个举世皆知的大都市,走进这个大都市的大机关,满眼都是新鲜和兴奋。她惊奇北方的建筑如此四方方,灰突突,北方的冬天如此风雪交加,严峻冷酷,北方的人民如此清一色的灰,黑,蓝。而,最让她惊奇的是,北方的机关这么大,十五层高的大楼,一百多将近两百个办公室,只驻一个机关——虽然挂了好几个牌子,但其实仍是一个机关,一套人马。丛容觉得新奇极了,神秘极了,不由想起母亲以前常常挂在嘴边的一句话:

"人像鸟一样,今天在这里,明天就在天边了。"

丛容不知道自己现在算不算在天边,但是叶易初那可掬的笑容,亲切的神情使丛容觉得,自己是到了一个全新的地方了。这里的人们开阔明朗,落落大方,这里的人们懂得冬妮亚,保尔·柯察金,懂得阿瑟和琼玛,在这里,她不必常常为一些她永远弄不懂的事莫名其妙,晕头转向了。

丛容和叶易初一个办公室,同屋的还有一位三十来岁的男同事江海。丛容管看上去四十多岁的叶易初叫老叶,叶易初却让她改称易大姐,或者老易,说是江海也是这么称呼的。丛容不明白为什么不称叶大姐而称易大姐,刚想问,江海朝她使了个眼色,丛容只好刹车。

当晚在食堂吃饭时,江海告诉丛容,叶易初的丈夫也姓叶,人不大好,曾经是四人帮在某高校的喽啰,四人帮倒台后,本该判刑的,因为反戈积极,检举有功,终于从轻发落,不予追究,只是被撵到食堂,改行当了膳食助理。

叶易初从此和改行的丈夫分室而居,而且讨厌被人提到叶姓,因为这总是使她想起那个品行恶劣的丈夫。江海说因为顾及到他们儿子的感情,所以叶易初选择了分居,否则早就离婚了。

丛容听后对叶易初充满同情。

江海却对她的易感报以嘲笑。

江海说:

"你也太雏了,这样的事也能使你同情,那你不是要累死了。"

"你说什么?"

"我说你太雏了!"

"雏?什么雏?"

"瞧你!得,以后再说吧。现在我得走了。"

江海端着饭盒走了,丛容瞥见他嘴角一咧,露出一丝冷笑。

局长顾之围是个五十出头的老同志,听说他是少年布尔什维克出身,年龄不算太大,资格却很老了。丛容报到的第一天,顾之围就和她推心置腹地谈了一次话。顾之围说,他仔细看过丛容的档案,他欣赏丛容一贯的上进和努力,更欣赏丛容的简单与坚定(丛容却不知这话从何说起)。他还说,浩劫刚过,百废待兴,机关工作刚刚恢复,人手奇缺,职位大都空着,是你们年轻人大显身手的好机会啊。何况你懂好几种方言,正是本局工作所急需的。好好工作,好好努力,前途是非常光明的!

丛容对于前途倒不大在意,因为能否适应北方生活对她来说还是个未知数。她在风和日丽的沿海城市呆惯了,实在有点受不了冷冽严峻的北方。可是一个局长、一个少共出身的老局长如此语重心长、推心置腹地和她谈话,真是令她感动。对她来说,不管是否留下来,当然得尽心尽力,好好工作。她一向是上进和努力的。

何况第一次在大机关工作,可以学的东西有多少啊!

丛容拿出当年在农村劳动的劲头,勤勤恳恳,踏实努力,交给她的每一项工作,她都认认真真,有条不紊,完成得格外利索。

因为是单身,有的是时间,也因为患思乡病,丛容非常害怕空闲,所以丛容几乎每天都早到晚走。她常常宁愿在办公室顺手做些案头工作,也不愿一个人在宿舍里呆着。那种空空落落、无所归依的情景她是那么害怕。

她尤其害怕想起母亲。在疗养院住着的母亲,孤单无依的母亲,她愿意尽一切努力抢回到正常生活中来,可是偏偏有劲儿无法使,令她一想起就心情沉重的母亲。

一想起母亲丛容心里就像灌了铅似的,沉重郁闷得透不过气来。

可是,最近几个周末,丛容一到办公室,就发现叶易初和江海也都在加班赶材料。当然他们在隔壁,叶易初刚刚升任科长,办公改在隔壁办公室。

丛容和他们打了个招呼,就在自己办公室做自己的事。叶易初几次过来关切地询问她的周末生活,动员她回去休息,她都没有挪身。

她实在是害怕一个人空空落落地在宿舍里呆着。

最后江海过来了。江海说:

"你还不走啊?没看见易科长撵你呢?"

"撵我?没有啊,她是怕我太累了。"丛容说。

"那么,她是心疼你啰。好,人家心疼你,你还不快领情啊?"

"我?我不想一个人在宿舍呆着……在这里感觉还好一些……"

"怎么?想家了?哈,说你雏你还不信,这年头还想家!不过,丛容,就算是帮我忙,请你先走一步,回头我去宿舍找你。"

"你也学会心疼人了?"丛容突然想和江海开个玩笑,但话刚出口就发现措辞不当。

"对对,学会心疼人了。不过,不过心疼的不是你。"江海说着,做了个鬼脸,但似乎带着点苦涩。

既然是帮江海的忙,丛容只好起身了。不过她还是不大明白,不懂得这算帮的哪门子忙?更不懂得向来嘻嘻哈哈、有点玩世不恭的江海为什么脸上突然有了苦涩的表情?

丛容发现自己又一次不得要领。

随着丛容在业务上日渐熟悉,日渐胜任,一向待她不错的顾局长却渐渐对她皱起眉头来。

顾局长批评丛容字写得不够工整,不够漂亮(丛容想,自己的字的确不好,是该好好练练);批评丛容工作中主动性、建设性不够(丛容觉得主动性倒是有的,建设性不知道指的是什么);批评丛容常常接待家乡来的人,一大拨人呼啦啦就带到食堂去了,给食堂的师傅带来困难。(丛容不知道这样做有什么错?花钱买饭招待同乡有何不可?)最近一次,顾局长居然批评丛容晚上在办公室延宕得太晚,浪费办公室的电,希望她注意。

丛容听了真是不知所措。连在办公室加班都是错,那么什么是对的呢?丛容本来就不是太明白的人,她对这个世界的看法全都来自书本,可是书本上的结论和真实世界的情节总是那么不一样,甚至大相径庭!丛容在这个城市又没有亲人,朋友也是几乎没有的,所以她连个可以讨教、讨论的人都没有,每回挨了顾局长的批评,她除了难过就只有茫然不解了。

唉,随着顾局长的眉头越皱越频繁,丛容差不多是越来越糊涂了。

好在丛容是个胆怯的、谨小慎微的人,所以每次莫名其妙地挨了批评以后(顾局长的批评越来越没谱,渐渐的连丛容穿件明亮点的衣服,做个似烫非烫的"扣边"发型,他都毫不客气地指出来,要求丛容注意),她虽然茫然不解,满腹委屈,却也没有什么过火的反应。她所能做的只是一再反省自己,要求自己格外小心,不要再出差错。

但是丛容的精神却越来越紧张。行为可以控制,心灵却无法控制？你的嘴可以不说刻薄话,你的脸可以不做鄙夷状,你的脚可以不怨恨地踩得地板山响,可是你的心里却无法不痛苦。你无法不为不得要领而苦恼,无法不为无所适从而焦虑,更无法不为处处潜伏着、不知何时就会窜出来的指责而紧张。你战战兢兢,如履薄冰,缩头缩尾,不知所以。你就像那个头上戴着紧箍的孙猴子,你被划进了一个怪圈,你像一只陀螺一样被外力抽得团团转,晕头转向,紧张不安,可是你不知道界限在哪里,不知道怎样才能逃出那个界限——你,你现在终于开始理解母亲了。

惶惶然、慌慌然的母亲。满脸泪痕,小女孩样的母亲。

一想起母亲,丛容眼圈一红,压抑了半天的眼泪再也忍不住了。

正在这时,江海推门进来了。

"咦,这是怎么啦？黛玉葬花呀？难怪敲门你也没听见。"

"没事的……我只是,有点头痛……"丛容说。

"有点头痛就抹眼泪呀？你也太娇气了——咦,不对,我知道你为什么哭了。"

"为什么？……不,不为什么。"

"得,别骗人了。嘿,最近日子不好过吧？"

丛容想否认,可是立刻明白骗不了江海这个人。要知道江海简直是个人精。

"我说同志,别难为自己了,有什么大不了的？——差不多的,咱们听着,太离谱的,一边去,扔回给他们！哼,谁也不能把谁吃了！"江海说,一副刀枪不入的神情。

丛容知道这是江海的真心话,也是他一向的生活态度,可是这些话帮不了她。她是多么怯弱的人,她永远也无法达到刀枪不入的境界。

哪里用得着刀枪呢,丛容觉得一张纸,一口气都能把自己划了,伤了,鲜血淋漓。

但是常常面带讥讽的江海如此好意开导她,她倒也满心感激。

"好,别老这么愁眉苦脸的啦。听着,告诉你件可乐的事。"江海神情肃然,像是马上要发布中美联合公报。

丛容被他逗乐了,丛容说:

"好,你说吧。"

"听着,那天我请你先走一步,说是就算你帮我忙,还记得吗?"

"记得。"

"你一定觉得我是在开玩笑吧?"

"是这样。"

"其实,说开玩笑也对。因为那不是帮我忙,而是帮你自己忙。"

"帮我自己忙,什么意思?"

"你没看见老易那副样子吗?你再不走,她就要扑上去咬你了——你不想让她恨你吧?"

"当然。可是她为什么要恨我呢?"

"瞧瞧,这副雏劲儿!你是真不懂还是假不懂啊?——算了,我看你是真不懂。"

丛容大感不解。

"好吧,只好跟你明说了。是这样,易大姐,老易,叶易初,她喜欢跟我单独呆着,所以老让我和她一起加班。你呢,你以后下了班就少到办公室去,你得懂得回避。"

"我不会去了,局长已经警告过我,叫我不要浪费办公室的电了。"

"什么?抬出局长来了?这个老婊子!"

"你说什么?"听到这么难听的话,丛容目瞪口呆。

"没什么,别大惊小怪的。我是说,对,我说好小子!"

"你今天怎么啦?净骂人!"

"唉,一言难尽啊。算了,跟你说你也不懂!"江海说着,把烟掐灭,拍拍手,走出丛容的宿舍。

夏天一到,丛容的负担骤然重起来。刚刚送走三个结伴到内蒙探亲、在北京中转的插队村子里的军属大嫂,又迎来了一支人高马大的球队。这是一支大学生排球队,带队的是丛容的老师项明。项明本是师大体育系的教师,"文革"期间取消体育系,她被下放到丛容就读的中学任教,对丛容一向爱护有加。这两年大学体育系恢复,项明又回到师大,并把师大女排训练得颇有名气。这次东北举办大学生排球赛,项老师带队参加,返程时虽然经费不足,但项明还是满足了同学们的要求,让难得出门的队员趁便游览一下北京。项明想起在大机关工作的丛容,就带着球队投奔她来了。

项明希望丛容能帮助解决一下住宿问题,就三天,打地铺也行。因为她们实在没有经费去住招待所了。

丛容十分为难(顾局长的指责此时争相涌上心头),但她还是毫不犹豫地答应了。她不能让老师失望。

丛容于是和集体宿舍的女同事们商量,大家挪一挪,设法挤出了两间宿舍,借给项明的队员住。

项明的队员都是既年轻又人高马大，在机关院子里进进出出十分显眼，丛容几乎不敢和她们同进同出。她害怕被顾局长撞上，又惹出一堆批评来。

丛容明知她们在外面吃饭有困难，但她斗争半天，终于还是没敢带她们到机关食堂用餐。

她只能请项明一人到食堂用餐。

项明去了一次，就不再去了。她说她得照看队员们。

球队临离开北京的前一天，项明要丛容陪她到外面走走。

在花市大街那条郁郁葱葱的林荫道上，项明和丛容缓缓而行。项明问起丛容在北京的工作、生活情况，丛容一概答之以很好。

"可是我看你不快乐，不像当年在学校了。有什么问题吗？"项明关切地问。

"没，没有。工作上还好。"丛容说。

"你好像很压抑，很小心，是不是领导很厉害？"

"不，不，领导还好。是我自己，我，我老怕出错。"

"是这样……"项明停下脚步，凝视丛容。

"嗨，丛容，你还记得在学校你有多么风光吗？五科全优，学生干部，能唱能跳能写能打球，既漂亮又温柔，大家都喜欢你。你还记得泉大教育系来实习的那个张太原吗？他喜欢你喜欢得入心了，回去后寝食不安，差一点毕不了业！"

"是的，记得。"

想起风光热闹的学生时代，丛容眼圈红了。

"他偷偷写给你的信，你都交给我了，你说你害怕，还记得吗？"

"记得。"

"他可真是热情如火啊,我看他是彻底神魂颠倒了。"

丛容笑笑,有些不好意思。

"你看,丛容,你是各方面都很强的人。聪明,漂亮,温柔,讨人喜欢,你什么都能做好的,你不应该这样压抑,这样谨小慎微。"

丛容这才知道项明老师是绕着弯子在帮她。她心里一阵感动。

这个世界上,除了父母,师长,有谁能这样真心实意关心你呢?

"你应该坚强一些,甚至粗糙一些。无论多大的事,也不必太在意。要知道,这个世界是相对的,生活是相对的,人,是相对的。"

但愿如此。但愿错误是相对的。委屈是相对的。你周围的人和事是相对的。

"还有,你一个人在这里,孤零零的,连个说话的人都没有,这不行。嘿,我说丛容,该谈恋爱了!——说说,有要好的男朋友没有?"

丛容摇摇头。她到这个城市一年多了,可是每天除了文件就是书本,除了办公室就是宿舍,除了思乡念母就是焦虑困惑,活像一个倒霉的寄宿生,哪里来的爱情,友谊啊。

生活对她来说几乎还是一个完整的谜呢。

项明看着丛容脸上那茫然的神情,心里突然升起一丝隐痛。她太偏爱这个品学兼优、美丽温情的学生了。她曾经相信这样的学生走上社会也会春风得意,处处受欢迎的,没想到生活把丛容变成了这个样子:如此沉重压抑,如此岌岌不安。

痛惜之余,项明使劲搂了搂丛容的肩膀,在心里叹了口气。她不得不承认面对生活中某种不可思议的力量,人有时候的确无能为力。

项明和她的球队刚走,丛容的麻烦就来了。

先是顾之围把她叫到局长办公室,劈头盖脸的一顿好说。顾之围似乎特别恼火刚刚提醒丛容注意影响,丛容就又呼啦啦接待了一大拨人。顾之围说,这回倒好,没到食堂去麻烦师傅了,可是借同事的房,挤同事的床,影响同志们休息,等于影响了机关工作。而且,那么多人,你怎么可以把她们呼啦啦往机关宿舍领?同志,那是机关宿舍啊,不是旅馆啊!怎么这样不自觉!

顾之围越说越生气,也越说越起劲儿。怒气冲冲,喋喋不休。哪里像是少年布尔什维克,简直是……简直是……

"你听没听见我说的?"顾之围的怒气随着窗口的风再次钻进丛容耳膜。

"是的,我听着呢。"丛容咬住牙关,生怕心里的不满奔腾而出。

不知为什么,这回丛容觉得自己的承受力快到极限了。没完没了,动辄得咎,小题大做,莫名其妙。她觉得自己快要受不了了。再也受不了了。

"那好,你回去反省一下,写一份书面检讨。我希望这类事从此杜绝。"顾之围斩钉截铁,不容置疑。

丛容悻悻地回到办公室。刚刚坐下,机关党委的电话就来了。

于是,丛容又被召到机关党委。党委副书记牟敏正襟危坐,正在等她,一副铁面无私、刚正不阿的神态。

丛容心里不由又打起鼓来。

好在牟敏是冷面热心,她一开口,丛容的眼泪就哗哗下来了。

牟敏说,丛容帮助老师接待球队,这没什么错,不过因为人实在太多了,挤用同事的房间不是很合适。以后再有这种情况,可以找行政处的同志想想办法,不要勉强在宿舍里挤,以免同志们有意见。

最后,牟敏还说,不是多么大不了的事,只是有的同志有意见,反映到机关党委来,所以找她谈谈,通个气,以后注意就是。

见牟敏这样宽宏大量,通情达理,丛容简直是感激涕零。她再三真诚地检讨自己,表示再也不会这样不注意,不谨慎了。

临告辞的时候,牟敏问起叶易初,丛容说她很好,工作上很强,待同志也好。

牟敏笑笑,不置可否。牟敏说:

"有些事你不知道。当年在干校,她可是很出名的——相当出名!"

不久,丛容奉顾之围之命,加入了由叶易初和江海组成的调查组,到南方五省搞调查研究,为定于年底举行的工作会议做必要的准备。

调查组的南方之行是叶易初建议的,本来只有她和江海两个人,顾之围沉吟半晌后同意了这个计划,但提出增加

丛容,理由是机关向来回避一男一女外出。顾之围的话讲得很生硬(在丛容听来),叶易初被噎得满脸通红同时怒气冲冲:

"一男一女?笑话!我差不多可以做他妈了!"

"谨慎一点有好处嘛,何必徒招非议?"顾之围的口气软中带硬,似乎话里有话。

"好,如果你认为必要,人手也够,加人就加人——要不要你也一起去?"叶易初毫不示弱。

当火车终于徐徐驶出北京站,而江海开始一声不响闷头抽烟时,丛容发现叶易初顿时轻快了起来。就像突然把紧箍咒远远扔到一边,或者把成堆的棘手公务转交给同事,自己出来度假一样,轻松无比,欢快无比。她哼着曲子,从旅行袋里往外掏瓜子,茶蛋,香蕉,梨……最后,令丛容惊奇不已的是,她居然从旅行袋里掏出三串冰糖葫芦!

叶易初把冰糖葫芦递给江海和丛容,丛容接了,江海却闷声闷气地说:

"不吃。"

"吃一根嘛,人家好不容易带来的。"叶易初坚持道。

"跟你说我不吃!"

"瞧瞧,又别扭上了。不是你说的上广东福建吗?"

江海不理她,只是闷头抽烟。叶易初于是解嘲似的说:

"小丛,看见没有?江海不愿和我们一起出来,不愿当党代表啊。"

丛容咧咧嘴,不知说什么好。

叶易初倒似乎不生气,她看见江海的烟快抽完了,又兴致勃勃地提议说:

"我们打牌吧。争上游,谁输了谁唱歌。"

丛容刚要赞成，江海开口道：

"谁输了谁讲笑话吧。"

丛容不会讲笑话（她常常为自己缺乏幽默感而遗憾），于是丛容说：

"各人随便好吗？唱歌或者讲笑话。怎么样？"

三个人于是打起牌来。

头两局，叶易初都输了，于是叶易初唱了《三套马车》、《莫斯科郊外的晚上》。丛容惊奇地发现叶易初有相当宽的音域，音乐修养也很好。

她的歌声里弥漫着一种难以抑制的感情，或者说是一股压抑的激情。丛容由衷地叫好。

江海却面露讥讽。

接下来丛容连输了三局。丛容不会唱那些幽雅感人的外国歌，她上学时校园里到处都是《小常宝》、《我家的表叔数不清》之类，想了想，只好唱家乡的民歌，什么"小鸟仔"、"天黑黑"等。

令丛容和叶易初心有不甘的是江海始终保持着不败的记录，而江海其实心不在焉。当他发现两个同伴都哈欠连天可是却一致坚持继续玩，是因为他始终还没机会讲他的笑话时，他才集中思想打了一局。这一局，不用说，江海得了下游。

江海挥挥手叫叶易初洗牌，自己开始讲起笑话来。

"一个人，他的运气坏透了，家里一再遭窃。他的一切都被贼偷了，钱、粮票、衣服、手表、自行车，甚至户口簿、工作证等等。最后一次失窃时，他屋里什么都没有了，只有身上穿的背心、裤衩和一点羞耻感。失望之至的贼比画着尖刀，叫他把裤衩、背心脱下来,他不肯,因为这显然太耻辱了。可是偷不到任何东西的贼比他还觉得耻辱,于是怒气冲冲捅了他,同时动手把他身上的背心裤衩剥了下来。贼走后,他醒了过来,发现自己没死,可是也没有羞耻心了,那赤条条瘫倒在地的躯体并没有使他这个七尺男儿感到羞耻。于是他站起来,发现从前的德行荡然无存。他如今是怎么都行了,只要活下去,只要重新拥有钱、粮票、衣服、手表,只要活得好一些,怎么都行。于是,有一天,他也加入了窃贼的行列。

"可是,他第一次出手,从背后掏女人的腰包,却发现腰包是假的。或者说,那个女人没有钱,虚荣心驱使,她往她的人造革钱包里塞了一沓纸,使它看起来鼓鼓囊囊,阔绰富有。他扑了个空。可是他为了跟踪这个腰包鼓鼓的女人,已经付出了一个多小时的战战兢兢,和足以吃一顿煎饼果子的珍贵的五毛车钱了。"

江海的笑话讲完了,丛容吃惊地发现自己笑不出来。她的确觉得这个笑话有意思,很可笑,可是不知为什么,笑声就是没能应声而起。

叶易初则瞪着江海,不哼不哈。她脸上有一种很复杂的表情,那表情显然当年的丛容无法理解。

列车到达福州的当晚,丛容因为旅途劳顿,早早就睡下了。

不知过了多久,她被一种压低了的争吵声弄醒了。她听出那争吵声来自隔壁,而且是她所熟悉的。那是叶易初和江海的声音。她还听出叶易初的声音是很有节制,极力压低了的,而江海则不管不顾,酣畅淋漓。他们好像并不在争论什么,而是江海在指责,在发作,而叶易初在辩解,在疏导……

最后，丛容听见一声茶杯迸裂的声音，随着这个声音清脆决绝地奏响，叶易初的哭声传了过来。

丛容觉得这一切不真实。觉得叶易初不可能嘤嘤饮泣。她从来都是稳当庄重，笑容可掬的，她怎么可能这样幽幽哭泣？更何况这是深更半夜，是在别人的房间，下属的房间？

丛容下意识地伸手去摁开关。

灯亮了，丛容看见对面叶易初的床上空空荡荡。那上面的床罩甚至还没掀开。

丛容弄出的声响显然传到那边去了，那边骤然静了下来。丛容想了想，终于熄了灯，把头埋进被子，继续那中断的睡眠。

第二天早晨，丛容一睁开眼睛就碰上叶易初审视的目光，见丛容醒来，那目光立刻下意识地避开了。

"夜里听见什么动静没有？我好像听见有人在哭。"叶易初用一种漫不经心的口吻说。

"没，没有……哎，我……我睡觉很死，睡觉很死的。"丛容发现自己怎么也做不到漫不经心，反而躲躲闪闪，活像一个被抓住却一心想抵赖的贼。

一个月后，丛容就知道应该为那天早晨自己那愚蠢的躲躲闪闪付什么代价了。那是他们一行回北京的第三天。头两天丛容和江海都获准休息，第三天上班的时候，丛容发现顾局长的脸上已经是乌云密布了。顾局长说要和她谈谈，可是坐下来就是一顿没头没脑的指责。丛容听了半天，才明白顾局长对她擅自回家探视母亲很不满意（可那是叶易初竭力坚持的结果，叶易初说都到了家门口了，你还不回去看看？

回去呆上三四天,我们也差不多从江头市回来了,到时会合了再一起往前走);对她一路上只搞调查不写材料很不满意(那也是叶易初分派的,叶易初说咱们分分工,小丛是本地人,熟悉方言,就负责听汇报,搜集材料,执笔的事由她和江海负责。为此他们俩常常在一起熬夜加班);对她在下级机关的同志面前沉默木讷,缺乏水平很不满意(这点丛容倒是承认,她是不像叶易初,摆足一副钦差的架势,大模大样地听汇报,做指示。可是江海也和她一样不怎么吭声呀,江海却受到顾局长的表扬。顾局长说江海腿勤,手勤,嘴勤,此行表现不错等等)。最后顾局长问丛容对这些问题有什么说的,丛容咬住嘴唇,一声不吭。她只是心里绝望极了。

总是错,总是错。无论她多么努力,多么认真,她所做的全是错。以前她不明白为什么,但是现在她知道问题出在哪里了。

可是,她为什么要这样呢?你并没有妨碍他们,你也没有说三道四(即使此刻你也决定三缄其口,不予涉及,哪怕这种涉及有助于洗刷你的"不白之冤"。多年的教养使你无法不这样做)。她为什么要如此打击你,压制你呢?

而且,平日里她是多么和蔼可亲,笑容可掬啊!她常常关心你的饮食起居,不时从家里给你拿来吃的喝的。过节的时候,她还请你和另外两个同事到她家吃饭,说怕单身的同志想家。她那张笑眯眯、流溢着亲切和气的脸至今仍在丛容眼前晃动,丛容无论如何也想象不出这张脸如何能够摇身一变,变成一副狠巴巴、唾液四溅、谗言滚滚的嘴脸的。

人为什么是这样子的呢?

人为什么要这样?

丛容打了个寒颤。她绝望地听见自己浑身上下的关节又磕磕巴巴地闹起来了。

从童年就开始了。每回受了惊吓,或者感觉到危险却孤独无依的时候,这副关节就自行其是了。

像风口上的树,暴雨中的草。磕磕巴巴,歪歪扭扭,战战兢兢,不知所归。

更糟糕的是,从那天起,丛容就被噩梦缠上了。

记不清有多少个夜晚了,丛容被一个两头怪追逐威逼。没有起因,没有缘由,只要撞上了,你就逃脱不了被追逐、被威逼的命运。你拼命地跑呀跑,拼命地拐弯,拐弯,想甩掉那个可怕的怪物,可是每次都是徒劳,每次都是筋疲力尽之后被逮个正着。它按住你的肩膀,把它那蛇一样的脸转到你眼前来。那双没有眼珠只有眼白、寒光闪闪的眼睛使你发出鬼一样的嚎叫……你醒来,发现你躺在单身宿舍的木板床上……你的心狂跳不止……它,它快要失去控制,冲出喉头了。

丛容沮丧不已。每次醒来发现又是那个同样的梦,丛容就沮丧得要命。因为,她觉得,这证明自己的确是懦弱无能,不堪一击。她,她现在多么痛恨这个懦弱无能、不堪一击的叫做丛容却一点儿也不从容的家伙啊。

就在丛容眼睁睁地看着自己被噩梦和沮丧所裹挟,眼睁睁地看着自己一步一步朝母亲的方向滑去却无力回天的时候,那个使丛容感到窒息、感到惊恐不安的莫名其妙的环境却在一夜之间给打破了。

说起来,丛容应该感谢机关党委副书记牟敏,不仅仅因为她曾经通情达理、宽宏大量地对待她,还因为她以她那出格的方式(另一种激情?)无意中解开了套在丛容脖颈上而且眼看越勒越紧的绳索。但是,不知为什么,丛容后来见到她时,非但没有心生感激,反而有一股寒意在刹那间掠过全身。

那是在丛容像往常一样被梦魇纠缠的夜半时分,牟敏和机关图书室的大块头那志英那大姐(绰号"那只鹰")在长时间辛苦的"侦察、潜伏"之后,毅然撞开了叶易初的办公室。骤然打开的灯光下,叶易初和江海情形尴尬,束手就擒。江海据说面如土色,羞愧难当,叶易初却毫无惧色,一脸的倨傲与恼怒。"又是你?等着吧,有一天我会和你算总账!"据说叶易初瞪着牟敏,咬牙切齿,气焰逼人。

丛容这才知道牟敏和叶易初原来是老对手了。当年她们同样风华正茂,同时被分到这个机关来不久,牟敏就惨遭叶易初暗算,而且好几年里一直屈居下风(丛容想,或许她这两年来领教的牟敏早已领教过,而在牟敏之后丛容之前还有许多人也领教过,所不同的是她们没有被打垮,比如牟敏,而她几乎要垮了)。直到"文革"骤起,信任叶易初的领导纷纷中矢落马,牟敏才算翻了过来,清旧仇,算老账,过了几年扬眉吐气的日子。

后来,整个机关都迁到河南的五七干校去了。在干校自然比在京城松动些,叶易初按捺不住,老毛病又犯了。据说她不仅和本连的连长乱搞,而且勾引了贫宣队的一个小伙子。那次她正躺在玉米地后面的斜坡上,让贫宣队的小伙子亲吻她的全身时,牟敏带着连长等一干人赶到了。连长一脚踢开那个正弯腰俯身忠于职守的贫农青年(牟敏语),揪起叶易初就是一顿猛抽。叶易初咬紧牙关任他发泄,仇恨的目光却射向一旁的牟敏。牟敏当时正喜不自禁、得意洋洋地观赏这一幕呢。那是她费了不少心思，花了不少时间才终于到手的战利品。

叶易初从此开始了她在干校的耻辱生涯。挂木牌，背破鞋，剃阴阳头，游街示众，大会批斗，小会检讨，每一次她都得扯着嗓子喊：我不是人，我是猪！愤怒的人们朝她吐口水，扔破鞋，还逼着她详细交代在山坡上、松林里乃至猪圈旁、牛棚中的腐化行为。叶易初据说也相当皮厚，她居然面无愧色，应付裕如，让交代就绘声绘色，让检讨就隔靴搔痒，常常用一种木然泰然的口气描述那些不堪入目的场面，直到下面的女士们受不了了为止——每当这种时候，据说，叶易初就昂起她那一直低垂着的头，挑衅似的直瞪台下的群众，尤其正在领着高呼口号的牟敏。

叶易初的耻辱据说差不多贯穿了整个干校生涯。直到机关重新搬回北京，各个局重新组建并增加了很多新同志以后，她的狼藉声名才算渐渐成了过去。

据牟敏说，叶易初之所以又渐渐得意起来，是因为顾之围。顾之围是"文革"前的老处长，曾经是叶易初的顶头上司，一向关系良好，如今顾之围当了局长，他们再度合作，叶易初自然又可以趾高气扬起来。

丛容倒没觉得顾之围和叶易初有什么。以前怎么样不清楚，至少现在不是。但顾之围对叶易初言听计从倒是真的。她到机关三年了，印象中叶易初的话顾之围没有不信以为真的。

一个少年布尔什维克出身、看上去人还不错的老干部，居然如此偏听偏信，并且心甘情愿地被人利用，也是怪事。

须知顾之围不仅被叶易初利用来打击丛容，而且他的言听计从还被叶易初用来作为和江海的关系的筹码。

这一点,是江海在事发后的交代材料中披露的。江海说,他其实很讨厌叶易初,他早就看出叶易初故作姿态的朴素下(剪一头老掉牙的发型,穿暗淡无光的粗布对襟衫)掩盖的是放荡的本质。何况,她老得都可以做他的母亲了。但是叶易初在诱惑他的同时,不断有意无意地向他传递这样的信息:她对顾之围具有极大的影响力,江海想将妻子、孩子调进北京,没有她的帮助,是根本不可想象的!

平头百姓出身的江海,有点玩世不恭的江海,一心一意想将妻儿从苏北老区调进北京的江海,亲眼目睹了叶易初的巨大能量后,两眼一闭,把自己当做筹码押了出去。

为此,丛容深深地替江海难过。因为到头来他是"偷鸡不成反蚀一把米"了。

现在,不但江海的妻儿进不了北京,江海自己,也在一顿批评、处分后,被退回了苏北。

难过之余,丛容突然想起江海在火车上讲的那个笑话。那个笑话似乎暗示了江海今天的处境。难道他知道他是在走钢丝?可是除了这条钢丝,他也没别的路可走了,所以他像一个赌棍那样下了赌注?

想到江海回去后的耻辱处境,丛容不由替他打了个冷战。

附录二：

易初自述（节选）

首先，我郑重声明，我姓易，不姓叶，我早已到派出所正式办理了更名手续。我自一九七七年三月十二日起即随母姓易，我和学院的四人帮喽啰叶子渔已于三年前划清了界限，彻底断绝了关系。因此，我再次对机关党委牟敏同志不顾事实一再企图把我和叶子渔那个败类联系起来表示强烈抗议！我姓易，叫易初，无论是户口本还是工作证还是派出所的档案上，都清楚地表明这一点。而这一点，不言而喻，它至少说明我是有原则、讲政治的，我的政治觉悟有目共睹……

（三天后，牟敏看到这里时，不由冷笑：你的政治觉悟的确有目共睹，当年你母亲的反动官僚家庭成为被镇压清理的对象，你就摇身一变，随父姓叶，成了那个早就被你母亲一脚踢开、也始终被你不齿的穷愁潦倒的父亲的女儿，你的出身也从反动官僚一变而为自由职业者！好一个有原则的敏感的变色龙！）

其次，对于我此次错误，机关党委牟敏同志无限夸大、上纲上线，企图定性为"资产阶级淫乱本能作祟，资本主义腐朽生活方式复苏，一向以腐蚀青年，拉拢领导，败坏革命队伍的纯洁性为己任,是一颗不折不扣的资产阶级糖衣炮弹"等等,实在是文革阶级斗争、无限上纲的遗毒流风,是可忍,孰不可忍! 我承认,我的生活作风不是很检点,也曾犯过几次错误,可是具体问题具体分析,并不是同样的事情就具有同样的性质的。何况,我们今天是拨乱反正实事求是的时代,已不是"文革"那种只讲斗争不讲人性,只讲革命不讲生活的时代,我们完全可以也完全应该实事求是、心平气和地看待问题。而身为机关党委副书记的牟敏同志在找我谈话,进行所谓"批评教育"时,不断使用"破鞋"、"荡妇"等侮辱性字眼,对我进行人身攻击、精神摧残,对此,我除了在此向组织上申诉之外,还保留向人民法院起诉的权利!……

(牟敏看到这里时,差点笑出声来。"向法院起诉?一个破鞋向法院起诉别人骂她破鞋?滑天下之大稽!")

第三,关于我一贯的生活作风问题,我承认我有错误,我有时无视道德,不能自制,做出不合传统、不合常规的事情来,为人不齿,但是,我还想说,一个人,一个女人,她是有感情的,她是血肉之躯、愿望之躯,当她家庭不幸、婚姻断裂时,她尤其脆弱,尤其渴望温情。是的,关于江海,我要说,这是爱,不是别的! 虽然他和我有年龄差异,虽然他和我都是已婚之人,可是你们知道,那是形式而非内涵,是现象而非本质! 在本质上,我和他都是形只影单,孑孑独行的"单身汉"。所以,我们同病相怜,日久生情,终于发生了不该发生的事……我要说,虽然这份感情貌似荒唐,但却是真实的。我比谁都知道这是一份爱情,而不是别的(比如有人强加于我的什么淫荡糜乱、腐蚀青年之类）。我比以往任何时候、任何阶段都更深地沉浸在爱情中，虽然它表面上如此不可理喻……是的，爱情使我丧失理智，爱情使我无视常规，我犯了错误，可是我要说，真诚地说，这是爱，不是别的，这是爱！……

（牟敏横批：无耻之徒，难出其右！当年她腐蚀贫宣队的青年，事后的遮羞布是"为了更好地和贫下中农结合，真正成为贫下中农当中的一分子！"）

第四，有人对别人私生活的具体形式大肆渲染，大做文章，企图证明别人是"畜生"、"肮脏糜乱，猪狗不如"，对此，我提出最最强烈的抗议。一个热衷于大肆渲染隐私的人，一个津津乐道于别人的感情方式的人，必然是心理阴暗，精神不健全，有"窥私癖"的人。至少，她也是一个准畜生、准猪狗。何况，说得坦率一些，两个人如何相爱，以什么方式相爱，是那两个人的权利，别人既没有权利窥探更没有权利说三道四，横加指责……

（牟敏对此报以嘿嘿冷笑。）

我知道我的申诉有的你们能够理解，有的你们将嗤之以鼻，可是我在这类问题上已经背了二十几年包袱了，在阶级斗争年代，我的所有委屈都只能往肚里咽，因为那是践踏人性、谈"情"色变的年代。而现在，我们的党，我们的同志又开始尊重人性、尊重感情了，所以，我才有机会，有胆量在此倒一倒我的心里话,同时,为我的错误说几句辩解的话。

希望组织上明鉴,给我以恰如其分的处分,同时,遏止一下那些挟嫌报复、公报私仇的同志。

易　初
1981年8月13日

（牟敏横批:**倒打一耙,垂死挣扎**）

多年后的成名作

梦 非 梦

她记不清这是第几次重复这个噩梦了。醒来以后她按住突突狂跳的心口,绝望地想:再这样下去她一定会死的,一定活不成了。梦中的景象像一个血盆大口,再次呼啦啦地朝她逼来。她尖叫了一声,把毛巾被使劲往头上拽。可是梦里那张凶神恶煞的脸仍旧不依不饶地朝她逼来。透过毛巾被,她仍旧可以看见那张脸其实是两张脸,或者说是一个脑袋顶着两个面孔。前面一个十分面熟,促狭的天庭,促狭的下巴,眼睛不大却闪着锆石一样的光芒,活像暗夜里出巡的狼。后面那张脸更让人触目惊心。那是一张蛇的脸。当它第二次翻到前头来的时候,她才惊恐万分地看清,那其实是一张女人的脸。这张脸晦涩得出奇又尖利得出奇,一双没有眼珠只有眼白的眼睛像一对匕首一样斜插在鼻子两边,发出闪闪的寒光,给人一种白日见鬼的恐怖。她不由得又发出了一声嚎叫。我要疯了,我再也受不了了。她捧住心口,稍稍犹豫了一下,终于破罐破摔毅然决然地坐了起来,同时,伸手去拽床前的灯绳。

啪的一声,电灯亮了。

透过对面衣柜里的穿衣镜,她看见自己浑身瑟瑟,缩在毛巾被里惊恐万状。灯光惨白地照着她。她终于完全清醒过来。她记起这个梦已是无数次的重复了,梦中的景象以及事后的恐怖几乎是分毫不差地一再重演。她懊恼极了,也绝望极了。不知道这种可怕的状况还要持续多久?那个狼一样的男人和那个没有眼珠只有眼白的可怕的女人还要劫持她多久恫吓她多久?

定了定神,她开始强迫自己思索目前的处境。

她知道自己是一个过于脆弱的女人,同时还是一个神经质的女人。这样的女人容易做受人胁迫、被人劫持的梦。这一点她老实承认下来了。可是,为什么总是同样一个梦,为什么梦里总是那样一个两张面孔的怪物,为什么那个狼一样的男人总是十分面熟而她又想不起他是谁,而那个没有眼珠只有眼白的女人总是隐隐的好像在嘲笑她呢?

她呆呆地坐在那里想了半天。她发现自己其实无法集中注意力思考。她的脑子像过电影似的,总是出现那几个字:为什么?……为什么?……她知道自己的思维又被"为什么"这几个字给缠住了,像以往很多时候一样。在她受到强刺激的时候,在她惊恐万状的时候,她的脑子总是这样,总是被"为什么"三个字牢牢定住,无法思索,无法探询。

于是,她沮丧地重新躺下来,把脸转到朝墙的一面。她不敢关灯,生怕灯一灭,噩梦重又降临。她就这样就着灯光,似醒非醒似睡非睡地躺着,脑子里不停地闪出那行字:为什么……为什么……

第二天早晨,她起床后照例是头昏脑涨。而且不仅头昏脑涨,她甚至觉得恶心得厉害。刷牙的时候,她居然对着水池一阵干呕,仿佛那些行动笨拙、反应过敏的孕妇。她觉得一切都荒谬极了。她居然像个孕妇,她最不屑的孕妇!

她想起她唯一的那次怀孕。那次她正准备结婚但还没来得及结婚,可恨的孕期反应就出现了。她眼眶凹陷,面容浮肿,每天早晨都对着水池大吐黄水。为此,她开始憎恨起那个带给她这一切的男人。男人却不以为意,认定她是孕期烦躁,反而百般照顾,百般呵护。直到有一天她再也不想忍受,执意要去做流产,并且宣布从此决不再怀孕时,男人才怒不可遏,破口大骂她是一个骗子,婊子,是只配在窑子里接客的一文不值的混账娘们!骂完以后,男人扬长而去,扔下她一个人在那间借来的屋子里痛哭流涕,发懵发呆。

自然啦,她的婚没有结成。孕期则如她所愿提前结束了。她的身体松了一口气,但她的精神却从此萎靡不振。她弄不懂男人为什么一听她不要孩子便暴跳如雷,扬长而去。难道他要的不是她,而是那个从没见过面的什么孩子吗?再说,难道他不懂她的反应只是年轻女人一时的生理反应,过一些时候她就会平静如常,开始爱腹中的孩子远胜过身边的男人吗?

不过这后一个常识可不是她自己体会到的,而是她的大姐痛骂那个溜之大吉的男人时她听明白的。至于她自己,她相信只要存在孕期反应,她就不会热衷于当孕妇。平心而论,哪个女人希望自己笨拙浮肿,蹒跚而行,并且每天早晨对着水池大呕特呕呢?

但是奇怪的是,虽然她很高兴妇产医院的女医师用那种特制的仪器把她身体里的负担给吸出来了,可是从那以后她也开始觉得心里空空落落空空落落的总有一种茫然若失的感觉。她有时甚至怀疑那种造型古怪的妇科仪器在进入她体内的那一刻,是否超越权限或者突然功能紊乱,把她的心、肝、肺之类的也给误吸了一块出来呢?

总之从此以后她常常精神恍惚。她那无所不知的大姐说这是因为她失去了孩子同时又失去婚姻所致。她听了不置可否。除非她正好不处于恍惚状态。不处于恍惚状态的时候她多少有些兴致，所以她会分辩说，她并不在乎什么孩子，但是她痛恨那个曾经在她耳边山盟海誓的男人。

就是因为这个山盟海誓的男人在她遇到麻烦又年轻任性的时候逃之夭夭，她从此对男人产生了无法遏止的厌恶。十年过去了，她从一个年轻姑娘变成了一个三十二岁的女人，变得脆弱，神经质，爱发呆，爱做噩梦，却仍旧形只影单，既没有家，也没有任何亲密男友。

她甚至连一般的朋友都没有。无论男人还是女人。

但是十年了，即使噩梦频仍，孤独凄清，她也从来没有像今天这样绝望过。今天她突然觉得惊惧惶恐，孤独无告。起床时的呕吐像一道闪电，突然明亮耀眼地昭告她：如果不是当年的一意孤行，她何至于噩梦醒来无处诉说，无人慰藉？

她觉得无论如何今天得去找她的大姐了。再这样下去她一定要发疯的。

可是她走进办公楼，劈头碰上那位顶头上司，瞥见他脸上那副永远的阴阴阳阳、皮笑肉不笑的样子时，那原本存在于她下意识里的感觉顿时明确清晰起来。她突然明白：她无须去找她的大姐作心理分析了。她的隔三差五的噩梦根源全在办公室，全在这些阴阴阳阳的人身上。

她走进办公室，放下提包，随便抓了块抹布，开始一边擦桌子，一边听凭往事汹汹涌涌地从心头席卷而过。怨愤使她手上的抹布发出老鼠咬布袋般的"咯吱咯吱"的声响。

竖琴的影子

和她隔桌而坐的林科长显然对她弄出的声响颇有意见,她抬起头瞪了她一眼,见她不理,又很不满地干咳了两声。

她仍旧不予理睬。仍旧"咯吱咯吱"地弄出很响的声音。她对自己从未有过的这份勇气感到吃惊,同时,也感到从未有过的一份快感。我被你们拿捏了八年了。八年,一个抗战都打下来了。白天被你们拿捏整肃也就罢了,晚上你们还不放过我,还三天两头地来恫吓我。恫吓就恫吓,光明磊落的也罢,偏偏还装神弄鬼,心肠也太歹毒了些——可是,要知道,狗急了也会跳墙的呀!

她愤愤地想着,手上的抹布"咯吱咯吱"叫得更欢了。对面林科长的不满变成了诧异,终于抬起头看着她,问:

"聂心,怎么回事?"

被叫做聂心的女人却毫不理会。她一半是存心,一半也确实是分心了。她的脑海里正在一一重演这八年来她在这栋办公楼所领教的明枪暗箭,苦辣酸涩。她哪里有心思去领会那个眼白多于眼黑的猴子一样尖酸的鬼科长呢!

往事争先恐后、全无头绪地在她脑海里拥挤着,跳宕着。虽然毫无头绪,但她可是越来越清楚地看到,这八年里她像一条狗一样忍气吞声,任人宰割。或者换一种说法,她几乎是像一个呆子一样任人摆布,任人欺压而没有任何反应,任何抗争的。她从没有想到原来她是这样没有血性,没有力量,甚至到了面对羞辱几乎丧失反应的地步!——天哪,她怎么变成了这样一个人?

惊愕与怒火在她心中交替着上升。物极必反,她知道昨晚交织不断的噩梦和今天早晨的呕吐使她的承受力达到了极限。那个温顺木呆、有些恍惚的女人从今天开始死掉了。

坐在这里的这个女人是另一个女人。她有力量,有心计,有手段。她要叫你们吃吃苦头了。

被叫做聂心的女人在这个阳光灿烂的初秋的早晨满意地终止了她手里的"咯吱咯吱"。她把抹布轻巧地往暖气片上一扔,拍拍手,给自己倒了杯茶,然后坐下来,开始满怀欣喜地庆贺自己的新生。

坐在对面的林科长显然不明白这个一向迟钝木讷的老姑娘身上发生了什么,但是对方从未有过的目中无人、趾高气扬使她惊诧而且愤怒。她从来都是把她当一只蚊子,一只苍蝇拿捏踩踏的,但是今天,这只苍蝇,这只蚊子居然嗡嗡嗡地在她鼻子跟前叫唤,向她挑衅!

"哼",林科长从鼻孔里哼了一声,冷冷地笑起来。跟我抗衡,你还没这个本事!林科长打心眼里瞧不起她。

林科长太了解聂心的底细了,她连聂心的孕期维持了多少天,聂心流产后发懵发呆了多久,聂心怎么神经质地大骂第二个无辜的求婚者都一清二楚。这些年来,就仗着这个,她林科长哪天不是紧紧抵着聂心的喉咙口,让她有气叹不出,有苦往肚里咽?

窄天庭、窄下巴的谢局长恰在这时走进她们的办公室。见他进来,林科长的脸立时灿烂起来。她一边娇嗔着给局长让座,一边大有深意地说:

"老谢,你知道什么叫做臭狗屎撒葱花吗?"

"什么臭狗屎撒葱花?没听说过。"

"你可真是孤陋寡闻啊,咱们这里就有,你没闻到?"林科长说着,故意拿眼去瞟聂心。

聂心抬起头,正好碰见林科长那意味深长的目光。聂心不由大喜。送上门的岔子,今天真是可爱的一天啊。聂心端起茶杯走过去,微笑着看面前这对深有默契的上司,漫不经心地说了一声:"狗男女!"然后把茶水照他们脸上泼了出去。

泼出去的茶水像炸弹一样轰然作响,把那对"狗男女"炸得目瞪口呆,把聂心也炸醒了。天哪,我干了什么?我疯啦?聂心看着面前两个目瞪口呆的上司,吓得也目瞪口呆,六神无主。三个人一齐愣在那里足有半分钟,最后还是聂心先醒了过来。聂心羞愧至极,尴尬至极,恐惧至极,差一点就跪了下去,是林科长一声老羞成怒的"哼"阻挡了她。她知道如今告饶也没用,赶紧找来一块干毛巾,忙不迭地替两位上司擦了起来。两位上司当然不领情,他们"哼"了一声一齐拂袖而去,剩下聂心一个人呆在那里羞愧惶恐,乱箭穿心。聂心觉得这回天真要塌下来了。

失魂落魄地熬到工休铃响,聂心再也没有力气继续将班上下去了。整整两个小时,那个林科长都躲在谢局长的办公室里。不用说,他们是在密谋如何报复她这个一时昏了头的愚蠢女人了。聂心觉得自己真是蠢透了,不,不仅仅是愚蠢,她觉得自己简直就是疯了,居然忘了他们是如何的有头有脸,有谋有术,心辣手狠,卑鄙狡诈了。而她是什么呢?一只蚊子,一只苍蝇,一只蚂蚁罢了,而且是孤零零的一只蚊子,一只苍蝇,一只蚂蚁!

踩死她是多么容易!

聂心越想越害怕,越想越觉得无路可逃。她仿佛看见一个天大的陷阱已经挖好在她脚下,她只要迈一步,不,甚至只需半步,只需抬一下脚,她就会无可挽回地掉下去,万丈深渊刹那间就会把她吞噬。所谓死无葬身之地，所谓像气泡一样消失得无影无踪，她此刻是深切地体会到了。

惶恐不安的聂心终于站了起来。她不能在这里等死，她得走，她得逃，至少她得去找人想个办法。孤独无援的聂心这时想到了大姐聂平。对，大姐。无所不通的大姐聂平如今是她唯一的救命稻草了。

聂心说走就走。她顾不得下班时间未到，匆匆忙忙将桌上的东西扫进皮包，拎起来就走。就在她仓皇拉开办公室的门，准备飞也似的逃离这险恶之地时，那个林科长也同时推门进来了。聂心差点和她撞了个满怀。

看见聂心要走，林科长会意地点点头。她甚至还大有深意地笑了一下。这一笑笑得聂心毛骨悚然。聂心由此更加认定他们已经天衣无缝地挖好了陷阱，单单等着她往下跳了。而他们将像看社戏似的在一旁欣赏她的悲壮表演，高潮时争着将手拍疼以泄心头之恨，以雪今日之耻。他们将会多么兴奋，多么痛快啊。

聂心茫然无措地走出了办公楼。她觉得自己心里已空无一物。上哪儿去呢？聂心茫然地走着。马路上人来车往，熙熙攘攘，好不热闹，可是聂心视若无睹。她觉得不仅仅自己心里空，整个世界都空无一物了。

一辆"面的"迎面驶来，殷勤地在她身边停下。司机拉开车门，聂心下意识地爬了上去。去哪儿？司机问。去哪儿？聂心跟着重复了一遍。随后她才意识到这是在问自己，于是慢慢搜索地名。朝阳门（这是办公室所在地）。西四（十几年前铸成大错之地）。花市（父母亲的家，可父母都不在了）。和平门（烤鸭店？就是在那里她无意中发现两位男女上司的隐情)。和平里,对和平里。聂心这时才猛然想起自己离开办公室是为了去和平里找大姐聂平。于是她高兴地发出了"和平里"这个词的音。

司机等了半天,才等到"和平里"这三个字,立刻加足马力朝前开去,同时,小声咕哝了一句:神经病!

走进大姐聂平那杂乱无章的家,和大姐没头没脑地说了几句之后,聂心就后悔了。聂平不仅是个无所不知的女人,她同时还是个敢作敢为的女人。她听完聂心断断续续的话就火了。泼了就泼了,骂了就骂了,你为什么要替他们擦,为什么要害怕?他们能把你吃了,把你宰了?狗男女就是狗男女,你怕他们做什么?——没出息的东西!聂平噼里啪啦把聂心好一顿骂。

此刻,聂心虽然懊恼,但仗着大姐的英武之气,她内心的恐惧与茫然多少去了一些。她看着大姐那火辣辣的眼睛,稍微振作了一下。我怎么办?她问大姐也是问自己。

"从今往后,抬起头,不用理他们!你不偷不抢,不盗不娼,他们能把你怎么样?他们要是胡来,告他们去!"

聂心苦笑了一下。大姐虽然英武有为,可她在工厂当了一辈子工会主席,她哪里懂机关里那一套阴阴阳阳、明里暗里的事。要是她上场,恐怕照样得被他们算计了去。

不过,聂心现在倒是心里安定了许多。心里一安定,她的思维能力就逐渐恢复了。她渐渐觉得大姐也有她的道理。人不能一辈子胆小怕事,任人宰割,像她,安安分分,战战兢兢了半辈子,结果呢,处境日益可悲,谁都可以对着你大喊大叫,谁都可以骑在你的脖子上拉屎拉尿。那对狗男女甚至可以,唉,他们对她做下的事,她连想想都觉得不堪其辱!

聂心觉得至少她得反抗一下那对狗男女。她得让他们知道,她不是机器人,一按电钮就俯首听命,服服帖帖。她是会反应,会反抗的,假如她遭人欺凌,受人羞辱的话。

不过,她同意大姐的意见,她不能再那样感情冲动,明火执仗地往他们脸上泼茶水了,至少她该讲究一下策略。比方说,寻找他们的致命之处突然出击,比方说,当他们得意忘形的时候,在他们脚下搁一块石头,让他们重重地绊上一跤。

让聂心觉得好笑的是,她们的这些策略,并不是自己冒出来的,而是从《厚黑学》里现找的,是本本主义,教条主义。谁知道这类本本主义能不能派上用场呢?

第二天一进办公室(昨晚为了增加勇气,更为了逃避噩梦,聂心留宿大姐家,但噩梦还是出现了,聂心好不沮丧),聂心就知道那一套全都不管用了。倒不是谢局长林科长他们怎么智勇双全,难以战胜,而是一进办公楼,不知怎么聂心身上的力气,血性,斗志全都不翼而飞了。聂心只觉得浑身发冷,脑袋生疼,手指头不听话地颤抖起来。昨天上午的一幕又像电影似的一一上演。聂心羞愧得无地自容,也尴尬得无地自容,她恨不得地上裂开一条缝,或者天上掉下来一阵陨石雨,这样她就可以不必去想昨天的事,不必面对昨天的事件造成的这一切了。

林科长端坐对面。她矜持地朝聂心点点头,似笑非笑(聂心觉得她还似有似无。最好是无,彻底的无)。聂心也朝她点点头,似笑非笑(聂心觉得她快要哭出来了)。聂心把皮包放下来。聂心拿了一块抹布。聂心"刷拉刷拉"地抹起桌子来(今天不敢"咯吱咯吱"了)。

最重要的是,聂心不敢直视林科长。

林科长却笑容可掬起来。她说:

"聂心啊,你是不是夜里没睡好,脸色好难看!"

聂心喏喏,不知说什么好。她只是觉得自己昨天的行为可恶极了,无耻极了。

"你是不是没吃早餐啊?我这里有奶粉,你冲一杯喝吧。"林科长依旧笑容可掬。

聂心觉得快要控制不住自己了。她很想跪下去,向这个昨天被她羞辱的上司虔诚道歉(虽然对方羞辱了她将近十年)。她,要命的是她果真跪下去了。

林科长似乎吃了一惊。但她很快就微笑起来。

林科长扔下聂心,微笑着走出去。聂心则像定格似的跪在那里一动不动。

林科长很快就返回来了。她的身后跟来了一群人。

跪在那里不知所措的聂心听见脚步声,下意识地抬起头。她看见门口站了那么多的人,顿时一阵眩晕,倒了下去。

林科长见状,连声喊:她发病了,她发病了,可怜的人!

林科长赶紧指挥大家将聂心抬到沙发上。她一边认真而忙乱地给聂心松纽扣、灌水喂药,一边如数家珍地把聂心的精神病史向大家作了介绍。

同事们这才知道原来聂心有精神病!难怪她常常木讷恍惚,似笑非笑,难怪她总是孤独乖僻,独往独来,难怪她昨天发展到把茶水泼到领导脸上!啧啧,人真是不可貌相啊,看她挺文静清秀的一个人!

还是林科长心眼好,她赶紧纠正大家说:唉,她是有病,不过是轻度的,是轻度精神病,大家不要再议论了,以免刺激她——她也怪不容易的,先是未婚先孕,然后是流产,然后男人扔了她,然后一晃就十几年,成了个老姑娘了。唉,人啊!

医务室的医生来了,林科长把医生请到里屋,小声和他说起什么来。过了一会儿,医生出来了,他让大家回办公室去,只留下两个小伙子。医生翻了翻聂心的眼睛,按了按她的脉,说:没什么大事,吃点镇静药,休息休息就好了——等她醒来,你们送她回家吧。他闪烁着眼睛对那两个小伙子说。

聂心一觉醒来,发现自己躺在一张陌生的床上。床头是白色的,床单被罩是白色的,连床头柜也是白色的。聂心好不疑惑。她看看窗帘,还好,窗帘是天蓝色的,窗帘背后的天也是蓝色的。自从那次怀孕流产之后,聂心最怕白色了,她觉得白色简直就是空白,就是一切皆无,就是无聊无奈无可归依。她已经够无聊无奈无可归依了,为什么还躺到这样一片可恶的白色中来?

聂心正在愣怔,门被推开了,一个护士走了进来。

"这是什么地方?医院吗?"聂心觉得自己发出来的声音轻飘飘的。

"这是疗养院。气功疗养院。你来了三天了,一直在昏睡。"护士说。

"三天?"聂心有些不解。她明明只睡了一觉,怎么就三天了。

"是你们领导送你来的。你那个领导真不错,她很关心你。"

"谁？谁是我的领导？"聂心差不多已经忘记自己的社会角色了。

"哦,她姓林,我听那两个小伙子叫她林科长来着。"

林科长。聂心这才猛的忆起前天发生的事。她浑身一激灵,突然毛骨悚然。她强烈地觉得,送她到什么气功疗养院来,这准是那对狗男女的主意,是他们阴谋里的一部分。说不定,这个鬼疗养院就是一座"坦那托斯大旅社",是以"让死亡在睡梦中来临"为己任的谋杀俱乐部,是……

聂心越想越害怕。她赶紧爬起来,抓起椅背上的衣服就往头上套。她必须离开这里。尽快离开这里。她可不能让人家卖了还要跟人家道谢。

就在聂心手忙脚乱地收拾东西准备逃离的时候,刚才那个护士又推门进来了。不过,这次她不是来送药,而是带来一个人。

聂心抬头一看,不禁高兴起来。原来是大姐聂平来了。

聂平一边招呼她,一边把水果奶粉之类的往床头柜一搁,就以她一贯的风格风风火火地说起来。

原来,聂平也刚刚得知聂心的情况,是聂心的一个年轻同事打电话告诉她的。据那个同事说,聂心吃了林科长给的药后一直昏睡不醒,估计是镇静药吃多了,林科长有些紧张,所以连夜把她送到这所既能治疗又能调养的疗养院来。林科长有个熟人在这里当院长。

聂心一听又害怕起来,她飞快地把自己的疑虑跟大姐说了。聂平听罢笑了起来。

"你也太没出息了,光天化日之下,我就不信他们能把你吞了。你放心住吧,这里我也有熟人。趁机休息一段,学学气功,调养调养,多美的事啊,找都找不来!"

"可是……"聂心还心有余悸。

"可是什么可是,我可告诉你,这里当家的气功师功法很高,不仅会看病,还有特异功能呢。听说……"

聂平把嘴巴凑近聂心的耳朵,"听说,还能置人于死地呢!"

聂心一听又惊恐起来。她如今最怕听见"死"这个字了。她觉得这个字的所有含义都是冲着她来的。就像噩梦里那个两张脸的怪物,每次出现都是冲着她的,都是为了把她吓坏,吓死,吓得没了魂的。

聂平对妹妹的胆小如鼠颇不以为然。一个"死"字就能把人吓成这样,她觉得不可思议。

"行了行了,你不是要治治他们吗?好好跟着师傅练功吧,学两手高招,好歹也能吓吓他们。"聂平胡乱地哄着妹妹。

这最后一句话简直是说者无心,听者有意,聂心怦然心动。她不由想起自己这十几年的屈辱与辛酸,想起自己原本并不是这样胆小怕事,任人宰割的,想起前天立志反抗的豪言壮语,手段韬略,她忽然强烈地觉得自己是该扔掉这浑身的"怕"字,好好学点手段,好好做一回人——挺胸抬头,扬眉吐气地做一回人了。

但是,一想到林科长和这里的院长相熟聂心就有点不安。不过聂平说:

"院长怕什么?厉害的是气功师!院长又没功法,她就是想捣鬼也没办法!——你就别胡思乱想了,告诉你,那个气功师我认识,他是我同事的亲戚,你就好好跟他练功吧,错不了——呆会儿我就跟他打个招呼去。"

聂平走了。聂心的情绪也渐渐稳定下来。她决定塌下心来,好好休养,好好练功。她对自己练好功法,掌握绝招充满希望,因为那样一来,她就不必再惧怕那对男女上司,不必在惊惧与恐慌中度过她的日日夜夜了。

气功师姓贺,湖南桑植人,据说是贺龙元帅的同宗,当然辈分比贺龙元帅低许多。气功师功夫果然很深,疗养员们都心服口服地称他贺大师。聂心跟他练了三天之后,便浑身发热,气感十足。到了第七天,聂心发现自己已是云里雾里,出入自如了。聂心兴奋不已,她仿佛看见自己功夫在身,腾云驾雾,无往不胜了。贺大师却一边表扬她入门快,有潜质,一边兜头泼了她一盆冷水。气功师说,练功最忌急功近利,心神不定,聂心却偏偏心神不定,鬼鬼祟祟,这样是不可能练好练成,不可能进入最佳境界的。

而且,气功师顿了顿说,这样最容易出……气功师想了想,把后半句话咽了回去。

聂心翻了翻眼睛,表示接受师傅的批评(表示不能理解师傅的意见)。总之聂心听完师傅的话只好命令自己收心,不再去想腾云驾雾,制服仇敌的事了。师傅毕竟是高人,他一看聂心的神色就知道聂心已经收心,所以继续领着众人练起功来。

转眼之间,聂心在疗养院已经住了半个多月,这期间大姐来过,小洪(就是给聂平打电话通报情况的那个同事,单位里就她和聂心还偶尔说说话)来过,那个心怀叵测的林科长也来过。林科长来的时候聂心沮丧地发现,"士别半月",她对这个眼白多于眼黑的阴阴阳阳的鬼科长仍旧心怀恐惧！当天夜里,曾经缠绕聂心好久,入疗养院以来却不曾出现的那个噩梦又来骚扰聂心了。聂心惊醒之后,发现自己心头突突,冷汗淋漓,灯光下的脸像鬼一样惨白。聂心懊丧极了,她不懂自己为什么那么惧怕那个鬼科长,为什么那个脸像刀刃一样锋利的讨厌之至的科长一出现,整个晚上她就不得安宁？

第二天,第三天,第四天,第五天,聂心天天夜里都被那个一个脑袋两张面孔的怪物吓得冷汗淋漓,六神无主。无奈之中,她把那个鬼科长带来的吃的、喝的全都扔到窗外。第二天醒来又跑去一一拣起来,扔到更远的地方——疗养院外面那条河里去,并亲眼看着那些东西顺着河水漂流而下,远逝无踪,满心希望从此杜绝了那对男女上司的信息,使他们无法再到她的梦里来张牙舞爪,装神弄鬼。不想只要夜幕降临,只要她一合上眼睛,满脑子上演的便全是那个怪物的狰狞故事。她觉得自己心力交瘁,已无力抵挡了。

聂心深深地叹了一口气。

第二天,聂心就去和师傅"套磁"。她拐弯抹角地和师傅谈起意念杀人的传说。她假装不相信这类无稽之谈,诱使师傅为其辩解。师傅果然上当,滔滔不绝地解释起意念杀人的原理来。聂心听得入迷,也听得心花怒放。她真高兴果然有意念杀人这种事,而且这种事看来也并非"难于上青天",只要心诚,只要功夫练到,杀人不见血并非白日做梦。

师傅见聂心听得如醉如痴,不禁警觉起来。

"你问这些做什么？你又胡思乱想了？"师傅说。

"不,不是,我随便问问,好玩而已,好玩……而已……"

师傅看了看她，说："你可不要自找麻烦啊！"

聂心觉得师傅的话大有深意。不过，她顾不得这些了。对她来说，当务之急是把梦里那个狰狞的两面怪解决掉，让夜晚安宁，让心头安宁。

聂心觉得自己的想法没有错。对，是在梦里把那个两面怪解决掉。是在梦里杀梦中人。而不是真的杀人，杀活的人。

聂心由衷地为自己找到这个解决办法而高兴。

其后的日子里，聂心除了继续跟着师傅练功外，就是一门心思地躲在房间里研究搜罗来的各种气功书。不言而喻，她专门钻研那些有可能意念杀人的功法。她博采众长，聚合为一，反复试验，反复修正，力图拓展出一套明确可行的杀人功法。她想一旦这套功法成立成熟，不是可以帮助许多如她一样受人欺侮、无力反抗的弱者、小人物吗？

终于有一天，聂心觉得她创制的这套功法已经成熟。剩下的，就是实施的问题了。

五月六日是聂心生日，聂心决定在今天，也就是五月五日，把骚扰了她很长时间的噩梦连锅端掉，使她的生活从第三十三年的第一天开始重获安宁。虽然其实是试验性的行动，可不知怎的聂心对效果毫不怀疑。不仅毫不怀疑，聂心可说是出奇的乐观。她觉得她的所有直觉都在告诉她，她的生活从此将彻底改观，她再也不必战战兢兢，冷汗淋漓，六神无主了。聂心差不多已经决定，办完这件大事之后，明天，她要请几个朋友（其实也就是大姐和小洪），好好庆祝一下生日。她清楚地记得，自从十年前和那个男人分手以后，她就没过过像样的生日。

晚上十时,聂心准时上床。上床之前,聂心反复温习了她自制的那套功法,生怕有所遗漏,功亏一篑。她唯一不是很踏实的,是噩梦出现之后,睡梦中的她能否把这套她早已烂熟于心的功法自如运用,制服仇敌——假如她能如她所设计的在梦中发功,那么那个一个脑袋、两副面孔的怪物必死无疑。

那么她明天的生日将具有双重意义。

噩梦好像并不惧怕聂心这种弱女子。入睡不久,聂心就感到噩梦赫然重现。

聂心一激灵,就在似睡非睡,似醒非醒的状态中,凝神静气,吐纳呼吸,将她那自研自创的功法操练起来。

(此事关乎人命,恕不详陈具体功法。)

聂心不久就听到一阵"嘶嘶嘶"的声音。她努力想睁眼。朦胧恍惚中,她看见那个曾经不可一世的两面怪正在如烟消散。只见它逐渐扭曲变形,消解融化,像棉花糖一样忸怩混乱,像蜡烛泪一样柔弱绵软。它的头上,正冒着一股白烟。那"嘶嘶嘶"的声音,就是它溶解消散时发出来的无可奈何的丧音。

聂心自然心花怒放……

不知过了多久,聂心开始觉得疲倦。她勉力睁开眼,看了看对手,发现对手已经无影无踪。地上,有一摊熔化了的蜡样的东西。聂心觉得自己笑了起来。同时,她感到疲惫不堪。于是,她在胜利的喜悦中沉沉睡去……

第二天,聂心直到快开午饭时才猛然醒来。她想起昨天苦心设计的一切,不禁紧张起来。她记得夜里她发功顺利,也记得不久她就听见嘶嘶嘶的声音,更记得她清清楚楚地看见那个曾经不可一世的两面怪一步步地扭曲变形,如烟消散……她回忆完这一切细节之后,不由大喜。她确切地知道:噩梦已成过往,她的敌人已经烟消云散,无影无踪,不复存在了。

聂心极度兴奋地哼起歌来。

过了一会儿,聂心看见台历上那个硕大的"五月六日",顿时想起另一个计划来。她赶紧披上外套,跑到走廊上打电话。她先打给大姐聂平,用压低了的声音兴奋地说:"大姐,我成功了,我把他们解决了!"

聂平似乎有些莫名其妙,不过她答应尽快过来。聂心意犹未尽,又兴致勃勃地打电话叫小洪。小洪却明显没有兴致。小洪说:"哎呀对不起,这里正乱着呢,昨天晚上……哎呀,谁还有心思去吃饭嘛!"

聂心好不扫兴。她觉得小洪真不够朋友。不过她倒也很快释然,因为认真说起来,小洪确实不能算朋友,顶多是不错的同事罢了。既然这样,也就不能要求过高了。

聂心正想回房间去,突然想起刚才小洪的话,"这里正乱着呢","这里正乱着——"昨天晚上"——难道……

聂心突然一阵哆嗦。难道,她真的把他们解决了?他们真的烟消云散,无影无踪了?

聂心跑回电话前,颤抖着双手重新拨动小洪的电话。她觉得自己的心快要从心口跳出来了,她必须证实一下,或者说排除一下,否则她就要昏过去了。

电话接通了,不过接电话的并不是小洪,而是一个男人。聂心觉得这个男人的声音有些熟悉,却想不起他是谁。

男人说小洪刚刚出去,上医院了,他们科长昨晚出事了。有什么事明天再打吧。

电话吧嗒一声挂上了。这边聂心握着话筒一阵眩晕。她说不清自己是庆幸还是后悔,是高兴还是恐惧。她只是站在那里发呆,好半天,好半天。

直到大姐聂平风风火火地赶到,聂心还没完全恢复正常。她就站在电话前(她打完电话后一直没有动窝)向大姐报告情况,并在宣布那一对男女上司可能已经烟消云散,或者灵魂已经烟消云散,肉体尚在医院苟延残喘后突然放声大哭。她边哭边责骂自己,说自己残忍歹毒,居然用气功杀人,居然在梦里杀人,实在是卑鄙无耻,凶残恶毒,实在该下地狱,受惩罚……

聂心激动地哭诉着,全然不顾走廊里渐渐聚集起许多病友,不顾大姐聂平生拉硬扯,想把她拽回房间里去的努力。她哭着,说着,骂着,直到把心里那点事全倒出来为止。

聂平尴尬万分,情急之中,只好使出林科长的手段,向大家连比带画地暗示,她的妹妹疯了,神经出了毛病了。

病友们于是一片怜悯痛惜。在几个男病友的帮助下,聂平总算把妹妹送回房间了。

过了两周,聂心却真的疯了。

那是一个不无神秘的夜晚。那天晚上,聂心正在卫生间洗头,突然停电了。聂心两手托着湿漉漉的长发,正不知如何是好,踌躇之间,突然听见疗养院院长低沉的声音。那个声音说:

"聂心同志,你看谁来了。"

聂心应声从卫生间出来。可是一片漆黑,她看不清来客。就在她将头发往后一甩,努力要认清来人时,电灯突然亮了。聂心猛地发现:在她面前站着两个早就被她杀死的人!这两个人神情阴森,面容诡谲,发长如草,活像刚从地狱里返回来的鬼!

聂心怪叫一声,连头带湿漉漉的长发一起往墙上撞。

电灯再次猛地灭了。

黑暗中聂心更加乱箭穿心,更加歇斯底里。她的喑哑散乱的怪叫,令病友们事后好几天了还惶恐惊惧,忐忑不安。

有着低沉嗓音的疗养院院长过了好半天才又出现。她叫来了两个护士,让她们把已经自戕得血肉模糊的聂心按到床上,她自己,则送那两个神秘来客出去了。

第二天,聂心就被转到专治精神病的安定医院去了。据我所知,她至今仍留在那所医院里,天天和电椅、电棒、镇静药为伍。她的大姐聂平偶尔去看她,每次都听见她在喃喃自语:我不该杀人。我不该杀人。

那一天,关厚文关干事走进知青点时,丛容正在天井洗头。丛容把头伸进用劣质洗衣粉兑成的一盆洗发水里,感到头皮一阵发麻。用了两年的劣质洗衣粉,头皮都成劣质的啦。丛容正在边小心揉搓头发边自我解嘲,忽然听见一个陌生的声音在旁边说:

"你就是丛容啊?——好大的谱!"

丛容不知道说话的是谁,为什么要这么讥讽她,刚想擦擦眼睛抬起头,听见那人换了个大嗓门,朝整个天井喊:

"都出来吧,都到大厅来,知青组开会!"

丛容这才意识到这人可能是公社知青办新来的关干事,丛容听钟雨墙说过,他是从县教育局调来的,专为搞知青扎根试点的。试点的第一站,就是后景大队。丛容只好胡乱往头上浇两瓢清水,胡乱擦擦,然后顶着一头湿发来到大厅。

大厅原本是大队堆放杂物的地方,自从知青们进驻这座破旧老宅的厢房,大厅的一角就兼了知青组的"会议室"。

丛容找了个矮凳坐下来,看见大队分管知青工作的支委蔡阿堆也在场。他叉着腿坐在矮凳上,正在一口又一口地吸纸烟。

知青们都知道蔡阿堆最爱吸纸烟,而这只有在外面开会或到知青点来,才有可能。只有在这两种情况下,才会有人给他递纸烟,否则,他就只能吧嗒吧嗒费劲地抽他的土烟卷。

所以,蔡阿堆最爱往知青点跑。他是个脱产支委,又分管知青工作,往知青点跑倒也顺理成章,村里人都认为他这是在"干工作"。

但是知青们却都渐渐烦起他来。因为他一来,就像捆蔫了的芥菜似的往墙角一堆,叉着腿,一边抽着知青们递过来的纸烟,一边唠唠叨叨地左一个"从前",又一个"现在"地"教育"人,好不烦人。

所以本来抱着尊敬贫下中农的态度尊敬他,不时给他递纸烟的男知青们渐渐不再给他递纸烟了。大家也渐渐当面喊他蔡叔,背后喊他"菜堆",或者有时喊他蔡叔,有时喊他菜堆。

他倒不计较,不管叫什么都一律点头答应。他到知青点来,没人给他纸烟他就自己到男生宿舍翻,翻到了就抽,翻不到就往墙角一堆,叉着腿专心致志地卷自己的烟叶,然后眯缝着眼专心致志地吸。

女生们最烦也最怕他夏天来。夏天来时他总爱堆在门槛上,因为那里通风。他堆在门槛上的形象极不雅观。耷拉着肌肉的上身穿件汗迹斑斑的背心,下肢则松松垮垮地摊在地上,两腿大敞着。像是无意又像是成心。

他知道女生们对夏天的他深恶痛绝。

但是现在,他紧挨着那个刚到任的关干事,眉开眼笑地坐在会场中间,脸上透着一股掩不住的幸灾乐祸的神情。

他高兴什么呢？

丛容想起钟雨墙的警告，想起他真实的忧心忡忡，顿时明白事情真的开始啦。

和贫下中农结合，比如菜堆？

堆在墙角、摊在地上、叉着腿、眯着眼、一个劲地吸纸烟的菜堆。丛容心里一阵痉挛。

而对面，关厚文和蔡阿堆已经互相道过开场白，关厚文正在朗朗有声地给大家念县知青办《关于动员知识青年扎根农村的决定》。

丛容的耳朵里飘进许多铿锵的道理。这些道理都高尚正确，掷地有声，感人肺腑。丛容从小到大都是学生干部、三好生，她对高尚正确的道理是最热爱最信奉也最愿意身体力行的了，可是很奇怪，这回不行了，这回只要眼角的余光一瞥到菜堆，丛容心里就一阵痉挛，那高大正确的道理也就在进入她内心的那一刹那，变成了汽笛警报，变成闪闪烁烁呼啸前行的危险信号。

正在这时，关干事凌厉的眼睛盯住丛容。

"丛容，你是先进知青，模范知青，这回，你可是首当其冲，躲闪不得啊！"

丛容像一个被抽了线的木偶，僵直地站起来。她发现自己手脚冰凉。

"县委刘书记、公社苏主任都交代了，你是知青典型，得发挥典型的作用，好好带个头才是！"关干事又说。

丛容不知所措。她愣了半天，渐渐觉得这一切不太真实，像是在梦里。

梦里的警告。梦自行演绎。

"关干事，这次扎根是试点还是运动？是自愿还是强迫？"

是吴茵然的声音，她站起来替丛容解围。

"这个嘛，应该说目前还是试点阶段，但很快就要推而广之，形成不可逆转的运动。至于是自愿还是强迫，当然啦，是自愿，号召自愿，动员自愿，要求自愿……就像你不吃饭，谁也不能强迫你吃一样。扎根农村当然是有觉悟有志气的青年的自愿选择，自觉行动！"关厚文滔滔不绝。

"同学们，听见没有，是自愿，不强迫！是自愿！这下大家可以放心了。"吴茵然兴奋地说。她一向不爱抛头露面，今天这样一反常态，丛容心里有说不出的感激。

但是关厚文、蔡阿堆却沉下了脸。关厚文站起来，扫视每一个知青，目光炯炯，咄咄逼人。他再三强调：

"是自愿，但动员自愿，要求自愿，绝不放任自流！"

当天晚上，关厚文单刀直入，找丛容谈话。关厚文先是闪烁其词，大绕弯子，一会儿介绍兄弟地区的扎根运动，一会儿传达县委、公社党委对后景知青的期望，然后又是动员、疏导、提醒……最后，关厚文说：

"全县的扎根运动能否推开，关键是后景大队的试点能否成功，后景的试点能否成功，关键在你丛容这个先进知青是否真的先进，是否能够率先响应，坚决彻底，骇世惊俗……"

骇世惊俗。

骇世惊俗。

丛容被这个触目惊心的词缠绕了足有两分钟，然后，像一个恐高症患者(比如她自己)突然发现脚下是万丈悬崖一样,顿时惊恐绝望起来。

果然,关厚文开始某种提示了:

"县委、公社党委对你寄予厚望,希望你能为全县知青作出表率……妇联苏主任跟我说过你的家庭,你母亲的病……我们认为,广阔的农村是你最好的选择,质朴的农民、清新的空气、单纯而又火热的生活,是对神经紧张、伤感颓丧、无病呻吟的最好治疗……蔡阿堆、吴三斗这样的贫下中农,是你们最好的老师,最亲的亲人……"

吴三斗的阔嘴立时进入丛容的视线。村里人说,吴三斗的嘴比斗大,所以得名吴三斗。

丛容的嘴角浮过一撇空洞的笑意。

"你也这么想?那很好,很好嘛!"

见关干事误解了她的意思,丛容赶紧摇头。

关干事的脸重新沉了下去。

"总之,希望在扎根问题上,你能够坚决彻底、骇世惊俗。你的勇敢行动将使你上地报、省报、人民日报……你将使后景大队和前卫公社名扬全国……同时,全国人民也将知道一个志在农村、扎根山区的女知青丛容!……"

邢燕子、侯隽、丛容?

丛容下意识地摇头。她不是害怕留在农村,她是害怕蔡阿堆、吴三斗。不,她也不是害怕蔡阿堆、吴三斗,她是害怕异性,害怕所有试图接近她、能够接近她的男人。

她想起她的第一个记忆。那时,她肯定还没超过五岁,总之那时候父亲还在家,而且她也喜欢父亲、敬仰父亲。可是有一天清晨她冻醒了,她看见父亲在她的床前,正弯腰抱起滑落在地的被子,重新盖到她的身上。就在被子重新挨着她的那一瞬间,她发觉她的睡裙是卷着的,她身上的小裤衩、她那小小的腿脚全都裸露在外。父亲手上的被子轻轻放下来,重新盖住她,父亲要她继续睡的声音温柔而慈爱,可是她却顿时恼怒起来。她恼火自己蹬掉了被子,恼火睡裙居然卷了起来,恼火穿着裤衩的下半身裸露在外,更恼火父亲看见了这一切!

整整几天,她生自己的气,更生父亲的气。她甚至从那天起不再叫他"爸爸",她差不多把他当做一个敌人,一个潜在的莫名其妙的敌人了。

从那天起,直到后来父亲离开家,她都没再和父亲亲近过。她固执地拒绝父亲的目光,拒绝叫他"爸爸"。

直到她十一岁了,而且意识到在她和母亲的生活中,父亲是缺席者,她对父亲的敌意才渐渐消失,"爸爸"这个词,才渐渐重返她的意识、她的内心、她断断续续的梦。

而且日渐浓烈起来。

"你在想什么?怎么总是心不在焉?"

关干事的声音尖锐起来,而且十分不耐烦。

"好好考虑,三天后给我答复吧……希望你向县委交一份满意的答卷!"关厚文面对神思恍惚的丛容,恼怒地结束了他的谈话。

夜里,丛容怪梦联翩。当然,亲人们也在梦里:母亲恍惚的神情,父亲高大的背影(只是背影),还有那株静静挺立、默默无语的木棉树。自从丛容下乡以来,天井里的木棉就成了母亲的亲人、朋友、侍从。母亲说她常常坐在门槛上,和咫尺之隔的这株木棉静静对视。母亲说树是没有知觉、没有反应的,树也没有心肝肺之类的东西,可是树也像猫啊、狗啊一样,你养它、喂它、待它好,和它说话,日久天长它也会像猫啊、狗啊之类的通人性,有感情,懂你的话了。母亲认为天井里的木棉在她日复一日、年复一年的注视下,已经懂得感情、粗通人性了。

母亲絮絮叨叨地说这些的时候,丛容常常笑而不答。她心里另有秘而不宣的事情。她可比母亲了解它。她对它的爱,母亲知道了准会吓一跳。她,她是把它当人、当神、当梦想、当靠山来爱的。那是父亲还没离开她们的时候,是她恼火父亲看见她的小裤衩和那可恨地卷起来的睡裙的时候。是的,正是那天清晨,她恼怒地钻出父亲刚刚替她盖上的被子,踢踢踏踏跑出房间,来到天井,她看见雨后的木棉清新苍翠,温婉柔和。它脉脉含情地迎候丛容的样子,使丛容相信它了解她心里刚刚发生的一切,而且对她饱含同情。一个声音在丛容心里叮叮咚咚响起来,像歌又像梦,像诗又像琴。五岁的丛容走近它,张开双臂温柔地拥抱了它。

当她把自己发烫的小脸抵在它那粗糙清凉的树干上时,她发现,心里的恼怒神奇地消失了。

从此丛容爱上了它。无论是流火的七月,还是料峭的早春,每天早晨丛容醒来,第一件事就是穿着睡裙奔向它。丛容像拥抱哥哥一样拥抱它,温柔地问它早安,告诉它夜里做的梦,把热乎乎的小脸贴到它那粗糙冰凉的树干上,仿佛它真的是她的哥哥,她的朋友,她的忠实而又得体的保护人。

小丛容变成了一个恋家的人。她不再像一般的孩子那样向往远方,喜欢外出,喜欢所有新奇陌生的东西了。她哪儿也不愿去了,她只想呆在家里。每天醒来能看见亲爱的木棉,拥抱它,和它说夜里的梦,心里的事,成了她最大的快乐。她的愿望变得简单而又坚定了。

七岁那年,母亲送她到附近的中心小学上学。开学第一天,丛容觉得漫长得像是一个月。上课、下课、上课、下课,铃声响了多少遍,老师换了多少个,就是不能回家,不能看见那棵树,那棵亲爱的苍翠的木棉树,丛容心里绝望极了。

好容易挨到放学,母亲来接她,丛容见到母亲的第一句话就是:

"它好吗?它找我了吗?"

"谁?谁找你?"

想到妈妈并不知道它和她之间的秘密,丛容只好闭嘴。她只是急匆匆拽着妈妈一路小跑,恨不得立刻踏进家门,踏进那个站立着它的小小的可爱的天井。

到家了,妈妈累得上气不接下气,一下子就倚在门框上,大口喘气。丛容扔下书包,欢呼一声扑向天井,扑向那棵等待了她一天的孤独的木棉树。

妈妈睁大了眼睛,不胜惊讶地看着丛容。她显然不明白女儿的这份激情来自何方,有何意义,不知道这种情感意味着什么。

而这天,当丛容被"骇世惊俗"四个字弄得焦虑不安,直到夜半才昏昏睡去时,她再次和亲爱的木棉依偎在一起了(长大以来,尤其是进入高中以后,丛容几乎不再拥抱它了,某种障碍阻隔了他们,静静对视成了他们之间相互探寻的形式。只有在梦里,丛容才会偶尔和它聚首)——她顿时获悉了秘密。或者说,一种意义。

朦胧中,她听见一道耳语般的召唤。她听见它在说:

"来找我……来找我……我帮你……"

那声音像它的表皮一样斑驳粗糙,但那声音坚定沉着,足以信赖。

一觉醒来,丛容发现持续了几天的焦虑恐慌消失了,代之而起的是肉体的痛苦——她发现自己头疼得厉害,简直像要劈开一样。浑身上下,也没有一处不酸疼的。吴茵然坐在她的床前,正在把一块冷毛巾往她额上敷,见她醒来,吴茵然说:

"小姐,你可吓死我了,高烧不退,废话连篇。没见你受凉啊,怎么病成这样子?——吓死人了!"

丛容这才知道,她已经烧了三天了,就是此刻,也已是午后两点了。这三天里,赤脚医生来过,关厚文来过,蔡阿堆也来过,丛容就是干烧不醒。吴茵然提议把丛容送到县医院去,关干事不准,关干事说没超过四十度,不碍事的,不过是病毒性感冒,烧够三天自然会好,送医院也得烧三天,何必多事。何况扎根任务要限时完成,她走了,你来带头?说得吴茵然只好住口。最后还是支书福成老头来了,他带来福成婶用芭蕉头挤的汁,吴茵然和福成伯一块动手,把整碗的芭蕉汁往丛容嘴里灌,丛容才慢慢退了烧。

"你这是怎么啦?说病就病,吓死人了!"

吴茵然告诉丛容,关干事可恼火了,说她是装病,想逃避扎根运动。后来见她实在烧得烫人,才不再说这种话。不过关干事说,烧不烧,于事无补,三天后,组长必须带头表态扎根。

"怎么办呢?"吴茵然焦虑得不行。

丛容却幽幽地笑起来。怎么办？她不知道怎么办,可是她知道不必怎么办。也不用怎么办。

丛容费了半天劲才让吴茵然明白这个意思。吴茵然一听明白,眉毛立刻竖了起来:

"什么？不知道怎么办,可知道不必怎么办？你的脑子是不是烧坏了？还是你又烧起来了？"

吴茵然伸手去摸丛容的额头,被丛容一下甩开了。

"我没发烧……是你在烧！……天下——本无事……庸人——自扰之……"丛容发现自己嘴里出来的话似乎都裂成了两半。

一半溜进吴茵然的耳朵,一半撞到墙上弹回来,又缩回丛容嘴里去了。

"好,好,你觉悟高,不害怕,你乐意扎根,乐意嫁给什么蔡阿堆、吴三斗的,你就嫁吧。我管不着,我也不必管！"吴茵然怒气冲冲。她可真生气了。

要是以往,看见好朋友如此生气,丛容肯定要急得不行。她会急着向她解释,急着安慰她,平息她。可是现在,她很奇怪自己无动于衷。既不解释也不安慰,只是冷眼旁观,无动于衷。

一夜之间,她成了冷血的人,没肝没肺的人？

冷面冷心,没肝没肺。

像一棵树。

木然漠然,无知无觉。

吴茵然一向被丛容哄惯了,见丛容半天无动于衷,不禁奇怪起来。她忘了自己正在生气,又急切地跑到丛容床前,摸丛容的额头,看丛容的神色。她真的怀疑丛容是被这场高烧给烧坏脑子了,否则,怎么这样一反常态!

难道丛容忘了那个狗屁"扎根"就在眼前,她正首当其冲,在劫难逃吗?

最让吴茵然受不了的,是丛容和她之间一向"推心置腹",无话不谈,她们是多么要好的朋友,一向有福同享,有难共当,而现在,眼看大事临头,丛容却不急不恼,既不商量也不求助,活像一个木头人!

听说丛容已经退烧,关干事、蔡阿堆陆续推门进来。关干事让吴茵然去把知青们都叫来,"扎根表态会"就在丛容的宿舍如期举行。

趁知青们还没来,关干事又一次提醒丛容,要她坚决彻底,做好表率,不要辜负组织上的期望。丛容点头微笑,似乎胸有成竹。

关厚文松了一口气。他真高兴丛容果然如他所料,简单脆弱,容易就范。真高兴眼看就要大功告成,苏主任那边可以交差了。

可是当他宣布扎根会议如期举行,由知青组长丛容首先表态后,他很快就吃了一闷棍,既恼怒又茫然无措了。

丛容由吴茵然扶着,半坐半躺地靠在床上。她面色苍白,冷汗淋漓。当她开口时,大家听到了一种斑驳粗糙的声音。那是一个人人都陌生的声音。那绝不是丛容的声音,也绝不是人的声音。

那个声音既坚实又沙哑,既低沉又斑驳,那个声音说:

"树……我之所爱是棵树……树……扎根泥土……无比芳香……树,它是父亲、母亲,它是情人、姐妹……

"它是你……它是我……它是我们……

"我的所爱是棵树……我是树,你是树,我们大家……都是树……"

房间里鸦雀无声,人人惊讶不已。丛容闭眼张口、声音斑驳的样子实在是太离奇,太不真实了。

扶着丛容的吴茵然甚至触摸到了某种惊人的变化。她后来一再强调,丛容的皮肤就在那个瞬间粗糙坚硬起来。那不是人的皮肤,那是树皮,是斑驳粗糙,历经风霜的老树皮……

而丛容的头发,也在那个瞬间支棱起来,其茂密如盖、婆娑纷披的样子,真像一棵树……

"她烧糊涂了。"终于有人嘀咕了一声。

关厚文也开始回过神来。

"丛容,你不要装疯卖傻,破坏伟大的扎根运动……"

关厚文说着,气呼呼地起身,想过去将丛容一把拽起,坐在旁边的蔡阿堆伸手制止了他。

蔡阿堆将关厚文拉回身边,要他坐下,然后压低嗓音对他说:

"别碰她……昨晚我梦见她病了,烧退后变成了一棵树……这和她刚说的,不是对上了吗?……最近村里脑子闹毛病的女仔特别多,我看咱这会,就先散了吧,啊?"

附录三：

流泉市第三医院精神科诊断书

姓名： 丛容
性别： 女
年龄： 18
职务： 知青
家庭出身： 自由职业者
个人成分： 学生
病史：

  首次发病。

  高烧后出现幻觉、呓语。自述是树。有明显运动障碍，几乎整天不动，形同雕像。伴随缄默状态，拒不依从任何人，任何事。偶有突如其来的瑟瑟发抖，并宣称风狂雨骤，落叶萧萧等。

家族史：

  母林多慈患精神性抑郁多年。

查：

  嗅视听感诸觉（略）

  心理测试（略）

诊断：

  紧张型精神分裂症

唯一的一篇黑色幽默小说

蜈　蚣

　　我一觉醒来,发现自己横在一张正吱吱嘎嘎摇头晃脑的竹床上,这吱吱嘎嘎摇头晃脑的竹床又横在一间又高又黑又空旷的房间里。我一下想不起来这是哪一世纪,在什么地方。我只好随便翻个身。这一来,丢掉的记忆成串地溜回来了——对面是陈明,他昂首挺胸地躺着,一只手摆在脑门下方,不知正在朝谁致敬。另一只手按在小肚子下面,肯定又在做他每日必做的青春梦。石子兜。石氏祖庙。我躺在我已经躺了一年的石子兜的石氏祖庙里。这祖庙早已不燃香火。二十年来,它历任小学堂、"炼钢炼铁厂"、食堂仓库、屠宰间、蘑菇房。现在,其中的两间又高又黑又空旷的房间则被提升为知青宿舍。我就躺在这被提升了的知青宿舍里。

　　我对着高高的房顶打了个哈欠。立刻我就想起那个打了个哈欠就稳稳地被压在手扶拖拉机底下的戴涵。他那时已经在拖斗上美美地睡了一觉,翻车的前一刹那,他刚刚醒来,伸着两只修长的手臂,打了一个又潇洒又漂亮的哈欠,然后,就潇潇洒洒地被翻了个个儿,手扶拖拉机稳稳地压在他的前额他的胸脯他的大腿他的脚踝子上,这一压就是永恒。他从此不再伸开修长的手臂,打他的又潇洒又漂亮的哈欠了。

　　我又连着打了五个哈欠。这一次是为戴涵打的。想到他和我有过不错的交情,他又先我而作古,我就不忍心不替他把没打完的哈欠接着打完。

一只硕大无朋的蜈蚣沿着墙目标陈明袅袅婷婷地爬过去。陈明却临危不惧,照样做他美滋滋的青春梦。想到陈明一觉醒来发现怀里不是妙龄女郎而是张牙舞爪的大蜈蚣,我就恨不得立刻给大蜈蚣发一个"模范知青"奖外加一套精装"毛选"。

讨厌的是司徒就在这个时候推开房门。房门照例趔趄了一下,照例差点砸了司徒,又照例不无歉意地站在它已经站了几十年的老位置上。

"你们呀,又睡懒觉了。"司徒一开口永远极亲切极真诚。说实话,要是撑掉她的极亲切极真诚,她其实还是个蛮漂亮的妞儿。

"呀——"

司徒突然悠悠地叫了一声,奔过去一把拽起陈明。

陈明的好梦被拽断了。他睁开眼,茫然地看看四周,突然惨兮兮地也叫了一声。

我没事似的看着他们。司徒此刻相当可爱,脸上该红的红该白的白该黑的黑,既不亲切也不真诚只是一脸的惊慌。要不是陈明已经回过神来正恼怒地盯着我,我想我说不定会来点罗曼蒂克,过去锛她几下的。

陈明恶狠狠地盯着我。"你、早、就、醒、了!"他说。

我对他莞尔一笑。然后,我走过去,用脚上那只厚厚的木屐把已经逃到墙角的大蜈蚣送给了戴涵。我碰巧记起来,今天是他第十七个生日。一份生日礼物。

司徒虽然过分亲切过分真诚,但丝毫不妨碍我们每天享用她准备的早餐。这傻妞儿至少每天比我们提前醒两个小时。挑水、烧番薯稀饭,然后扫院子扫天井,然后看书做笔记。有时哲学有时政治经济学有时不知什么学。

这天当然还是番薯稀饭。陈明边吞边说:"百食不厌。百食不厌。"我正想也发表一点高见,嚷伯一摇一晃地进来了。这位嚷伯是负责对我们进行再教育的大队支委,又是大队贫协主任兼公社贫协副主任兼县贫协副主任。据说他家世代赤贫,从满清时代到民国结束前全靠一根打狗棍一只破瓷碗乞食为生。直到嚷伯手里,这打狗棍破瓷碗才完成其历史使命,光荣地进入阶级斗争展览馆,而它们的主人也因忆苦得力而终生辉煌。他的全名叫石傻嚷。公社县里上上下下见了他都尊称他老石,石子兜的少男少女当面叫他嚷伯背后直呼其名。我则送给他一个极亲切极真诚的绰号"摇啊摇"。这一来全村都叫开了。有几次不幸被他听见,我以为我得挨几个巴掌了,没想到他倒不怎么计较,他只是瞪了我一眼,嘟嘟嚷嚷了几句,就走开了。他这样宽宏大量,大概是因为他还有点自知之明。因为他的的确确是个瘸子。

嚷伯看我们正在天井里吞番薯,就很自觉地向我们房间摇去,边摇边仁慈地说:"慢慢吃,慢慢吃,嗯,吃完开个紧要会议。"说完他落座在我们的门槛上。

司徒于是说:"快点吃,吃完开会。"

于是又一片"唏唏溜溜"的吞咽声,各位加快了吞番薯喝稀饭的速度。我当然也遵旨行事。大概三分钟后,司徒陈明刘苏亚林虹他们个个都去洗了碗准备开会。不过,他们的努力照样有点白费。紧要会议并没有在三分钟后召开。因为我一碗接一碗地吞番薯稀饭,足足吞了半个小时,累计八大碗。当然,这顿饭使我受害不浅,至今我的胃还时时作疼。

但是当时,大家都耐心地等着我,于是我也就气宇轩昂地让他们耐心到底。

紧要会议在嚷伯的嗯嗯声中开始了。他无比郑重无比严肃又无比激动无上欢欣地传达了县委知青工作会议精神。这精神对于我仍如万物万事对于我一样,只需一笑就对付过去了,而对于司徒他们不啻是惊雷一声。

嚷伯嘟嘟嚷嚷反反复复强调的会议精神其实就两个字:扎根。

"县委……嗯,县委让动员你们学生娃扎根……扎根农村,也就是说,在我们这里成家立业……嗯,也就是说,要和贫下中农成家,成家……最好是和贫下中农成家……当然,也可以你们学生娃自己和自己成家……不过,最彻底的扎根当然是和贫下中农……"

看得出来,司徒他们目瞪口呆。我立刻幸灾乐祸起来。我伸出手,拍了几下巴掌。但我的脚立刻被司徒狠狠踩了一下。我可没想到司徒也会这么不亲切。

"嗯,县上还决定,我们这里作为试点……也就是说,在最近两个月内,要把这个工作完成……也就是说,嗯,实现人人扎根农村,人人铁心务农……"

我又拍了两个巴掌。这回司徒不踩我了。她脸色煞白,呼吸急促,大有立刻要晕过去之势。看到她也有沉不住气的时候,我真想给嚷伯还有县里还有市里那些发明扎根的家伙也发一个什么奖。

嚷伯看到只有我一个人反应热烈,很有些扫兴。他于是拍拍我的肩,说:"你们讨论讨论吧……反正两个月内要把这个任务完成……嗯,也就是说……嗯,这是县知青办的要求。"说完,他很有气度地朝门口摇去。

嚷伯刚出门,司徒立刻低低地说了声"散会"。但是,只有我一个人奉旨走开,陈明刘苏亚林虹他们都没挪身子。

公社知青办来了一个姓薛的干事。他是专门来抓扎根试点的。他大概听嚷伯介绍过我在紧要会议上的突出表现,所以一来就猛拍我的肩膀,说:"好样的。好好表现。我将把你树为典型。"

我满怀敬意地朝他三鞠躬。"多谢栽培。"我说。"我早就是典型了。黑崽子典型。后进知青典型。往后,则要当扎根典型了。"我又接着说。

他愕然。"黑崽子典型?老石怎么没说?嘿,这个老石啊!"他摇头,不再和我拍肩膀了,他头一昂钻进我们宿舍。

司徒正好从厨房出来,看见我,便请我上她房间去坐坐。

"训话?洗耳恭听,洗耳恭听。"我一脸谦恭,径直走进她的宿舍。

其实,算起来,我和司徒称得上是青梅竹马。她比我大一岁。大概十五年前我常常从窗口里探出脑袋来,拿着个玩具喇叭冲着她大喊"姐姐"。可十五年后(真见鬼),她又是知青组长又是妇联副主任又是民兵营副营长又是头号傻妞儿,我就不再理她了。为这个,她大概心里常常觉得委屈。

这不,她这会儿又万分委屈地看着我,"别这样和我说话,求求你。"她叫起我的小名,她不知道这更使我烦她。

我正想再给她一篇杂文(我是有名的杂文家,而且是鲁迅式的,辛辣尖刻赛匕首赛投枪),她却突然间抽起鼻子来。这一来我只好把已到喉咙的杂文咽了回去。我最见不得少男少女的青春泪。

不过,看见司徒那张极亲切极真诚并且蛮漂亮的脸蛋上已经没有亲切没有漂亮只剩一点真诚外加两窝泪水一个通红的鼻子时,我也就宽大为怀了。

司徒抽着鼻子告诉我,薛干事找她谈过不下五回心了,每回的内容都是扎根,不但扎根,而且要彻底,不但彻底,而且要独树一帜,不但要独树一帜,而且要富于牺牲精神献身精神,要轰动全县……

司徒的鼻子越抽越剧烈了。凭这一个,我就知道下文是什么了。我早就从嚷伯这个老单身汉的无上欢欣中看出端倪了。这可真够司徒受的。但我还是忍不住要"祝贺"她:

"恭喜,恭喜,往后殿下又多两个衔了:扎根典型,摇摇夫人。"

"你……"司徒抬起头,狠狠瞪了我一眼。这一眼之恶之狠之深刻使我足足心惊了三天。

"你以为我要的是这一切你这傻瓜!——告诉你,我要的是上大学!上大学!"司徒冲着我大叫大喊,一派歇斯底里的样子。

我只好愕然。

后来我才知道,司徒说的倒不是假话。她认认真真地当她的头号傻妞儿,其实只是为了插够两年队后能够被推荐上大学。她从小到大最强烈最真诚最唯一的愿望就是上大学(真他妈见鬼),而现在,她的努力她的幻想一齐完蛋了。她不再像以前那样又亲切又矜持。她动不动就抽鼻子。她甚至跑到石福成老头那儿抽去了。石福成是村里唯一没有领受过我的杂文的大队干部。他是副书记。土改后期就是副书记,现在还是副书记。

司徒在福成老头那儿大概很受了一番安慰,并觅得良方了。因为她回来的时候那张脸又恢复几分漂亮几分矜持。她开始和陈明过从甚密。

可惜的是陈明突然对他每日必做的青春梦丧失了兴趣。他常常离开他的吱吱嘎嘎的竹床和司徒和我们和前仆后继、生生不息的蜈蚣们,往市里往家里跑,后来才知道他的目标其实不是有橘黄色台灯有悠扬琴声的温馨的家,而是冷冰冰黑乎乎厚厚实实四四方方的监狱。他和他的同样年轻的战友们散传单贴标语,传播政治谣言组织反革命游行,结果不久就和他的同样年轻的战友们一样戴着手铐拖着脚镣走向昏暗的牢房。此一举使我的匕首投枪沉默了几天,并且有好几次突然后悔以前对他的种种不恭。

司徒的反应比起我当然强烈得多,她的鼻子又不断地抽起来了,她甚至埋怨陈明没有发展她为难友,否则一扇铁门就能牢牢隔断她旷世的烦恼。对此,我深表同情。

司徒也许曾经把我当做最后一根救命稻草,但我那种杂文家的风度并那种拒人千里之外的姿态肯定使她不寒而栗,她的痛苦于是日益深重日益伟大,直到有一天救命的灵感终于突然光临她悲怆的心田,她才深深地吁出一口气,把矜持和漂亮重新召回脸上。

至于刘苏亚林虹她们在薛干事的反复动员下有何感想作何打算,我不大清楚,因为她们一向只在她们俩独处时表露感情交流看法。但看得出她们不像司徒那样失魂落魄。她们肯定正在庆幸自己以前不曾像司徒那样大出风头。

薛干事虽然早就不再拍我的肩膀,但他显然没有忘记"出身不能选择,道路可以选择"的训诫,仍然定期对我训导。他的话深得我心。

"你出身于反革命家庭,只有彻底和贫下中农结合,才能新生。"

"再说你的父母早就畏罪自杀,你已经没有家。你只能把石子兜当做你的家,牢牢地扎下根来,彻底脱胎换骨。"

我举手赞成他的话就像举手赞成枪毙他一样真心诚意。我当然知道当今当世我该干些什么和我想干些什么。

当两个月的试点大限终于到来的时候,薛干事、嚷伯召开了一个名曰"扎根会议"的重要会议。参加者是全体知青、全体贫协委员,外加部分石子兜籍的少男少女。公社知青办、县知青办都派员列席了会议。

会议就在石氏祖庙的四方方的天井里举行。天井四面的墙上贴着薛干事口授我自告奋勇书写的红色标语:"志愿扎根农村,立志铁心务农","农村就是我的家,贫下中农就是我的亲人"等等。天井中央的方桌上,摆着几朵纸做的大红花,那是准备对宣布扎根的知青表示祝贺的。不用说,气氛挺像一回事。

可惜的是薛干事虽然苦心经营了两个月,谈心动员说服引导累计不下一百人次,并且自信已水到渠成,可以庆功领赏了,事情的结局却远非如此。

鉴于戴涵已作古,陈明已锒铛入狱,所谓全体知青,实际上就是司徒刘苏亚林虹外加我四个人。刘苏亚、林虹这两个妞儿实在是老谋深算。会前她们不动声色,跟没事人似的,还在那里张罗着贴标语做纸花,待到会议进行到实质性的一项——由各到会知青宣布扎根决定(包括和谁结合何时结合等)时,我们那胜利在握的会议组织者才发现这俩妞儿已经没影了——她们带着几件半旧的衣服,悄悄地永远地离开了石子兜。于是,司徒和我就成了全体知青,也成了薛干事的救命稻草。

确切地说,是司徒成了薛干事的救命稻草。因为薛干事心里,肯定对我打了不下十万八千个问号。他对一个黑崽子会有革命行动无疑是深表怀疑的。而这一点上,他确实是明察秋毫,极富洞察力的。

但令薛干事伤心万分的是,一向驯服、听话的司徒也背叛了他。当他强作笑脸宣布会议继续进行,由先进知青模范知青革命知青司徒文心表态扎根时,司徒惨白着小脸,摇摇晃晃地站了起来,她的所有的亲切矜持漂亮全都化成了一头冷汗:

"我……我……我……"

所有的目光都集中在她惨白的小脸上。期待的、好奇的、同情的、幸灾乐祸的……应有尽有。我也盯着她。我的目光里,没有期待,没有好奇,没有同情,也没有幸灾乐祸,我的目光里只有一个字——笑。不含任何内容的笑。

"我……我……"司徒不停地嗫嚅着,好长时间没有说出一句实质性的话来。薛干事不耐烦了,索性站起来,接口说道:

"司徒文心同志对这一次的人生转折是太兴奋了。我来替她宣布光荣而神圣的决定吧……"

"不,不,——我自己来,自己谈。"司徒的嗫嚅顷刻全无,可贵可敬可钦佩的大智大勇重新回到她的身上,她一字一顿一句一停地宣布了她的决定。这个决定,使嚷伯顿时嚷嚷起来使薛干事差点没背过气去使县知青办的大员深表遗憾使全场哗然使我的目光更加充满笑意……

司徒宣布的是,她和戴涵青梅竹马,从小一起替五保户搔背为学校养猪帮警察叔叔抓特务,感情深厚无比,自从戴涵为新农村的建设光荣献身,一年来她对他的感情和怀念与日俱增。值此扎根农村的大好时机,她决定把自己的一生和戴涵和石子兜紧紧联系在一起,从今天起她就是戴涵的妻子石子兜的永久公民,她要把一生都献给戴涵的热血浇灌过的这一片土地等等等等。

薛干事显然绝没想到司徒会来这一手,顿时方寸全乱了,"你!你!你!"他只能对着司徒又愤怒又无可奈何又欲罢不能地瞪着。会议像被送进冷库速冻一样突然凝住不动了,足足僵持了上千秒钟。最后,久经考验的老练的福成老头站起来收拾残局:

"我们尊重司徒同志的选择,也,嗯,钦佩她的献身精神和扎根精神……嗯,考虑到新郎已经安息了,接下去的仪式就免了……这个……嗯,这个……我看,会议就开到这里吧。啊?"

薛干事似乎已经背过气去,他既不点头也不摇头只眼睁睁看着司徒发狠。于是福成老头不低不高地叫了一声"散会",又于是全体贫协委员、部分少男少女和全体知青的二分之一都起身准备退席——就在这时,我听见自己叫了一声:

竖琴的影子

"慢。"

于是大家全都站住全都回过头来。薛干事一看是我,丢了半天的魂儿全回来憋了半天的火立刻发作了。"你这个黑崽子想干什么想干什么?啊?"他气汹汹地对着我叫。

我不理他,顾自不高不低不慌不忙地对大家说:

"请大家留步,我还没有宣布我的扎根决定呢!"

薛干事大概料定我干不出好事来,急忙连声对大家说:"散会了,散会了。"说完他又回头来对我嚷:"你给我老实点。"并且给我一个极严厉极凶狠极阴森的脸色。

但我仍旧不理他,仍旧不高不低不慌不忙地朗声说道:

"我决定响应县知青办公社薛干事大队嚷伯的扎根号召。我决定和本大队最贫穷因而也是最革命最不幸因而也是最光荣最平凡因而也是最伟大的贫农社员结合。我决定今天就和她办理结婚登记手续。"

天井里顿时响起一片嗡嗡声。各种各样的脸,奇怪的惊心的愤怒的茫然的都对我大扬特扬。我全都视而不见。

我满怀柔情、郑重无比地指着门口一位女郎:"她,就是我选中的新娘。"我说。

站在门口(严格说,是趴在门口)的是绰号"四脚蛇"的贫农女社员。她天生畸形,两条腿萎缩,既不能站立,也无法如常人一样行走,她只能像蛇一样四肢着地爬行。她那年芳龄三十八。她当时正趴在门槛上,扬起有着一块红记的粗糙的脸,不解地看着天井里纷纷扰扰的世界。

我气宇轩昂地走过去,和她并排趴了下来。

伍必扬是这样一个人,矮矮矬矬,肥肥胖胖,浑身上下透着一股无心插柳、随圆就方的劲头,让你感觉这是一个事事厚道、处处随和的人。唯一的例外是他的眼睛。他的眼睛狭小深长,影影绰绰,瞳仁漆黑又闪烁不定,给人一种秘而不宣、深不见底的感觉。这样一双贼一样的眼睛安在他那胖胖乎乎、随意随和的身材上,造成了一种奇特的无可名状的效果。

丛容见到他已经是她到心理研究所报到的第四天了。身为实际负责全所工作的副所长,伍必扬外出开会回来,立即在办公室召见几个新分来的研究生,丛容是其中之一。丛容读研究生的时候,曾经认真读过伍必扬的那本《马克思主义心理学原理》。不知道是伍必扬这个名字,还是那本书的行文风格,使丛容认定作者是个修长、儒雅的人。不想如今见到的伍必扬却是这样一个说不上圆也说不上方,身体随随便便,目光尖利挤迫的人,丛容心里顿时无可名状。

不过丛容马上就批评自己以貌取人。为什么学者就一定是儒雅修长呢?为什么目光像鹰隼的人就一定像鹰隼呢？多少貌似忠厚的人做出的事是多么的不忠厚，这一点难道你忘了吗？

丛容一边嘲笑自己，一边这只耳朵进，那只耳朵出地倾听所长训诫。伍必扬谈兴正浓，从心理学的使命谈到本所的具体任务，从老一辈被耽误了的学术生命谈到青年一代的生逢其时，还有他寄希望于青年学子的学术修养、学术道德、学术品位等等。他一边侃侃而谈，一边用尖锐的目光扫视面前的听众。每隔一两分钟，那尖锐深长的目光就从丛容脸上一掠而过，使丛容顿时一阵紧张。这是个什么样的人呢？厚道？尖刻？迟钝？机警？他所强调的学术道德，学术修养像悦耳的乐章，适时地一句一句灌进丛容的耳朵。丛容的紧张渐渐得到缓解。

伍必扬副所长结束训诫的时候，目光正好停留在丛容身上，伍副所长说：

"听说你是停职读的研究生，这很好嘛。为什么不在大机关工作，却转行搞心理学？"

"我，我这人是书呆子……从小就书呆……喜欢啃书本……而且，我不喜欢机关的气氛……我……我不大能适应。"丛容没想到所长向她提问，顿时结结巴巴和盘托出。

"是这样。喜欢心理学？"

"是的，很喜欢。"

"那好，我手头就有一个课题，很适合你这种有实践经验的同志。你留下来，我们继续谈。"伍必扬说完，示意其余几个研究生：召见结束，你们可以走了。

"你看，这是所里刚接的课题，你看看，有感兴趣的吗？"同事们走后，伍必扬从抽屉里拿出一份材料。

"有喜欢的,你先挑一个,其余的再往下分。"伍必扬说着,盯住丛容,活像苍蝇盯住一个蛋。

"您不是说,有适合我的课题?"

"啊,对,对,差不多是这样。另外,呃,我也是,呃,想照顾你,让你先选一个喜欢的题目。"

"这,这合适吗?"丛容有些不安。

"这有什么? 没关系,没关系的——你看你,还是大机关出来的呢! 难怪你不适应。"

丛容于是指了指标着"三"的那一行。

那上面是《浮动的焦虑》。

"哦? 你对焦虑有兴趣? 有意思,有意思,我还以为你会挑《女性与过失》、《梦里的真实》之类的。好,好,有意思。"伍必扬的目光越发影影绰绰起来。

选题的事谈定之后,伍必扬就和丛容闲聊起来。他问了丛容很多问题,家庭啦,朋友啦,到北京几年啦,生活是否习惯啦等等,丛容一概照实回答。

知道丛容的男友正在南开读博士学位,伍必扬似乎格外高兴。他连声说:"好,好,什么时候见个面,我最喜欢有志有为的青年了。——像你,敢于放弃大机关的工作,改行搞专业,这就很了不起嘛,这一点就让我看重嘛。"

丛容发现自己心里的戒备渐渐解除了。好意毕竟让人愉快,何况丛容曾遭遇过那么多莫名的敌意。一张透着善意的笑脸,一份真诚的关心,一点一滴友情,都是最能让丛容感动的。

丛容的耳际甚至浮出钟雨墙当年关切的声音。

从所长办公室出来,丛容对自己离开机关,进入一个关系单纯的学术单位工作,对碰上一个正派正直、随和友善的领导庆幸之至。

丛容的论文写了六个月,这六个月里,丛容除了每周到所里去一趟,取资料,参加例会以外,几乎抛开了所有的杂事,潜心搜集资料,研究课题,撰写论文。甚至男友周觉每次回北京家里过周末,她都不能像以前一样,完完整整地陪他一天。她总是在周六晚上到他家,和他以及他的父母共进晚餐,然后,他们一起出去看电影、散步,或者在街心公园坐坐,聊聊天,直至夜深。夜深了周觉就步行送她回宿舍,因为只有三站地,也因为两个人携着手在深夜散步有种说不出的愉悦,他们两人都喜欢。丛容的宿舍很快就到了,于是他们在大门前告别。周觉一边说"再见",一边照例和她吻别。可是和以往一样,每次周觉一碰到她的嘴唇,丛容就不由自主地躲闪。她或者反过来吻他的眼睛、额头,甚至鼻子,或者突然说起一件重要的、差点遗忘的事。有时则像被触到痒处一样,不能自已地笑起来,直笑得周觉的欲念也被感染成一长串的笑声——然后他们就余音缭绕地哈哈笑着分手,直至下一个周末。

有时候,周觉遏止不住地想见丛容,就打破协议跑来找她(他们曾经商定在周六晚上见面,周日丛容要弄论文),可是即使这样,丛容也不肯老实就范。她会胡乱应付一下周觉拥吻的热情,然后就派给他一堆活:查资料啦,摘卡片啦,上北图去借急需的书啦等等。实在没有需要干的具体活儿,丛容就要他独坐一隅,搜肠刮肚地回忆曾经出现的各种焦虑,尤其是前奏、起因之类的,为她的论文提供实例。周觉虽然是个博士生,可是声音铿锵,性格活跃,这样枯坐良久,搜肠刮肚地度过阳光明媚的周日上午令他痛苦不堪。终于有一天,他向丛容报告说他现在就有强烈的焦虑:他对被迫坐在那里思索产生了无法遏止的恐惧。

丛容只好妥协。丛容想起伍必扬曾经几次电话约她,都被她以赶写论文为由推托了,于是提议一起去看伍必扬。

他们到达伍必扬家的时候,两人都惊讶地发现伍必扬那样一个外观臃肿委琐的男人,家里竟然有一个美丽修长的太太,和一个同样美丽修长的女儿。这两个女人年龄相仿,相貌也有点接近,乍看之下,还以为是姐妹俩呢。丛容向她们点头微笑,她们却淡淡的,不太情愿回应的样子。她们稍稍应付了一下,便各自回各自的房间。客厅里只留下伍必扬和两个冒昧的来访者。

丛容只好开口道歉。她抱歉没有事先打电话,抱歉打断了伍所长与家人共聚周末,她说他们小坐一下,很快就告辞。

"什么话？难得见面,一起吃午饭,一起吃午饭!"伍必扬十分热情,他似乎很高兴见到周觉这个有志有为的青年。

伍必扬问起周觉的专业、导师、何时毕业、家庭情况等等。他听说周觉的导师是享有盛名的秦教授,周觉的父母是曾经被口诛笔伐的一对出名的伉俪学者时,脸上顿时泛起琥珀色的光芒。

敏感的丛容注意到伍副所长脸上的光芒。她以为这感人的光芒来自对几位前辈的景仰,后来才知道并非如此。伍必扬脸上的反应和常人大不相同。

吃午饭的时候(伍必扬坚持要他们留下吃饭,他的妻子只好摆出四碟小菜和一盘烧鸡),伍必扬频频向周觉敬酒,边敬酒边夸奖周觉"有志有为",青年才俊,要女儿向他学习。同时,他一再向周觉表示,丛容是从机关出来的,专业底子、学术资历都欠缺一些,不过没关系,他会关照的,他正好是主管业务的副所长嘛。再说丛容虽然专业弱一些,人却很勤奋。这就好,这就很好嘛。

这些话,伍必扬反反复复地说,说得周觉不自在起来。丛容倒没什么,因为她觉得伍副所长是好意,不过她也注意到伍副所长的妻女情绪渐渐昂扬起来。她们开始和丛容搭话,询问她以前的工作,何时才改行搞专业之类的。对于她插队多年,没有正式进入大学,伍家女士啧啧惋惜,同情不已。

伍必扬的女儿甚至放下碗筷,兴致勃勃地跑回卧室拿出美国某州立大学的录取通知,告诉丛容,她可是幸运得多,她下个月就要飞往美国读硕士了。说完,她很温柔地朝周觉微笑。

从伍必扬家出来,周觉闷闷不乐,周觉说:

"你别老是那么实在,到处承认你没正式上过大学,改行搞专业才几年。你不知道有些人很势利,她们会因此轻视你吗?"

"我不能说假话呀……再说,一个人有没有才能,并不完全是学历决定的……"

"多么堂皇的说法!可是我问你,现实生活中,大家是这么看的吗?"

"这个……"想到刚才伍家那两位女士的情绪转换,丛容只好语塞。

"不过,伍副所长是好意,他是想表示他会关照的。"停了一会儿,丛容又说。

"那是你的看法,我对你的这位领导没有好感。"

周觉说着,告诉丛容他累了,要回去休息。说完他紧跑几步,去挤正好到站的23路汽车。

望着周觉那夹在车门间缓缓远去的背影,丛容突然觉得周觉的话没有错:伍必扬的"关照"已经使周觉开始轻视她了。

丛容的论文获得了意想不到的成功。

最权威的《心理研究》刊登了这篇论文,紧接着《新华文摘》、《心理学年鉴》等很有影响的刊物也予以转载。心理学界对这个初出茅庐的青年表现出了相当的热情:因为她的扎实的研究与确切的分析,更因为她的论文散发着一种气质,那是一种超拔的直觉,是能够穿透迷雾,直抵本质的可贵能力。

连不大过问所里工作的老所长、著名心理学家路敬中教授都让助手找她去,和她谈了三十几分钟。

当然,不乏鼓励、激励她的话。

丛容真有点受宠若惊。

从老所长家里出来,丛容迎面碰上了伍必扬。伍必扬笑容满面地提起她那篇论文,说前天在一个会上,不少同行问起《浮动的焦虑》的作者。

"你是不鸣则已,一鸣惊人啊,恭喜,恭喜。"伍必扬说。

丛容最怕当面的称赞了,她总是不知道说什么好,这次也不例外。

"你上路教授家了?"伍必扬问。

"教授叫我去,我去坐了一会儿。"

"教授也欣赏你吧?"

"教授要我多努力。"丛容说着又有些不自在起来了。她总是不习惯当面的夸奖。

"脸红什么?路教授难得欣赏人,你这是福星高照啊——不过小丛,不要有事没事往教授那儿跑,当心别人说闲话呀。"

"闲话?"

"是呀,闲话,咱们所里的特产就是闲话,这你还不清楚吧?……咳,这些搞心理学的最善于揣摩别人的心理了,一揣摩出来啊,就传开去,成了闲话啰。"伍必扬的小眼睛有一搭无一搭地闪烁起来。

当然,丛容很快就认识到伍必扬的话不是无稽之谈了。

那是在丛容的论文获得本年度优秀论文奖之后。

首先,她和同事们,尤其是几个年龄、学历相仿的同事和睦友善的关系像遭了雷击一样突然中断了。上班碰面,再也没有往日的亲切亲热,大家回应她的笑脸的,是散发着寒气的客气,是冷眼飕飕的打量猜度……一夜之间,她好像成了违禁药物,大家都觉得应该避之不及了。

其次,风言风语也有意无意地飘进她的耳朵。什么"走所长路线"啦,什么"自视甚高,目中无人"啦,什么"患者自述,当然及第"啦等等,听得丛容莫名其妙,头脑发涨。她想真是见鬼,这样一个知识分子荟萃的地方,怎么也有这些无聊无稽的事?

丛容百思不解,想起那天伍必扬说的话,便想问问他。伍必扬说,他手头有事,约她下班后谈。丛容只好在办公室枯坐,等待所长下班。

枪打出头鸟,而你无意中成了出头鸟?

可是,这可都是著书立说,言之凿凿的人啊,正直正义,公道善良应是这里的准则。

也许另有蹊跷?

丛容自省,自从调到心理所来,她除了书本、论文外一无所为:不争不抢,不战不盟。她既没有盟友也没有敌人,谁在以她为假想敌呢?

为什么到处都是这一套呢?

振振有辞的人难道也不能例外?

"让你等了。走吧,我们找个地方坐坐去。"

伍必扬随圆就方的身体和他那尖锐挤迫的声音同时出现在丛容面前,有效地中止了丛容悲哀的追问。

在一家名为"好心情"的酒家坐下后,丛容就迫不及待地说起她的困惑。她不知道自己为什么成了问号,成了违禁药物?

"违禁药物?哈哈,你言重了,你言重了!"

伍必扬开怀大笑起来。

"真的,大家看我的样子使我觉得自己是个怪物。"

"没那么严重吧,啊?他们不过是羡慕你的成功而已。同行相轻,同事相嫉,这也是人之常情嘛,不必太在意,不必太在意嘛!"

"不,听说有人在散布什么,而且相当起劲。她是谁呢,她为什么要这样呢?"

不知为什么,在丛容心里,已经把这个人派定了性别:这是同性,是位女士。

"小丛,这种事不用放在心上——当然了,适当注意一下也是必要的。比如,学术上多汇报,多协调,精力上呢,多花一些在所里的工作上,不要只是自己搞研究,写论文,一枝独秀。还有呢,老所长那儿少去,他德高望重,跑多了,人家就说你'功夫在诗外'嘛。"

"我只去过一次呀,还是教授让去的。"

"我知道,我知道,可是在众人嘴里,一次就等于十次了。这个,你是挡不住的,嘴长在别人下巴上嘛。嘿嘿。"

"一次就等于十次?"

"是呀,有些事,一次就等于十次,有些呢,十次也抵不上一次。比方说,有人请我吃十次饭,抵不上小丛你陪我小坐片刻嘛。"

"这个……"丛容显然觉得伍副所长的比喻不当。

"所里呢,你不用担心,我一直都是关照你的……你不知道,我,我非常喜欢你……非常喜欢……"伍必扬说着,伸手去抓丛容的手。

伍必扬的手出奇的肥胖饱满,肉乎乎的,丛容一阵反胃。

丛容缩回自己的手,同时下意识地看了看伍必扬。

伍必扬却不在意,他仗着几分酒意,继续寻找丛容的手。他很快再次把它提住,紧紧拽在手里。

"我一直喜欢你,你不知道吗?……从第一天就喜欢你了,否则也不会让你挑课题,记得吗?……要是换一个你不喜欢的题目,你还会这样一炮打响吗?……嘿嘿,你该感谢我呀!你怎么谢我呢?"

伍必扬那秘而不宣、深不见底的眼睛渐渐凑了过来,丛容终于看清了那份秘而不宣。

丛容的胃又一次翻滚起来。

随着伍必扬越来越像钳子似的钳住她的手,丛容无法自已地颤栗起来。她觉得自己快要失控,快要叫出声了。可是她知道不能尖叫,不能失控。

当然更不能匍匐在地,任人踩踏。

丛容急速地扭转头,一方面躲开那已经迫在眉睫的秘而不宣,一方面也是下意识地寻求救助。

她看到了举着托盘,应声而动的送酒侍者,于是她急切地扬起尚处自由中的左手,示意侍者送酒来。

活像一个溺水者,绝望之中,茫然求救。

"您要什么?啤酒、干红、白兰地?"

"给这位先生,给这位先生啤酒,我,我来一杯咖啡,不,不,一杯柠檬茶,加冰的柠檬茶。"丛容结结巴巴地说。

招呼侍者显然不是长久之计,因为他无法久留,续完酒,他便高举托盘飘然而去。

"你在躲我?"伍必扬吞下大半杯啤酒,眼睛深处的秘而不宣换成了咄咄逼人。

相比之下,丛容更愿意要这份咄咄逼人。至少,这是径直明快的,不像前者那样混浊不清,腻味恶心。

"所长,您喝醉了……我想,我们走吧,我也累了。"丛容站起来。

"走?"伍必扬伸手将丛容按了下去。"你以为你可以发号施令是不是?你以为有了那篇走红的论文你就可以爬到我头上,对我指手画脚了是不是?……告诉你,早着呢!不要说一篇论文,就是十篇、百篇、千篇、万篇,也差得远呢!……不要得意得太早,不要不自量力!……想跟我抗衡,你还差

115

竖琴的影子

得远呢！……实话跟你说吧,所里的舆论是我掌握的,我说你白你就是白的,我说你黑,你就是黑煤球,黑木炭,黑非洲！……你想听更多的闲话,背更多的恶名吗？那好,你试试吧！"伍必扬气势汹汹,活像一只昂扬亢奋的斗鸡。

丛容猛地站了起来,她不胜惊讶。一个男人,一个领导,一个前辈原来如此以邻为壑,无聊无耻,原来一直在防范人,戒备人,时时准备封杀后学晚生！

看见丛容脸色煞白,伍必扬以为她被击中了,于是伸手去拽丛容的背包,要她坐下。丛容惨白着脸要他松手,他却以为丛容已无抵抗之力,所以拽得更紧了。丛容无计可施,又忍无可忍,僵持片刻,终于恨恨地甩掉背包带,将那个装着电话本、月票夹以及她总是随身带着的笔记本的背包留给了伍必扬,自己快步走出酒吧。

星期五,丛容硬着头皮像往常一样到所里参加每周一次的例会,并且惴惴不安地揣测见到伍必扬时双方都将多么尴尬时,却意外地发现伍必扬若无其事。他甚至比原来还要自然,还要既亲切又富于分寸。这一来,丛容倒自己尴尬起来,她狐疑不已。她使劲回忆那天在酒吧里的情形,想弄明白是伍必扬醉了,因而对当时失态毫无记忆,还是自己醉了,错把伍必扬的正常言行当做了秘而不宣、别有用心。整个例会期间,几个领导轮番讲话,丛容却像个白痴一样一句也没听见。她使劲想啊想,大脑神经紧张地在彼和此、此和彼之间转来转去,却始终没有理出头绪……最后,终于像触电似的,她想起了她的背包！她记得她的背包被伍必扬拽住了,无计可施之下她将背包带甩了下来,自己扬长而去……

散会后,她找到伍必扬,结结巴巴地提起她的背包。伍必扬却把眉毛挑得高高的,一脸惊奇:

"什么背包?你怎么问我要背包?真是岂有此理!"

丛容更加结巴起来,她断断续续地解释说:她把背包留在酒吧里了,也许伍所长帮她带回家了。

"我是一所之长,不是你的保姆,别忘了这一点!"伍必扬厉声说着,大步走出会议室。

见伍必扬那样俨然、凛然,丝毫不像作伪的样子,丛容再一次糊涂起来。刚刚找到的一点头绪"咻溜"一声滑开了。

而且,谁是谁非,谁记忆有误已经不重要了,现在丛容更着急的是她放在包里的笔记本,那上面记满了她的观察、比较与研究心得,那上面是她一年来的心血!

丛容只好匆匆奔向"好心情"酒家。

正是午餐时分,酒家再次热气腾腾。丛容推门进去,找到那天和伍必扬坐的座位,桌上桌下,椅面椅背地找了个遍。

她一无所获。

丛容不甘心,又跑去找送酒侍者。却发现在她面前的已不是那天那个熟悉的面孔。

于是她把酒家里的侍者挨个问了个遍,可是所有的人回答都是:抱歉,没见到。

回到宿舍,丛容懊恼地在这一天的台历上画了一个大叉。她把这一天看作一个倒霉的日子。

黑色星期五。

遗失日。

丛容的懊恼达到了极点。不仅因为丢失了背包、记录

竖琴的影子

本,还因为今天早上接到男友周觉的信。周觉坦然宣布终止恋爱关系,原因是丛容爱的是论文,是心理学,而不是他,不是名叫周觉的活生生的人。

丛容觉得周觉的理由不无牵强。当初他们俩认识并且相爱,起因就是周觉喜欢她热爱专业,做事投入,不像一般虚荣浮华的女孩。而现在,这一点却成了中止关系的原因了。

天知道他又遇上什么人了?

或者又换了什么角度来看她?

学历角度?

丛容叹了一口气,觉得不堪细究。周觉已有一个多月没来看她了,而她也就顺水推舟,把时间全部留给新的论文了。她的确有责任的。她至少缺少足够的、浓烈的爱情。

她总是这样。面对人,她总是缺乏激情。

所以,你理所当然要丢掉这份爱情(如果它是爱情的话)。

令丛容羞愧的是丢失这场"爱情"远没有丢失那个记录本令她心焦。这整整一天里,她真正着急的是那只背包、背包里的那一份心血。

呆坐良久,丛容想起了老所长。也许他可以帮她,他是那么的权威,他可以让伍必扬把包还给她。想来想去,丛容还是觉得背包更可能是在伍必扬手里。

于是,丛容给所长家打电话,问什么时候教授有空,她想登门拜访。

所长助手接的电话,他去请示过所长后,答复她说:教授最近很忙,不能见客,叫丛容有事找伍副所长谈。助手还转达了所长的忠告:希望丛容多做些扎实的研究,不要搞花架子,更不要骄傲自大,目中无人。

丛容目瞪口呆,不知道这话从何说起。刚想细问,助手说:"改天再说吧,教授叫我呢,改天我约你。"

电话叭嗒一声,挂断了。

瞪着手里那不停传出忙音的话筒,丛容感到绝望像汹涌的潮头一样朝她打来。她觉得除了钻到被窝里痛哭一场,已经没有事情可做了。

她果然扔掉话筒,像钻一个不得不钻的坟墓一样钻进了冰凉的被窝。

两年以后,在一场不大不小的批判热潮中,丛容的笔记本失而复现。

不过,它已经不再是丛容的学术研究工具了,它成了伍必扬整顿丛容的工具。伍必扬手持那本密密麻麻的记录本,摘要念出他认为散发着资产阶级自由化气息,浸透着资产阶级心理学观的段落,指证丛容是心理所最赤裸裸的资产阶级自由化分子。他慷慨激昂的指证批判赢得了几个老研究员的应和,年轻的同事们则面面相觑,不知道新秀丛容怎么从一个"红人"变成了"黑人"。他们虽然曾经对丛容不以为然,可那是因为丛容那么快就"浮出水面",还因为那些不断传出来的闲话。现在丛容变成了一个倒霉鬼,扣在她头上的又是那顶大家都十分敏感的帽子,大家的同情应运而生。

不过同情归同情,没有一个人敢轻举妄动。因为这场斗争来势汹汹,也因为谁也不知道伍必扬的目标是一个还是更多。如果他想趁势整掉的不是丛容一人,你站起来为丛容辩护,你不是自投罗网,引火烧身吗?

到心理所几年,年轻的研究员也都知道伍必扬不是等闲之辈了。据说他当年就曾经整倒过好几个知名学者。至于同僚、下属,他也是处处小心,严加防范的。谁冒头,他打谁,谁有才华,他诋毁谁,谁名声大了,他让谁"走路"。据说,学术上无甚建树的他,就是靠着这一手,才稳稳地坐住了第一副所长的位子。

他的目标是有朝一日取代老所长,成为又一个权威。

这样一个人物,谁敢和他交锋呢?

丛容坐在角落里,面如土色,垂头丧气。

今天是例会之外的会议,是临时通知追加的。她放下正在紧张进行的《女性与焦虑》一书的写作,匆匆赶来开会,没想到是这么一个内容。伍必扬开始发难时,她的确吃了一惊。她没想到他真的动手了,更没想到他扣住她的笔记本,就是为了这一天。她对他的深不见底有了新的认识。寒气一阵阵袭来,丛容觉得冷到了骨子里。

会议逐渐升温,发言附议的人也渐渐多起来。丛容注意到多数是年长的同志,年轻的同事明显拒绝发言,这使丛容多少感到欣慰。而且,最初的惊愕过去之后,丛容也渐渐平静下来了。她想起这两年里每当她有新作发表,伍必扬就见缝插针地贬低她,诋毁她,恨不得几句话就抹掉她在学术上的努力,张开巴掌就遮住她点点滴滴的成绩,实在是太过分了。其实丛容真不觉得她有多大的成绩,足以引起伍必扬的恐慌,而且她一个女人,既无野心,又无手段,她那么热衷于她的工作,只是因为她喜欢,她对心理学已经上了瘾了,她无论如何也不值得伍必扬这样处处打击,事事防范啊。

碰上这么个领导,丛容自我解嘲地想,你不成为资产阶级自由化分子,你还能成为什么呢?

既然是逻辑中的事,就任凭这荒谬的逻辑荒谬地发展吧。

打破它的努力是徒劳的。

说不定负负倒能够得正呢。

丛容一边可笑又可怜地自我安慰,一边要求自己把那些正在噼啪作响的批判言辞想象成夏天砸在乡下窝棚上的狂乱的冰雹。夏天南方的冰雹是那么说来就来,说走就走,既无迹可循又凌厉慌乱。村里人常常戴上斗笠去抢收,把它们从烂泥里拣出来,在雨里冲一冲,装进玻璃罐,然后埋入地底下,来年开春再取出来泡新茶,据说既清甜甘冽又滋润养人。丛容愿意收集这些冰雹,愿意它们埋入地下化作"天泉",有朝一日,清甜甘冽地滋养她……

会议在丛容成片的冥想中结束了,最后给丛容下了什么结论,丛容一句也没听见。她不想听。她已经做了最坏的准备,那就是:辞职,离开心理研究所。回到南方,回到患有精神疾患的母亲身边。

成为一个精神病患者,也许是必要的。

它至少一劳永逸。

附录四：

辞职报告

　　我决定辞去心理所助理研究员的职务，辞去在本所担任的所有有关课题的研究工作。我以这份辞呈表达我对伍必扬副所长卑劣作风的抗议。

丛　容

"幻想写实"的发轫之作

浴　室

　　浴室是连续几天出现在布依脑海里的。那都是在夜深人静、睡意深沉的时候。睡意深沉的布依在一个瞬间目光骤然清澈起来,因为那方方正正、敦敦实实的建筑再次突兀地挺立前方。布依的记忆像白纸一样,清晰强烈地印出了它的形状。布依甚至能看到那石头垒就的外墙斑驳苍老,苔藓丛生。布依想这一定是上个世纪的遗物,因为那大大咧咧、敦敦实实、城堡似的造型绝不是当今时代的产物。如今的人们万事万物都往精细、纤巧、凝练里发展,哪里会造这种随随便便、大大咧咧的东西?当然布依早晨醒来的时候就知道自己错了,那浴室既不是上个时代的遗物,亦非今日生活的标志,它只不过是自己夜深人静时的遐想罢了。

　　可是布依却发现自己越来越深入那奇特的遐想了。好几个夜晚她都推开了浴室的大门。那是两扇苍老古朴又沉重晦涩的木门。布依推开它的时候并不像是推开梦境,它们倒是很像现实的关卡。布依总是要使出吃奶的力气才能勉强推动它就像布依在现实生活中总是既吃力又勉强一样。布依穿过更衣室,进入淋浴间,她惊奇地发现淋浴间的石墙也是斑驳苍老,苔藓丛生。浴室一共有三个淋浴间,布依注意到每个浴间的喷淋设备都相当现代,它们和那斑驳苍老的墙体显然南辕北辙,毫不相干。就在这个时候布依看见了那奇特的〰。它们横在开关的中间,既古怪又安详,仿佛居心叵测,不可告人,又仿佛漫不经心,与生俱来。布依心里悚然一动,她的手心在那个瞬间蓦地潮热起来。

接下来的日子布依总是在想那个既古怪又安详的〰。她觉得那个〰看似漫不经心其实大有深意。它们意蕴何在呢?它们意欲如何?布依把那个〰倒过来看又翻过去想,越想越如坠云雾,百思不解。可是越百思不解如坠云雾布依就越欲罢不能,恋恋不舍。布依想她简直是爱上它了,那个既古怪奇特又漫不经心的〰。

有一天晚上布依发现自己站在浴室的喷头下。喷嘴哗哗作响,浴水热气腾腾。布依像颗钉子似的牢牢钉在那神秘的符号前。〰在眼前绵延起伏,如泣如诉,布依盯着它的神情仿佛在盯一个久违的情人。它是谁?它来自何方?它为什么如此吸引你?……有一个片刻布依觉得自己莫名其妙,这样专心致志这样不依不饶。水汽升腾环绕,迷蒙起伏,布依觉得眼前云山雾罩,自己渐渐不真实起来。

早晨醒来的时候布依对自己莞尔一笑。她想哥哥常说她是傻瓜真是一点儿没错,因为甚至醒来半天了她还对那个〰恋恋不舍。布依赖在床上,心思久久地停留在浴室,〰像水汽一样飘拂环绕在她周围。她发现自己多么不愿把清晨和夜晚分开,梦境和真实若能对接,相互延续,她将会多么高兴。

每天早晨赖在床上延续梦境的布依有一天突然跳出迷途。那个夜深人静时无法破开的谜此刻在另一个路口朝她闪烁。被夜晚的〰也被白天的上司弄得疑窦丛生、无所适从的布依在这个旭日初升的早晨突然自我解嘲,她想那个最好是一个机关,循着它的方向人们将进入另一个境界。在那里,蓬蓬热水不仅冲洗皮肤,沐浴四肢,它将同时荡涤心田,冲刷灵魂,浴后的人们从此焕然一新卑琐全无。

作完这个假设后布依激动起来,她多么希望这不是假设而是真实啊。这样的话夜间的谜语将彻底消失,白天的苦恼也将一扫而光了。白天,唉,这些日子里她是多么害怕白天啊。白天她战战兢兢,无所适从,白天她腹背受敌,破绽百出,白天是她的刑场她的墓地,她的日复一日的西伯利亚。

白天里有她最想躲避而又无法躲避的面孔。

那面孔既体现了力量又凝聚着可疑与可怖。

布依叹了一口气,起身下床。她想起哥哥给她下的结论。哥哥说她是"苍白的灵魂","失血的皮囊",因为她既懦弱又简单,既无法迎合别人又无力抗拒别人,所以她总是在困境里徒劳地挣扎。哥哥说在这个混沌浑浊的世界里,一个人要是不能桀骜不驯,独立不羁,就必须能够点头哈腰,低声下气——反过来说,一个人如果不能点头哈腰,低声下气,就必须桀骜不驯,独立不羁,否则,他的命运将是:不是被碾碎,就是被放逐。他将无法维系他的正常生存。

布依不知道哥哥对不对,但是她知道自己是不对的。她知道自己不应该这样战战兢兢,无所适从。她多么痛恨那常常驻扎在她心里的不安与怯弱啊,这种不安与怯弱已经成了那个讨厌的主任的帮凶。借助它们,那可疑可怖的面孔总是能够在她心里颐指气使,横行肆虐。

要是一场入心入肺的沐浴能够改变这一切,要是她能一夜之间刚强起来,皮实起来,那有多好啊!

要是浴室能够改变人,要是那个处处挤对她,打击她的

竖琴的影子

冯主任能够因为沐浴而更新,那该是多大的奇迹多么激动人心的事件啊!

布依知道这是一个相当美妙奇特的想法。但是,想到它只不过是一个想法,它将永远都只是一个想法,布依就不由得沮丧起来。

想和做之间,有着多么阔大的距离啊。

就像白天和黑夜,太阳和月亮,男人和女人,老人和小孩一样,永远都是泾渭分明,无法混淆的。

除非你出了问题。除非你被摁出了这个世界的轨道。

所以有一天,当布依路过南城,无意中瞥见了一座石头垒就的方方正正、敦敦实实的建筑时,那份眼熟使她猛地心惊起来。

她差一点伸手去掐自己,因为这是她在夜深人静时所熟悉的风景啊。难道她此刻也是在梦中?

布依呆呆地伫立在那里,活像一幅被突然定格的画面。

好半天,她终于走出画面,战战兢兢地朝那座孤零零的建筑挪去。

现在,布依看到那斑驳苍老、苔藓丛生的墙了,看到了两堵墙之间的那对古朴晦涩的木门。

站到木门跟前时,布依觉得自己哆嗦了一下……愣怔片刻,布依终于伸出手,像推开梦境一样推开了那两扇门。

她惊讶地发现,里面的一切都是她耳熟能详的。

那相当现代的喷淋设备,那既突兀又自然的〜〜。那哗哗作响的喷嘴,"歌舞升平"的蒸汽,还有那苔藓与浴液相混合的复杂气味,都是她不止一次亲临领略的。

更让布依震惊的是喷头下的那个人。那个人转过身来时,布依发现那竟是她自己。

这回布依不再怀疑自己了,她相信自己是出了岔子——若不是出了岔子,一个人怎么能在大白天看见梦中的景致,梦中的自己呢?

布依正在茫然无措——她不知是该大叫一声逃出纷乱,还是顺水推舟,留在纷乱中以逃避她那破绽百出的白天时,那个"自己"开口了:

"你不是希望焕然一新、怯弱全无吗?站到这里来,你可以实现这个愿望了!"

布依更加慌乱了。她想自己怎么能邀请自己呢?自己怎么能向自己招手呢?难道她此刻所处是现实与梦幻的衔接处?

惊惧不安的布依正想大叫一声转身逃跑,喷头下的那个人却把她拽住了。

"来吧,别害怕,一切都再简单不过。来吧。"

布依发现自己的叫声卡在喉咙里,自己的步履定在地板上,自己的手和那个人的手混合在一起,此自己和彼自己重合到一起了。

浴水哗哗啦啦地喷洒到她的头上,脸上,身上,那个曾经令她迷惑不解的 ～～～ 以螺旋的方式滚动起来了……

随着 ～～～ 的滚动,布依觉得自己的身体也升降起伏着……一种被悬挂、被虚置的感觉猛地朝她袭来——她觉得自己被推入了真空,头脑刹那间一片空白……

不知过了多久,她听到了一种十分细微十分幽婉的声音。她后来知道那是某些细胞泯灭时发出来的呻吟。

一种被分解、被打碎、被重新筛选组合的感觉使她既尴尬又欣喜。她想那些死亡的细胞一定是寄生在她身上的宿敌,正是它们使她别无选择地"苍白"和"失血",因为现在她觉得总是充斥于心的忐忑与不安像潮水一样退下去了。

她的手渐渐能够握拢,她的目光渐渐有了锋芒,她的嘴巴能够决绝地发出"不"这个音节了。

布依多么希望这一切不是虚幻,不是梦想,而是真真切切的现实啊。

于是她听见自己张开嘴,拼足力气喊出了那个字,那个她曾经那么欠缺又那么需要的音节:

"不!"

当然,她听见了那个声音,那个嘹亮而清晰的音节。她是多么欣喜若狂啊,她从此不再受制于人了,那可恶的惶惶不安将无法在她心里肆虐横行了。

她将重新是她自己了。

重新变成自己的布依喜不自禁。她离开那神奇的水龙头,匆匆套上衣服,像旋风一样冲出浴室。

再次关上那对苍老晦涩的木门时,布依突然有了新的冲动。她想这奇特的浴室如此神奇,那个狭隘、偏执、贪婪,既能驾轻就熟地侵略别人、又能炉火纯青地辖制他人的冯主任在它的冲刷下,是否也能更正更新,改良改善呢?

以前想都不敢想的事情现在像青天白日一样高悬在布依眼前。

布依决定说做就做。

第二天是星期天,布依迈着坚定的步伐朝冯主任家走去。

冯主任住在西城。布依刚分到商检局的时候有一次曾经被冯主任召到家里。就是在那里初出茅庐的布依惊慌失措地推开了冯主任青筋裸露、骚动不安的手,并从此开始了她在局里艰辛而晦涩的生涯。工于此道的冯主任自然不是孱弱的布依可以轻易推开的,稚气未脱的布依推开了那双驾轻就熟的手,等于推开了自己的厄运之门。刚开始冯主任不露声色,胸有成竹,因为他知道驯服布依这样简单稚嫩的人需要假以时日,可是他没有想到简单的人也有简单的执拗,这种简单的执拗甚至比复杂的灵活还难以对付,令人头疼。两年下来冯主任已经从不露声色、胸有成竹变成了恼羞成怒,骨鲠在喉。他尤其无法忍受自己那一向长驱直入的欲望竟然在一个黄毛丫头身上遭挫,他把这视为"天方夜谭",奇耻大辱,他那遭挫的欲望也因此越发弘扬,蔚为大观。无论在情场还是在仕途一向都是春风得意的冯主任几乎使出了浑身解数:威逼利诱,软硬兼施,欲擒故纵,擒贼擒王……但是这一切在包布依身上却都不可思议地毫无成效,那个看似弱不禁风的丫头居然有着莫名其妙的坚韧。可以想象冯主任为此是多么耿耿于怀,恼怒难平。当然他不知道那个在他百般挤压下仍然坚硬如初的包布依其实心里如履薄冰,惶惶不安,他也不知道因为他那可疑的欲望可鄙的行为,一个闻所未闻的设想已经变成现实。

那个奇特的现实此刻已经上路,正在信心十足地朝冯府走来。

门铃按响的时候,冯主任正在躺椅上小憩(这是他每天早饭后的"例行公事"),突然而至的铃声使他"君心大乱",忐忑不安(这在他是从未有过的事),他犹疑愣怔了好一会儿才

竖琴的影子

算回过神来。他趿踏着拖鞋烦躁不安地走到前厅,包布依那在他听来既冷漠刺耳又充满诱惑力的声音使他浑身一震,因为两年来他从未设想过这个声音会不招而至(他倒设想过一旦得手他将百般蹂躏加倍践踏这个不知天高地厚的丫头)。他既惊喜又不无疑惑地拉开了大门,包布依脸上那少有的明丽使他的疑惑一扫而光。他的欲望像八月十五的大潮陡然汹涌起来。

可是两年来的挫折提醒他保持理智,他只好强按潮头假装平静:

"呵,稀客呀,稀客!"

"冯主任,我来请您出去散散心——我发现了一个非常好的地方,您一定要赏光啊。"

"你约我出去?——嘻,我没有听错吧?"冯养浩喜不自禁,可是他的欣喜一诉诸语言立刻换了一副调侃的面孔。据说这正是他保持进退自如的诀窍。

"主任,我是真心诚意的,您不相信我?"

"不,不,当然不是。不过,你好像变了个人?"

"变是绝对的,不变是相对的,您不是常常这么说嘛。"

"是的,是的,不过这可是主席的思想,已故领袖毛主席的思想啊。"

"您是我们局里最有哲学头脑、最精通领袖思想的领导了。"

此话一出,不但冯养浩感到稀罕,连包布依自己都不胜惊讶:一向最瞧不起阿谀奉承、逢迎拍马的人居然也阿谀奉承、逢迎拍马起来。看来自己真是变了。

残存的观念使包布依顿时脸红耳热。她觉得冯养浩一定暗自得意——因为在某种意义上他胜利了,他亲眼看见了冥顽不化的包布依的融化。

顽石布依变成了冰坨子布依。

布依再次对那座方方正正、大大咧咧的浴室感到不可思议。看来它不仅使你的苍白懦弱一扫而光,它还往你身上添加元素:油滑世故,阿谀奉承,见风使舵……

想到自己不仅仅能说"不",自己现在比以往任何时候都能说"是",布依就如芒刺在背,浑身不自在起来。

冯养浩却如获至宝,他从布依的奉承中嗅到了某种气味——如果说刚才他还不无疑虑,那么现在他是稳操胜券了。

"那么小布依,你要带我上哪儿啊?"冯主任不再作调侃状了,他已是喜上眉梢。他认定今天是包布依臣服的日子。

"这个嘛,暂时保密。不过,保证您喜欢。那是,呃,那是真正妙不可言的地方。"

"哦?那好,我们走,我们走。"

冯养浩一边让保姆去取外套,一边要打电话叫车,被布依拦住了。

"瞧您主任,没多少路,散散步多好。"

"哦?好好,听你的,听你的。"冯养浩将拿起的电话放下了。

一路上,冯养浩喜笑颜开,如浴春风。他告诉布依,夫人出国探亲去了,自己形单影只多日,正不知如何打发这个周末呢,不想布依从天而降,真是"好雨知时节,当春乃发生"啊。

布依却在心里撇嘴,因为她耳闻了太多这位主任的逸事。据说机关里老中青三代女士，都有他的密友，他怎么可能形单影只呢？

　　布依由此想到昆德拉的分类。昆德拉曾经把男人的感情（如果可以叫做感情的话）分成两类，一类是抒情态度，一类是叙事态度。抒情态度的男人专一执着，以一两个恋人为终生的感情寄托，叙事态度的男人则将目光盯着一个又一个女人，他们的目标是拥尽所有女性，占尽所有风流。

　　布依想象叙事态度的冯主任在 ∽∽ 的神奇打磨下变成了抒情态度的冯主任，他的感情将专注地停留在哪位女友身上呢？习惯了他的朝秦暮楚的女友对这份突如其来的专注将会怎样无所适从，受宠若惊呢？

　　一丝讥笑浮上布依的嘴角，布依对此吃了一惊。因为她发现自己变得刻薄了，在褪掉苍白与怯懦的同时，她也丧失了宽厚与平和。

　　但愿冯主任的狭隘、偏执、贪婪、好色被剔除的同时，不会平添诸多陋习，否则，一切不是都白费了吗？

　　人还有什么指望呢？

　　走进那座方方正正、敦敦实实的建筑时，冯养浩很吃了一惊。他觉得这个地方似曾相识。他驻足凝神的时候布依赶紧介绍说这是最新式的浴室，是本城新开张的最有情调也最安静隐蔽的休闲节目。布依对自己的信口胡诌再次感到惊讶，但是她已别无选择，因为冯养浩显然有些迟疑了。布依只好挽住他的手臂，连推带送地将他带到浴室，并启动了那个神奇的 ∽∽ 。布依告诉冯养浩浴后将有一个安静舒适的房间小憩，届时她将在那里恭候他。布依做了这个允诺之后觉得自己相当无耻,竟然干起了欺瞒诱骗的勾当。布依一边谴责自己一边往外走,出来的时候顺手将浴室的门给扣上了,她担心冯养浩对那滚滚热流会望而生畏,中途逃脱,因为当那神奇的〰️滚动起来时,浴室的温度将不再正常,它近乎蒸笼。

现在布依倚在更衣室的木门上,呼出了长长的一口气。在完成了对冯主任的引导与预期之后,她陷入了一种复杂的状态。她对自己的现状疑窦丛生。她觉得她的变化显然有悖初衷,上帝作证她是只要坚强一些,皮实一些的,她并没有祈求那些生存要素——什么圆滑世故,见风使舵,坑蒙拐骗,投机取巧。她毕竟是读书长大的,她无论如何也不要成为"怎么都行"的人。她应该永远都有自己的生存原则。

但是现在她知道她的变化已经矫枉过正了。正是这一点使她忧虑,使她对自己不那么有把握了。

难道这是无法避免的,是某种必然?

包布依的思路这时转到了冯养浩身上。她想,冯养浩如果被筛掉了那些偏执、狭隘、贪婪、好色,他会被增加些什么呢?他在变得周正,宽厚,公道,随和的同时,也会懦弱胆怯,战战兢兢吗?

想到一个向来颐指气使,说一不二的人一夜之间突然战战兢兢,如履薄冰起来,布依就有些忍俊不禁。

布依想象高高在上、专横武断的冯主任和总是敛眉低首、岌岌不安的自己互换了角色,想象自己不但不再战战兢兢、岌岌不安,反而扬眉吐气、骄横跋扈,滑稽感便油然而生。

哂笑之余,布依突然有些心惊起来。那幅图景向她提示了某种可怕的东西,那正是她有生以来所厌恶,所畏惧的呀。

竖琴的影子

……

冯养浩满脸通红地出来了。

看见布依,冯养浩莞尔一笑。

布依的神经顿时紧张起来。她不知为什么突然没有把握了——经过神奇沐浴的冯主任此时换了什么面目:人还是畜?天使还是魔鬼?

冯主任对包布依的心思自然一无所知。他满面笑容地走到布依跟前,亲昵地挽起她的胳膊,说:

"好,现在该你兑现诺言了吧?"

这句话像一道突如其来的霹雳,把布依震得差点晕了过去。愣了半天,她才张口结舌:

"你?你?……你还是老样子?"

"哦,你指望我有变化?嘿,告诉你,小布依,我有变化,变化还不小呢,我已经感觉到这浴室的魔力了,嘿嘿,呆会儿你就知道了——现在咱们走吧,那个安静的房间在哪儿?"

"可是……可是……"布依已经吓昏了头。

"走吧,不要扭扭捏捏嘛,你已经长大了。"

冯养浩挽着布依往前走,但布依觉得他是在架着自己。他可真有劲儿啊,几乎像个武士,身强力壮的武士。布依无论怎样别着劲儿,反着,拗着,都无济于事,她在冯养浩手里活像一张纸片,一个稻草人,冯养浩轻而易举地提溜着她。他们就这样别别扭扭地走着,边走边寻找那并不存在的"安静房间"。布依这时才发现这座大大咧咧、方方正正的浴室原来相当大,它除了更衣室、淋浴间外还有回廊和房间。紧张得连呼吸都不畅的布依立刻在心里喃喃起来,她祈求每个房间都有人,祈求冯养浩不过是在开玩笑,他已经改弦更张了,他不再贪婪好色,说一不二了。

仿佛专和布依作对似的,他们就在这时走进了一个半掩着门的房间。房间静悄悄的,窗帘低垂,灯光暧昧,正是布依曾经信口胡诌的"安静隐秘"之处所。冯养浩喜不自禁,他松开布依,转身把门锁上,又去检查了窗户,调暗了台灯,然后,他像一个得胜将军一样喜气洋洋地走到他的战利品跟前。

"战利品"却在簌簌抖动。因为冯养浩做这一切的时候,布依知道一切都完了,她是难逃今日厄运了。极度的恐慌使她像风里的纸片一样剧烈颤动起来,她觉得天昏地暗,除了发抖,她没有任何反应,也没有任何能力了。

"你很激动嘛,小布依。"

冯养浩将他青筋裸露的手伸了过来,它们在布依身上摸索片刻,然后开始解布依的纽扣。

布依的衣服一件一件脱落了(布依觉得衣服落地的声音像丧钟一样,一声一声如丧考妣,她除了绝望地倾听它外别无所能)。冯养浩目瞪口呆地盯着布依的身体。那是像玉一样光滑,像丝绸一样柔软的处子之身。

激动不已的冯养浩将像木头一样丧失反应的布依放倒在床上,故作从容地走到对面,慢慢脱掉自己的衣服。

像死尸一样横在床上的包布依眼看冯养浩一步一步朝自己走来,绝望得如同背对悬崖。她凄厉地叫喊、挣扎起来,却发现自己的喉咙已经失音,自己的手脚已经痉挛,自己的神经已经失控。她既无法挣扎,也无法喊叫,她除了坐以待毙,没有任何可能了。

冯养浩上了床。他的腿挨着了她的腿,他的脸对着她的脸,他的身体像升降机推土机一样笔直沉重地朝她压下来。

竖琴的影子

就在他要挨着她的那一刹那,绝望到极点的包布依脑子里燃起了熊熊烈火,她突然想:

这不是真的,这不是真的!这只是一个梦,一个噩梦!——我要醒来,立刻醒来!

冯养浩像强盗一样尖锐蛮横地进入她的时候,包布依的抗议终于冲出了喉咙,她听见自己的声音像警笛一样凄厉也像警笛一样呼啸闪烁:

"我要醒来!——我要醒来!——我要醒来!"

达春光风尘仆仆地在林区写生的时候,正是丛容背着蓝色挎包从心理所逃跑的日子。大约一个月后,他们很偶然地相遇了。那是一个星期天,丛容经过母亲有力的训导之后正在试图"重新上路"(母亲语),整整一个上午她蜷缩在公园的长椅上写小说,一个无意中投向远方的目光把达春光圈进了丛容的视野。刚开始丛容以为那是一棵树,因为达春光穿了一件绿色T恤,一条棕色长裤,他一动也不动地站在那里的样子真像一棵被雷拦腰击断的树。丛容的目光下意识地停留在这棵不幸夭折的树上,她的脑海甚至闪过一个自嘲,她觉得自己就是这棵被雷拦腰击断的树,刹那间电闪雷鸣,狂风大作,天宇毕现,然后就是一片虚空,无遮无拦,茫然无措了。她正在这么胡思乱想的时候,那棵树却动了起来,它又伸胳膊又伸腿的,活像一个如梦初醒的活人。很快这个"活人"走动起来了,而且慢慢朝着她的方向走来。丛容不得不承认这的确是个人,一个完整的人,而不是什么被雷拦腰击断的树。

现在这个人已经走到她的面前了,丛容惊讶地发现这个曾经像一棵挺拔的树的人原来有一条并不挺拔的腿,他的右腿竟然是微瘸的。丛容同情地看着他,他却对丛容的同情视而不见,他只是傲慢地示意丛容往边上挪挪,腾出一点座位。丛容照办了。

现在,丛容不再偷偷审视这个傲慢的家伙了,她把她的思路收了回来,重新进入手里的"纸上世界"。她继续慢条斯理地在纸上涂涂写写,一会儿兴奋,一会儿沮丧,一会儿不知所以,茫然无措。

就在丛容把身旁的陌生人忘得干干净净的时候,陌生人却发问了:

"你在干什么?写消息?还是写论文?写小说?"

丛容有些狼狈,她没有想到这个人会猝然发问,慌乱之间她胡乱哼哼了几声,算是回答。

"看来你是个小说家了?什么题材?"

"我说不好……我是说,我还算不上小说家,我只是随便乱写……因为,因为我把工作弄丢了。"

"哦?怎么回事?"陌生人的语气骤然关切起来。

后来丛容觉得她对达春光的全部好感就是从这一刻开始的。那份关切的语气使丛容空空落落的心里顿时湿润滞重起来。脆弱的神经,善感的心灵。丛容不得不承认这是她的一大弱点。有着这样弱点的人,在这个明争暗斗,你撕我咬的世界上,不吃苦头才怪呢!

但是丛容那时候有的只是一片感动。要知道这个陌生人是长着一张冷峻的脸,脸上挂着几分傲慢的,而那一刻这张脸却骤然柔和生动起来,充满了真实的关切之情。

这张脸在那一刻那么优美,那么令人难忘!

"你刚才站在那里……我还以为那是一棵树……真的,像极了……"丛容仓促地说,忘了陌生人曾经向她发问。

"我在练气功,眼睛有点问题,所以每天到林子里站一会儿……你刚才说,你把工作弄丢了,怎么回事?"

"我把所长得罪了,所以……"

"你? 得罪所长? ——算了,你能得罪领导?"

"真的,我得罪了他,还愚蠢地把'罪证'留给他……所以,事情一来,就……"

"你被开除了?"

"是我自己提出来的,我交了一份辞职报告。"

"你真蠢。"

"是的……是这样……"

"所以你开始写小说,想靠稿费生活?"

"不只这个……这是我母亲的主意,她要我重新上路……她不愿意我像她。"

"像她? 她怎么了?"

"……"

"她是右派?"

"不。"

"她靠救济金生活?"

"不,不是。"

"那么她?"

"不说这个了……以后,以后再告诉你。"

丛容把目光投向远方。有一刹那她对自己奇怪起来。她不明白为什么如此顽固地拒绝回答这个问题。

难道你怕把他吓跑?

竖琴的影子

你才刚刚认识他,你连他的名字都还不知道。

"我姓达,达春光,是个画家。如果你愿意,我们交个朋友。"对方正巧在这个时候自报家门。

从那天起,丛容几乎每天都碰见画家达春光。丛容照样缩在长椅上写作,达春光照样站在那里吐纳呼吸,极目远眺,然后,他们就在一起坐一会儿。他们多半谈谈彼此的工作(当然主要是达春光的工作,因为丛容总是羞于谈自己),有时候则谈一点外面的新闻啊,动态啊什么的。偶尔也有什么都不谈,只是静穆地坐一会儿的时候,不过那多半都是因为达春光情绪不佳,没有谈兴。

这种时候丛容总是有些不安,因为点个头什么也不谈就那么静静地坐着丛容总觉得不真实,但是她渐渐明白达春光其实喜欢这样,因为他身上有一些天生的阴郁。

那一天也是达春光身上的阴郁肆虐的时候,丛容带着几分不安地偷眼瞧他。她发现达春光额上鼓起一条青筋,那么突兀,那么显眼,活像一个愤怒的感叹号。她的脑海突然闪出一个名字:

罗彻斯特。

阴郁苦恼的罗切斯特。

可是他却有一个明朗清澈的名字。那朗朗上口、蓬勃有力的名字和他的阴郁形成多大的反差啊。

"你不开心?"丛容听见自己打破了沉默,但那声音几乎是怯生生的。

没有回答。对方似乎只在鼻孔里轻轻哼了一声。

"想谈谈吗?"

达春光瞥了她一眼,似乎在说:"你?哼!"

"谈一谈也许会好些。"

"算了!"

"可是……"

"……"

"嗯?"

"好吧,你的好奇心上来了是不是?为了满足你的好奇心我无权沉默是不是?好吧,那么我来告诉你:我什么都不顺,近来什么都不顺……

"我的画展被人挤掉了……我的职称被人偷走了……我的老婆跑到澳洲,连封信都不来……我,我和你每天在一起,可是你却是个傻瓜,你什么都不懂!"

丛容吃惊地盯着达春光,她的确不明白他。她听出了他的愤怒,他的苦恼,他的委屈,可是她并不明白他为什么对她不满,为什么这样怒气冲冲,烽火连天?

"对不起……"丛容听见自己嘴里滚出了嗫嚅的歉意,可是她心里并没有歉意啊,她倒是有一肚子委屈。

"算了,算了……是我该说对不起——可是,咳,见鬼,你的确让我心烦。"达春光说着,眼睛转向别处。

丛容更惊讶了,她从没想到自己是达春光心烦的原因。愣怔了片刻,她站起来,再次跟他说了声对不起,就拿了自己的东西,扭头走了。

"你上哪儿?——你回来!"达春光也"嗖"地站了起来。

丛容转过身。她看到了一张痛苦的脸。那张脸几乎快绞作一团了,额上的青筋鼓得像要蹦出来。

"你是个傻瓜,你什么都不懂!"达春光走过来,怒气冲冲地将丛容拽进自己的怀里。

竖琴的影子

从那个刹那开始,丛容眩晕了——就在挨近达春光身体的那个刹那,丛容千真万确地闻到了木棉的清香。她再次感觉这是一棵树,一棵卓尔不群的树。遥远的老家天井里的一切温馨于瞬间——复苏了——她重新萌发了拥抱的渴望,与人亲近与人交融的渴望……

那天,丛容一路眩晕着来到达春光的家。

达春光家里一片狼藉。客厅和卧室活像两个劫后的废墟,既凌乱又颓败。到处都是衣服杂物,书刊纸片,灰尘积得足有半寸厚,人一进去,立刻"浮尘滚滚",云山雾罩。只有墙上的一帧照片清晰而周正,那上面的一对男女似笑非笑地看着这一切,嘴角浮出一丝嘲讽。

见丛容端详它,达春光走过去将它拽了下来。

"我老婆。她跑了……"达春光将照片"嘭"的一声扔到地上的杂物里。

丛容的眩晕突然丧失了大半。

她落座到达春光大手一扫为她腾出的沙发上(那上面也摊满了衣服杂物),觉得体内那天生的拘谨和警醒又回来了。

达春光过来和她挨在一起的时候,她顿时浑身冰凉起来。刚才那渴望亲近,渴望交融的感觉已经荡然无存。

"你怎么啦?好像换了一个人!"

"我,我觉得冷。"

"见鬼,你简直像块冰!"

丛容觉得达春光倒抽了一口冷气。

"走,到画室去,那里简直像夏天。"达春光说着,拽起丛容往画室走去。

后来,在很多年里,丛容每想起这一幕,就不由要问自己,达春光为什么没有温存地将她抱起(像多少文字描述过的那样),而是生硬地拖着她、拽着她,活像拖一只丧失了知觉、任人摆布的狗?

如果那一天,达春光不是那样漫不经心,甚至是粗暴无礼地拽着她,而是温存体贴,情深意长,像一个热烈而高贵的情人,她的反应会那样离谱吗?

总之,那一天,被达春光拖着拽着抵达阳光灿烂、温暖如春的画室时,丛容身上的寒意非但没有消失,反而加剧了。她剧烈地、无法抑制地颤抖起来。

就像深秋时分里的树。

她窸窸窣窣地抖着,牙齿打颤,衣裙摆动,落叶萧萧。

"真见鬼,你怎么啦!"

"我,我……"丛容抖得更厉害了,简直像狂风里的一面旗子。

达春光伸出手,想将丛容揽进怀里,丛容却本能地躲开了。

"滚,滚,通通给我滚!……"

达春光如山崩如海啸地爆发了,他抄起身边能抄到的任何东西,狂怒地往地上砸。

在画架颜料的一片迸折飞溅中,丛容的颤栗消失了。她像一片落叶似的被这场飓风扫到门口。在门边,她回过头,幽深清冷地瞥了一眼盛怒中的达春光,然后,头也不回地走了。

令丛容意外的是,后来,当达春光的盛怒过去之后,达春光的激情竟演绎升华成了一幅幅力作。他突然一扫连绵多时的消沉沮丧,发了疯似的画起画来。

丛容第二次走进达春光的画室已是两个月之后。

这两个月里,她仍然每天缩在公园的长椅上写小说,但她一次都没看见达春光像被雷拦腰击断的树似的挺立在前方。她有些莫名其妙的失望,又有些不言而喻的轻松,但她差不多总是茫然片刻便努力将这一切丢到一边,尽量专心致志地写起小说来。

两个月后达春光那别致的请柬寄到丛容手里。打开那树叶形的请柬,丛容心里涌出一种奇特的感觉。不言而喻那是因为树叶。一枚摹拟的树叶在丛容心里激起的东西比一封万言书还多。她几乎是悚然心惊,因为它如此不经意又如此严实地暗合了她的秘密。但是丛容很快便踌躇起来,因为达春光画展的地点是他的画室,丛容对重新进入那个房间不知怎么有一种恐惧,她的身体甚至重新感觉到那天那沁骨的寒意(她立刻看见了那可笑的一幕:那个抖得像风里的旗子的女孩,那棵深秋里的树)。但是达春光在请柬上注明的"七月画展"又吸引了她,因为所展作品全是达春光在这初夏的两个月里创作的。而这两个月,正是丛容每天缩在公园的长椅上,看着远方那缺席的身影,失望与轻松兼而有之的两个月。

不过丛容还是在画展的第二天来到了达春光的画室。

丛容原以为会碰见很多人的,不想整个展室静悄悄的,只有达春光一个人。达春光在收拾得整整齐齐的客厅里看书,仿佛没有画展这回事。看见丛容进来,达春光的眼睛亮了一下,同时似乎松了一口气:

"你来了,我以为得一直等下去呢。"

看见丛容对画展的静寂感到惊讶,达春光说:

"我没有邀请别人,这是专为你开的——只为你一个人。"

丛容有些感动又有些不安,她扭头去看墙,这才发现客厅也成了展厅的一部分,墙上和画室一样挂满了作品。

丛容很快就被那一幅幅深沉蕴藉的作品吸引住了。她撇开达春光,激动地看起画来。

这是一个独特而又深邃的世界。

虽说作品大多是在这特殊的日子里完成的,而且达春光也宣称画展是专为她一人开的,但丛容十分惊喜地发现,墙上悬挂的既不是哀怨的情书,也不是受阻情怀的宣泄,而是真正的艺术——这是对生活,对存在的敏锐发现和表达,是对人性、人的内心的生动发掘与再现。

丛容的目光久久停留在一张生动而丰富的面孔上。

这是一个林业工人。他那历尽沧桑、饱经忧患的脸上远不止是历尽沧桑、饱经忧患。他的脸上还有更丰富,更深邃的东西。那是人类共同的困惑与迷惘,是人心底的焦虑与祈求,是灵魂的重重叹息……

一幅题为《昌都人》的素描再次令丛容心头一震。一顶犀利峭拔的锥形毡帽,两道略带愁苦又炯炯如鹰隼的目光,还有刀削斧砍般的鼻梁,深深凹陷的两颊,把一个历尽艰辛又不屈不挠、桀骜不驯的民族表现得淋漓尽致。

丛容记得在其后很长一段时间里,那两道忧伤又炯炯如鹰隼的目光总是毫无来由地突然浮现在她眼前,使她深受震动,怅然不已。

竖琴的影子

……

一幅幅素描、速写,一幅幅油画、石版画,构成了一个丰富深邃的世界。丛容看完整个画展,心里已被激荡得重峦叠嶂。那个冷峻阴郁、粗暴无礼的失意男人消失了,在丛容心里重新成型的是敏感善良、深刻丰富、才华洋溢的艺术家。这位艺术家悲悯众生,关爱同类,他既富于激情,也充满同情心,他的敏锐和善良是那样强烈,那样突出,它们不间歇地诉诸笔墨,跃于纸上,令观者怦然心动……

丛容不由为自己脸红,因为她曾经那样浅显地看待达春光,曾经仅仅根据一两件微不足道的事就判定了达春光的"死刑"。

"怎么样,喜欢吗?"

"是的,好极了,你,你简直太棒了!"

"我知道你会喜欢,你天生就有鉴赏力。"

"我喜欢开阔和深刻——你注视的不是自己。"

"也有自己,只不过溶在里头了。是更深、更宽的自己。"

"那个窄的、浅的自己呢?他被赶走了?"

"不,不,我想他只是被挤到一边了。"

"他还会回来吗?回到中心?"

"是的,在生活里,也许他是中心,但是,在纸上,"达春光指了指墙上,"在那个世界里,他没有位置。"

就在达春光若有所思地说这番话的时候。丛容脑海里突然划过一道闪电,那曾经懵懵懂懂、恍恍惚惚的一切于刹那间被照亮了。她无意中瞥见了本质?她想,如果那真是本质,那就不仅仅是某人某事的本质。它也许正是人类自己制造又困惑了人类许久的那个问题的本质。

丛容不由重新端详起满墙的作品来。她对这"纸上世界"（达春光连油画也是画在纸上的,用的是一种新材料)有了新的认识。她想她开始懂得某种区别了。

"来,一起喝杯茶吧,我们有一年不见面了。"达春光那略带沙哑的嗓音在耳边响起。

"你太夸张了。"

"也许你觉得不过几天。"

"不,是很长时间了……每天我都发现你没去。"

"我哪儿都没去。这两个月我几乎就没下楼……连食品都是学生买了送来的。"

"艺术把你拽住了。"

"不,是你把我拽住了。"达春光盯着丛容,目光炯炯。

"我？"

"是的,你。你拒绝了我,你把我的失意推到了极致……但是,感谢上帝,这倒使我获得了反弹。那一天我把一切都扔到一边了,我拼命画画,疯了似的画,一方面要证明你伤不了我,你的拒绝像空气一样毫无重量,你根本不在我的世界里……另一方面,坦率地说,另一方面下意识里也许只想证明你拒绝不了我,当你两个月后走进这里,看见这些作品时,你会改变的。"

达春光的坦率让丛容既惊讶又感动,想到自己曾经给他带来这么多苦恼,她突然愧疚起来。

"我……我已经改变了。"丛容抬起头,坦率地承认:"你,远不是我所认识的你。"

迎着丛容坦率无欺的目光,达春光心里一阵狂喜。他知道自己已经赢得这个敏感得像章鱼的女孩的心了。

竖琴的影子

"你不害怕？不再发抖了？"达春光走过来，用一种调侃的风度做出拥抱的姿势。

丛容多么希望自己再次感到眩晕，但是遗憾的是，她发现自己空前清醒。她也希望再次闻到木棉的清香，再次从心底涌出那种亲切亲和的感觉，但是没有，她闻到的是人的气味，夹杂着纸烟味儿和油彩味儿的男人的气息。

但是丛容还是投入了达春光的怀抱。虽然她隐隐感到这不是她的爱情，不是她长久以来所等待、所守候的宿命，但她还是将自己交了出去。因为她觉得她至少应该抚慰达春光，抚慰一个受了伤的孤独的艺术家。曾经在她的目光下扭动游走的文字再次悄没声息、大包大揽地作用于她的神经。

"你是一个小傻瓜！你不知道你能让人发疯……从我碰到你的那一天起，我就不停地想，这个苍白的女孩是我的，这个忧心忡忡的女孩是我的，这个像草一样又瘦弱又无依的女孩是我的，这个美丽却无知的女孩是我的……"达春光的激情混合在他的喃喃细语中，就像他的艺术家风度混合在他的瘸腿和额上的青筋中、颜料油彩味儿混合在他的烟臭味儿中一样。

他似乎进入了一个完全自我的世界。在那个世界里，他俨然帝王，他是那样旁若无人，独断专行，进退自如，疯话连篇……他甚至到了欣喜若狂，忘乎所以的程度，仿佛几个月来的苦恼理所当然地要在此刻全部兑成欢乐。

而苍白、忧心忡忡、美丽无知的丛容，则在对方的疯狂激情中目瞪口呆。她以圣洁优美的情怀抚慰艺术家，却发现她抚慰的不过是人而已。人以其真实庸常的本能，义无反顾地颠覆了语言、线条为他砌就的神圣宝座。

丛容既震惊又迷惘,因为她那时尚无法理解,更无力接受这一切。

她陷入了深刻的惶惑之中。

最后的一击来得十分突然。

那是丛容避而不见达春光,而达春光以巨大的热情锲而不舍地再度追踪她近三个月并终于达成谅解之后的事。

那一天,丛容像往日一样在完成一天的写作后提着一堆食品蔬菜来到达春光的住处。自从他们和解以来,他们通常在一天的劳累之后一起做顿可口的晚餐,然后听听音乐,翻翻报刊。不想推开门,却看见已有一位女士在其中忙碌,客厅的地板上堆着几件尚未打开的行李。见丛容进来,那位女士嫣然一笑,很客气地说:

"就是你吧,你是丛容?"

"是的。"丛容觉得这个女人有些面熟。

"我是向欣明,达春光的太太,请坐。"

丛容既困惑又窘迫,她从来没想到会遇上达春光的太太。在她的下意识中,达春光是个单身汉,从她遇见他的那一天起,他就一直是孑然一人,无牵无挂。虽然她知道达春光有过妻子,但是在达春光的叙述中,那位女士已经是那样遥远,陌生,毫不相干了。

可是现在她却近在眼前,不容置疑。

"把东西放下,坐一会儿。"向欣明接过丛容手里的食品,诚恳地说。

丛容坐下来,她求救似的环顾四周,想找到达春光的身影。

但达春光显然不在。

"他出去了,我想我们单独谈谈更好。"向欣明说。

接下来的交谈虽说是交谈,其实都是向欣明说,丛容听。丛容觉得自己也只有听的份儿,因为事情来得突然,达春光的态度又这么出乎意料,她除了惊愕,几乎无言以对。

向欣明说,她的确有半年多没给达春光来信,原因是她要达春光申请赴澳定居,可达春光却执意不肯,理由自然是他的艺术。他疯狂地坚持他的艺术不能离开母土。于是她决定和他分手,因为她认为这样看问题的人不是白痴就是疯子,而她不愿也不能和白痴、疯子同行。但是不久前,当她把离婚决定通知达春光时,达春光却态度骤变,他很快回信,表示将尽快申请赴澳,他愿意和她一起在澳洲开辟新的生活。

丛容的耳旁顿时铿锵作响:

"我不能离开自己的土地!——我将遗弃那个女人,而不是自己的国家!"

丛容困惑不已。如此发自内心、感人肺腑的话一夜之间已是虚妄?

难道那只是对她的温情的一种夸张邀请?

"你不能理解是吗?唉,你太年轻,你无法理解!"

"我……不相信。"丛容嗫嚅着说出这句话的时候,连自己都觉得勉强。它是那样软弱无力。

"因为他昨天还对你说他爱他的艺术,爱他的土地胜过一切,因为他刚刚要你嫁给他,说他早就决意遗弃我了是吗?……我相信他会这么说的……他只会这么说……唉,这就是他,一半是疯子,一半是庸人。"

这最后一句话像贼光闪闪的钉子一样牢牢钉进了丛容

的脑壳,丛容骤然间头痛欲裂起来。

一半是疯子,一半是庸人……

丛容不知道自己是怎么离开达春光的家的。那贼光闪闪的语言钉子将她的脑壳揳成了两半。她丧失了感觉,也丧失了判断,除了那成串的贼光闪闪的语言钉子,她一无所察,一无所感……

她发誓从此再不相信自己:自己的判断,自己的感觉,自己的智慧。

她不是对别人,而是对自己产生了深刻的怀疑。

附录五：

五年后的一则消息

旅澳画家达春光功成身遁，令人迷惘

（《文汇报》悉尼讯）旅澳华人画家达春光近日在悉尼枫叶画廊的画展大获成功，观者数万，好评如潮，作品订购一空，是近年来悉尼画坛少有之盛事。令人迷惘的是，面对如此巨大的成功，画家却在留下一份声明后不辞而别，悄然隐遁，令其亲属及崇拜者心急如焚，大惑不解。据悉，达春光在声明中强调，画展全部收入赠予夫人及子女，而展品中唯一拒绝出售的画作《对峙》既是他创作的巅峰，又是他最钟爱的作品，此画将永不出售，并将在适当的时候送回中国，赠予其母校中国美术学院。

据达太太向欣明女士介绍，达春光正直、诚信、热爱家庭生活、富于责任感，一直都是一位好丈夫，好父亲。此次隐遁实属蹊跷，不排除遭遇不测，被人劫持之可能。

最后一篇抒情散文

流　沙

能够常年不懈天天记日记的人是可钦佩的,因为他们一定是有毅力、有恒心、办事周正、有条不紊的人。我不是一个周正的人,我的情绪常常大起大落,回旋往复。我的日记没有一本是写满的,或者中间不出现一沓又一沓空白的。

在我看来生活并不是有序,明晰,可把握,可追踪的。生活瞬息万变,难以捉摸,而心灵更是时而惊涛裂岸,时而涟漪不生。

惊涛裂岸时我们无心顾及日记,涟漪不生时我们懒得打开日记。

我以此来原谅自己的懒散、疏忽,也以此来和生活作暗暗印证。

翻拣积稿,发现从来不是诗人的我写过这样的句子:

> 每晚你都在我梦中出现,
> 离我那么近,
> 令我闭目无语。
> 可是有一天我从梦中走开,
> 却发现,
> 陌生人是你。

我不知它是不是诗,可是事隔多时,陌生人这个概念依然令我沉思良久,并且在我关上抽屉的那一刹那,在我心头轰然作响。

时间常常把爱情分割成一段又一段,支离破碎,似有似无。空间却把破碎的整合,零落的聚拢。空间还爱情以本来面目——美丽,但极不真实。

然而再冷静、再智慧的女性,如果她不幸同时拥有敏感的心灵、饱满的情怀,那么总有一天她会失足掉进爱情的陷阱里,并被扎得遍体鳞伤。

和市井妇女不同的是,在她从那遍布荆棘的陷阱逃脱的那一刻起,她已康复,并且新迈上了一个高度。

从此爱情不再是心灵牧歌了。它从梦里走出,从诗里走出,从风景中走出。它渐渐沦落到全体女性嘴里,成为女人日日诅咒的飘摇的单词。

对我们来说,爱情其实是这样一种东西,它是一种对自我的寻找,对完美的寻找,对善、爱、理想的追踪。虽然它常常以一种神秘的、激荡不安的、不由自主的形式出现,但事实上,它在本质上比任何东西都明确,都坚定。

悲剧据此发生。坚定使你毫不妥协,明确使你毫不犹豫,而善与爱的理想使你不得不走近又不得不退却,不得不容光焕发又不得不颓丧黯然。直到有一天,你终于明白:爱是幻觉,纯粹是幻觉,美是幻觉。

明了过来的我们对这份真实感到绝望。手臂从我们头顶滑落下来,滑落下来——滑落下来。

是的,有是多么脆弱,多么忽生忽灭,飘忽不定。而无却像背景一样伫立其后,默默不语却坚固无比。

如果说爱情还有什么长处的话,那就是,它是一间看得见风景的房间。它使你有机会看一个拙劣灵魂的全部表演,并且从中发掘人类的全部悲哀。

时间流转。生活流转。心灵变迁。唯陌生永恒。

昨天让心口作疼、生命痉挛的,今天成为灵魂的养料。明天呢?明天灌溉过灵魂的,大概已成为历史的废墟。

世事陌生。风景陌生。空气陌生。心灵陌生。

四面陌生中,你感到自己也渐渐陌生起来。

然而风是沙漠的保姆。

无论千军走过,万蹄踏过,无论千疮百孔,满目疮痍,只要一夜风声,第二天沙漠便新颖如故,完好如初。

连绵中的无边起伏。起伏中的无限连绵。阳光俯照下来,四野流金。

甚至飓风中扬起的沙砾也闪闪发光。

沙漠自有沙漠的法则。

我常常在心里遥望风中的沙漠,我知道它为什么让我感动,让我着迷。

我也知道能够注视流沙的人是有福的,因为流沙不腐。

或许心灵不复梦幻不复。

流沙常新。

竖琴的影子

変　奏

1996年初夏的一个中午,女作家丛容迎着刺目的阳光,几分茫然地步出北京医院的大门。她被送到这所医院仅仅是昨天的事,但重新融入喧嚣繁杂的人世间的那一刹那,一股浓烈的隔世之感却猛然朝她袭来。仿佛她离开这个嗡嗡嘤嘤、不可思议的人世间已经很久很久了,仿佛她对虚无的蓄意造访不是片刻而是永恒,她此刻的重新驻足不过是极不经意极其偶然的一瞥。她就这样茫然而恍然地来到大街上,走入人群中,很不协调地成了来去匆匆、五光十色的生灵中的一员。

一个偶然的回眸使她的脚步停了下来。她伫立在王府井大街的街头报栏前。那上面有一份昨天的晚报,一则黑体印刷的标题醒目地向她提示了昨天的故事。那是她自编自导自演的故事,只是结局逃离了她的意志,成为一抹令她茫然不解的神来之笔。

丛容站在报栏前,将那则醒目的消息小声读了出来,仿佛在读一则别人的故事。

女作家丛容自毁未成

女作家丛容清晨七时从其住宅楼的七层阳台凌空跃下，意欲了结此生，但上苍仁慈，当丛容女士坠至三层时，一株枝繁叶茂的老槐树展臂挡住了她，从而使女作家凌空自毁的激烈行为戛然而止。丛女士很快被送至附近的北京医院救护。经查，丛容女士除四肢有轻度擦伤外，大脑和内脏器官完好无损。记者一小时前在医院采访了她。丛女士坦陈：在跃下的刹那已改变主意：因某种缘由而死的人也完全可以因某种缘由而活——有些东西既然无法反抗，那么死亡作为一种拒绝手段也已失去意义。记者注意到，尽管丛女士坦陈一切，但她脸上仍然始终有一份茫然的神色，仿佛这一切莫名其妙，不可思议，仿佛这一切是别人的故事，别人的遭遇。

这最后一段话丛容没有念出声来。它被下意识地噎了回去。但是它在她心里引起的回声比旷野上的唢呐还尖利，还嘹亮。她突然意识到这句话标明了一个浅显的事实：对她来说，一切的症结都是那份莫名其妙、不可思议，以及这份莫名其妙、不可思议所引起的茫然惶惑，惊惧不安。

丛容呆立半天，终于转身离开了阅报栏。她的思绪不可遏止地回到多年前的一个中午。那时她刚刚将辞职报告递到所长助理手里，同时把办公桌上的所有东西扫进那只硕大无比的蓝色拎包。她背着那只大而无当的蓝色拎包，茫然而永远地走出了她曾经那么热爱的心理所和心理学专业。王府井五光十色的玻璃橱窗很快出现在她眼前。她看见自己在其中一个橱窗前停住了脚步,就像她刚才在报栏前的凝神驻足。

那是一家时装店,正午的阳光照在落地玻璃橱窗上,发出耀眼而炫目的光芒。丛容的目光停留在一件样式新奇的女式衬衣上。那衬衣的领口很低,而且是敞怀式的。敞怀式的新潮衬衣套在塑料模特赤裸的上身,露出一对光滑而虚假的乳房。不过吸引丛容的不是这大胆却毫无生气的挑逗,丛容死死盯住的是与前襟的放荡截然不同的古典式的袖口。那平整熨帖的高帮袖口上,赫然缀着两只晶莹洁白的纽扣。丛容的目光机械地移到伸在胸前的另一只袖口,那里同样预谋似的埋伏着白色纽扣。记忆不可救药地苏醒。丛容看见童年的眼泪和着汗珠,扑扑簌簌滴落胸前。

从她记事起,她就发觉自己和别人有些不同,这种不同不是手上多了一个难看的大拇指或者嘴唇上方豁了一个触目的小口子,不,不是的。这种不同不是发生在身体里面,而是体现在身体外部的,具体说,是在衣服上,袖口边的。尽管南方的夏天闷热难当,尽管年龄相仿的女孩子一个赛一个地"赤膊上阵",她们有的甚至只穿一条三角裤衩就满街乱跑,小丛容却永远穿着长袖衬衫,长袖衬衫的袖口永远各自缀着两只白色纽扣。那纽扣是椭圆形的,洁白晶莹,温润可人。丛容喜欢它们,可是她渐渐不明白,为什么她的每一件衣服袖口上都有这种纽扣,为什么无论天多么热,无论她下头穿着短裤还是裙子她都必须老老实实套上缀着白色纽扣的长袖衫。有一次她和小伙伴玩沙包,玩得满脸通红,汗流浃背,就顺手将长袖衬衫扯到一边,只穿着小背心和裙子继续跳,这一幕被从药店取药回来的母亲撞见了,母亲勃然大怒,她

竖琴的影子

一进家门就让丛容跪在地上,一跪就是两个小时,直到丛容眼泪扑扑簌簌流落胸前,真心实意地保证再也不做这种蠢事了,母亲才让她起来。

两年后,母亲才向丛容讲明原委,那时丛容已经快八岁了,是小学二年级的学生了。母亲从箱子里拿出一个缎面盒子,丛容打开它,看见里面是大半盒洁白晶莹的纽扣,和她袖口上的一模一样。母亲说这是外祖母留下来的,外祖母要求家里的女孩子袖口上都有它。母亲还说她小时候也是这样,无论多热都穿长袖衬衫,袖口上无论何时都有这样的纽扣。母亲说这是家族的传统,这传统已经延续好几代了。林家的女孩子,无论是孙女还是外孙女,曾孙女还是外曾孙女,一律着长袖衬衫,袖口上一律缀椭圆形白色纽扣。因为这纽扣背面镌刻着林家的祖训,这纽扣意味着:

友善谦和慈悲大度

丛容拿起纽扣端详。纽扣背面果然刻有娟秀的小字。友善谦和小丛容是熟悉的,外祖母在世时,这两个词常常出现在她嘴上,因为每回丛容和小朋友闹别扭时,外祖母都用它们来训导孙女。慈悲大度丛容也不陌生,外祖母去世后,丛容从祖母的教友、姐妹们嘴里听得最多的就是这两个词。她们总是絮絮叨叨、娓娓如歌地怀念外祖母的慈悲大度。

八岁的丛容也许不能完全理解这不同寻常的八个字,但是聪颖的她心里已经有了一份感动。因为她模模糊糊地知道这是一种美,一份崇高,就像纽扣的外表一样,单是那份洁白与晶莹,就已经使人感动,令人心仪。

何况外祖母的谦和、仁爱之风早已深深地侵入她的内心?何况母亲说起它们时,双眼总是噙满了晶莹的泪花?

小丛容郑重地向母亲表示,她一定遵从母教,一定让自己的袖口上永远缀着那洁白晶莹的祖训,一生一世都做一个好人,一个像外祖母那样的人。

母亲满意地放开她。八岁的丛容注意到,这是开春以来母亲头一次清醒。母亲陷入怔忡与恍惚已经好几个月了。

袖口上的真理。

现在,时隔二十多年,丛容重温缀在袖口上的祖训,隔世之感再次油然而生。那古板然而虔诚,生硬然而真实的家风祖训,移置到今天这到处都是的敞怀迎宾,搔首作秀的时装橱窗里,会是什么效果呢?

友善谦和慈悲大度

团结紧张严肃活泼

丛容无法制止大脑冒出这样滑稽的类比,几个月来一直被茫然无措所笼罩的她终于嘴角一咧,露出一丝笑意。

滑稽的事情到处都是。

不仅外面那个世界,心里的世界也同样。

丛容记得自己那些天疯了似的在街上乱走。真正意义上的漫无目的,胡乱走动。她不知道自己要去哪里,有什么目的,可以进入什么故事,见到什么风景,她只知道要走,不停地走,胡乱地走。走得远远的,走得干干净净,踪迹全无。肩上的背包大而无当,支棱生硬,越来越像山丘一样压着她。可是她想都不敢想把它甩掉,尽管对她来说它除了压力什么也不是。唉,它可曾经是她的办公桌,她的抽屉,她的卷宗,她的短暂而破碎的学术梦,但是几个小时前,她把一切伤心而绝望地扫进了这只蓝色挎包。她是在将辞职报告递到所长助理手里后做这件事的,她打开心理所属于她的唯一一只抽屉（心理所办公室拥挤，三年来，丛容和另外两个年轻同事一直合用一张办公桌），将里面的东西一古脑儿扫进了挎包。包括每一个卷宗，每一本破书，每一只曲别针，每一角纸片。不是她节俭成性，实在是她惊吓入心，她是再也不敢遗失任何她读过，写过，甚至用过的东西了。哪怕那是一只小曲别针，一截矮铅笔头，一本毫不相干的《家居指南》《女士必读》。

她再也不敢遗留只言片语，蛛丝马迹，再也不想被人指证、确认，量刑定罪了。

一件绛红碎花的灯心绒外套进入她的眼帘。她的眼睛经过片刻迟疑后蓦然一亮。是的，这是那件多么熟悉、多么亲切的外套。这件外套被虚置二十多年后终于重新出场。它就这么不经意地突然附着在那个十二三岁的女孩身上。这女孩正在迎面走来，这女孩和当年那个大眼睛，大脑壳，躯干颀长苍白瘦削的南方女孩截然不同。这女孩是红润饱满，晶莹璀璨，生气勃勃的。那灯心绒外套在这可爱的北方女孩身上是那么恰到好处，熨帖得体，不像当年挂在她身上时那样宽阔飘荡，空洞无依。当年她那瘦削的躯干缩在里面，真像风里的秋千，晃晃悠悠，不知所归……

丛容眼睁睁看着身着红底碎花外套的北方女孩饱满润泽地朝她走来，又转身眼睁睁目送她擦肩而过，飘然远去，突然无法遏止地陷入了要命的怀旧之中。

丛容不顾一切地坐了下来，她已经被那个远去的少年时代给拽住了，她再也无法动弹，无力推搡。她必须坐下来，必须把身上那山丘似的压力卸到一旁，无牵无挂、身轻如燕地回到那个单纯的、亲切的童稚时代。

不顾一切地坐在马路边的丛容在正午的阳光下和喧哗的人群旁显得既落魄潦倒又古怪莫名。那刺目的阳光和喧哗的市声显然拦截了丛容的愿望。丛容瞥了瞥那个如今已与她无啥关联的世界,将头低了下去,把自己深深地埋进双臂之中。

丛容听见了那天早晨的清脆的鸟鸣。那宛转如歌的鸟鸣声声入梦,终于将童年的她从睡梦中叫醒。她想起今天是星期天,星期天母亲要带她去布店做新衣。母亲夏天从医院回来后就许诺给丛容一件新衣了,可是直到金秋的阳光铺天盖地了,母亲才有能力兑现她的诺言。丛容知道母亲的病情断断续续,所以家里的收入也就断断续续。母亲能够工作的时候总是十分勤勉地工作,她除了教学生弹琴外(家里的钢琴已经变卖掉了,母亲只好到学生家去上课)还不停地编织手工艺品,然后委托学生的家长拿到商店去寄售。母亲的收入零零碎碎,时多时少,可是无论多还是少,差不多总是母亲工作挣的钱正好够付母亲发病后的治疗费,两相抵消,所剩无几。幸亏还有老家的姑姑,丛容的生活费基本上靠的是姑姑的接济。曾经有人建议母亲将带天井的一楼房屋出租,可是母亲坚决不肯,母亲宁肯艰难一些也不肯和别人共住这座祖上传下来而且由于她兄长的鲜血才得以保留的两层小楼。

母亲的哥哥是共产党闽中地下组织的一个负责人,流泉临解放时被国民党处以绞刑。哥哥的鲜血使母亲的家族得以保留了这栋两层小楼,同时也使母亲将对胞兄的强烈感情无尽地移植到小楼身上。

丛容知道母亲和她一样不能舍弃那个天井,天井里那株亲爱的木棉。母亲差不多已经把木棉当做了自己兄长的化身。

　　现在,小丛容已经走到天井里,满心喜悦地依偎在亲爱的木棉身边。她将母亲就要兑现的许诺告诉她的朋友。她对它说:"这是很不容易的,妈妈为了这件新衣服差一点又病倒了。"她的朋友点点头,体贴地落下几片树叶,表示理解,也表示祝贺。丛容心里的感动像潮水一样漫延开来。

　　太阳当空的时候,丛容已经和母亲一起并排站在布店里了。丛容一眼就看中了那绛红底白碎花的灯心绒。她很早就想要一件亮丽的灯心绒外套了。母亲问明价钱,迟疑片刻后倒出了兜里的全部碎票子,连布料带里子一齐买了下来。

　　然后她们就站在中山路拐角的那家裁缝店里了。架着眼镜的老裁缝眯缝着眼,一丝不苟,左量右量,然后递给母亲一张取衣条。

　　走出店门的时候,丛容突然又跑回去对老裁缝说:

　　"伯伯,请做得宽大一些,我,我要穿好几年的。"

　　老裁缝眯缝着眼睛看丛容,他拍拍丛容的肩膀,说:"放心吧,我晓得。"

　　所以一个月以后,新衣服穿到丛容身上的时候,丛容就变成了风里的秋千了。母亲责备丛容不该做得这么大,秋千似的,丛容却坦然欣然。她知道这件衣服帮她装点今后三四年的节日是不会有问题了,她显然不可能长得比它"壮"。

　　令二十多年后缩在马路边、在正午的阳光下将脑袋埋进双臂中的丛容迷惑不解、苦苦思索的是那件宽大飘荡的灯心绒外套后来哪里去了?为什么她的记忆竟长期将它虚置一旁,不闻不问?

　　一定发生过不同寻常的事情。一定是这不同寻常的事情才使她丧魂落魄,在漫无目的的游荡中被红底碎花的北方女孩一把拽住。

那是什么呢?

同学们的面孔一个一个浮出。他们的神情含混暧昧,模糊不清。丛容看不清他们的面容,更看不清他们的性格,只好笼而统之地冠之以曾经或耀武扬威(男生)或叽叽喳喳(女生)……一张不露声色、富于个性的脸出现了,那是杜平青。一个工于心计的女孩。听说她总是把你作为假想敌,可惜你不曾理会。但是,她不是你要找的,她肯定和那件灯心绒外套无关。她的脸是棱角分明的,眼睛长而深,肤色青冷,恰如她的性格。不是她,你不可能和这样的脸亲近,下意识使你远离她。能够使你产生亲切之感的是不同的东西。明朗的肤色,柔和的线条,友善的目光。你是一个胆怯的人,害怕诡谲阴冷说明你多么怯弱,你本能地向往明朗与谦和……现在,她浮现出来了。对,是她,那个有着圆圆的洁白的脸庞,缺乏个性却充满稚气与和善的女孩,那个叫做春兰的馒头一样的女孩。是的,正是她,使你毫不犹豫地脱下了来之不易的灯心绒外套,温存地披到她身上……

旁若无人地坐在马路旁,把脸埋进双臂中的丛容看见自己站在春兰那狭窄破败、四壁空空的家中。这是她第一次到同学家。春兰满脸通红地从床下拉出一把小板凳,请丛容坐,丛容却将目光停留在墙边那张木床上。床上摊着一堆破棉絮,破棉絮的尽头露出一个后脑勺。后脑勺上头发所剩无几,所以丛容弄不清他是男还是女。

春兰咧咧嘴,尴尬地说那是她母亲,已经卧床好几年了。

接着,春兰一脸肃然地说:草药拽头发,妈妈每天喝草

竖琴的影子

药,所以每天掉头发。

然后春兰又咕哝了一句什么,丛容没听清,再问时,春兰却无论如何不肯开口了。

丛容听见自己深深地叹了一口气。她没想到春兰和她一样没有父亲,春兰的母亲比自己的母亲病得还重,更没想到春兰家这样狭窄空旷,一贫如洗。丛容愧疚地想到自己家的小天井竟然比春兰的房间大得多……就在这时,丛容看见自己蓦地伸手去撩春兰的衣服。她果然看见春兰那薄薄的棉布外衣下,除了内衣什么都没有,而自己身上,灯心绒外套下还有毛衣,毛衣下还有毛背心。丛容脸红起来。她迅速脱下外套,胡乱却温存地披到春兰身上,红着眼圈跑了出来。

马路边的丛容看见女孩丛容一路小跑,一路哭泣,直到那身影渐渐变大,变高,变近,变成了少女丛容。

丛容记起几年后少女丛容曾经问少女春兰,那天她说完妈妈"每天喝草药,每天掉头发"之后又咕哝了一句什么,春兰呵呵笑了起来,春兰说:"我说现在头发掉光了,应该倒回来,每天喝草药,每天生头发。"

丛容看见自己不胜惊讶地笑了。她多么欣赏春兰这不同凡响的咕哝!

这咕哝甚至压过了自己对于那来之不易的外套的眷念,使那件红底碎花的灯心绒外套成功地被压进记忆深处,成为一个被虚掉的可有可无的背景。

现在,丛容看见自己坐在流泉二中高中部的阶梯教室中。

教室里气氛热烈,不同寻常。姚一鸣老师刚刚念完一封信,那封信是从永定山区寄来的,那封信的作者是一位插队知青,是袁春兰同学的姐姐袁梦兰。袁梦兰两个月前收到了寄自流泉二中高中部的六十元钱,正是这笔钱,使囊空如洗的她得以及时赶回家乡,侍候病危的母亲度过最后的日子,并帮助妹妹料理母亲的后事。

被悲伤与困顿缠住的袁梦兰直到返回山区后,才想起未向那位好心的赠款人道谢。她请求高中部的老师帮她找到赠款人,并向他致以最深切、最诚挚的谢意……

念完信的姚老师兴奋地瞭望整个阶梯教室,希望那位无名英雄即刻起立,接受写信人和全体同学的致敬。可是除了一片交头接耳,议论纷纷之外,并没有可敬的"赠款人"应声而起。姚老师以应有的激动重复了一遍,可是偌大的教室里仍旧只有交头接耳,嗡嗡嘤嘤。

丛容看见自己稳如泰山地坐在那里,心中波澜不生。她想起那天她告诉母亲春兰母亲病危,她的姐姐没有路费回家时,母亲二话没说,转身到卧室取了钱来。

"给她寄去吧,不过不要署名。"母亲把钱递给丛容。

丛容知道这就是母亲常常挂在嘴上的"谦和"两字的含义。母亲不喜欢张扬,即使在她病中,她的状态也是抑郁忧闷,而不是激昂癫狂。

所以丛容稳如泰山地坐在阶梯教室里,尽管春兰回过头来,以探询的、鼓励的目光盯住她,她也视而不见,无动于衷。

丛容隐隐担心的是,这个春季母亲旧病复发时,拿什么请医抓药。

不过令丛容记忆犹新而且惊讶不已的是,那个春季母亲居然安安静静,平平和和地对付过去了,母亲不曾发病。

现在,丛容听见阶梯教室里折椅"劈啪"乱响,同学们纷纷起立,朝门口涌去。

丛容和春兰最后离开。

春兰依旧穿得很单薄。丛容知道在春兰母亲病重时,春兰把那件灯心绒外套拿去卖了,换了几副母亲需要的草药。

春兰母亲的头发,当然没有长出来。听说她去世时,脑袋完全像个尼姑了。

"喂喂,怎么回事,你病了吗? 喂,你醒醒!"

那一天,丛容睁开眼睛,发现自己倒在地上,身旁围着三个学生模样的人。午后的阳光咄咄逼人,她一阵眩晕。

丛容慢慢坐起来。她立刻想起那个万万丢不得的蓝色挎包,还好,她看见它安然无恙地呆在一边。

"你病了吗? 我们送你去医院?"

丛容看见他们胸前的校徽,知道他们是美术学院的学生,她摇了摇头,既表示"不",又表示感谢。

"那么送你回家? 你看上去很虚弱。"

丛容看见自己仍旧摇头。她在这里没有家。家是在万里之外,在母亲和亲爱的木棉身边的。她在这个辽阔得像个王国的城市只有一间走廊似的宿舍——事实上它也的确是走廊,聪明的工人拦腰加了一道纤维板,它就成了一间屋子,一个异乡人的家。

丛容不想回去,她如今似乎更愿意留在户外,留在全无干系、流动不息的人群中。

她多么害怕进入"格局"。而,一间屋子总是一个格局,哪怕它本来是一条通道,一段走廊。

"要不,我们请你喝碗茶吧,你一定又饿又渴。"唯一的那个女生说。

"谢谢!"现在,丛容的眩晕完全过去了,她看清楚了女生的脸。如她所愿,女生的脸色与面容都是明朗的、柔和的。

想到自己直至今日仍然害怕阴鸷与肃杀,丛容不由有些脸红。

在狼群里走动,却只想碰见羊。

古老的格言也突然冒出来嘲笑丛容。现在,丛容看见自己正在谢绝三位学生的好意。她告诉他们,她非常感谢他们的友善,可是她的确没事,她不想喝茶,也不想回家,她只想独自一人随便走走,胡乱走走。

美院的学生狐疑地走开后,丛容果然挎起那个背包,又上路了。

现在,正午的马路和那天一样活像旺火上的蒸锅,热气腾腾,郁闷难当,丛容看见许多人汗流浃背,面露苦状,很奇怪自己倒仍旧从容自得,"如鱼得水"。对一个瘦弱的、阳气不足的人来说,"热"永远是礼物而不是惩罚?

阴冷才是你所畏惧的。

在一家装饰一新的照相馆前,丛容眼睛一亮,看见了二十年前橱窗里的那个彩色的少女。

少女丛容梳着两只辫子,眼珠漆黑,皮肤晶莹。她的大眼睛盯着每一个驻足凝望的人,像在询问,也像在允诺。丛容知道那稚气十足的目光是什么,那整整一个学生时代她都是以一种询问的姿态带给自己全部的肯定,那双貌似在说"你?"的眼睛实际上说的是"你!""你的!"它们的真正含义是:你,生活,你们如此绚烂美丽,我多么急于加入!

丛容也从没忘记,那稚气十足的目光允诺了什么。五年,十年,十五年,二十年……二十多年的时光一晃而过,她目光里的稚气不断消退,茫然与疑惑不断增加,可是她知道自己尚未背叛那份允诺。不,岂止是尚未背叛,在她那单薄的躯体上,甚至连偏离的企图至今也未能成气候。

但是,接下来,少女丛容惊慌失措地跑来了。她跑进照相馆,跑进经理室,心急如焚地站在经理面前,请求经理将橱窗里的那个丛容取出来。

她近乎气急败坏地转达老师的意见:"学生不能呆在橱窗里,学生不能成为美人照!"

头发稀松的经理似乎莫名其妙,他连声说:"哦?哦?"却对丛容的请求无动于衷,不置可否。于是丛容听见自己近乎绝望地搬出班主任,丛容说:

"求求你把照片取出来吧,否则学校要处分我了。班主任已经宣布我是资产阶级小姐了。"

可恨的经理却越发不关痛痒,不置可否起来,他说:"好啊,好啊,我们也在照片下加上这几个字吧,资产阶级小姐,哈,哈,这可是招徕顾客的好主意啊!"

少女丛容急得快要哭出来了。想到班主任送给她的那顶帽子,她果然鼻子一酸,眼泪像骤雨一样倾倒而下。

经理被她哭得不好意思起来,他终于说:

"得,得,交三元钱,交三元钱,照片还你。"

丛容看见自己如遇大赦。她感激涕零地把早就捏在手里的钱递上去,换回了橱窗里那个满脸稚气的自己。

放大的自己,彩色的自己。

竖琴的影子

不知天高地厚的自己。

丛容急如星火地赶回学校,她跑到班主任的办公桌前,将那个放大的自己、彩色的自己呈现给老师过目,然后三下两下地在老师面前将它撕得粉碎。

长大后的丛容反思这件往事,羞愧地用了"邀功领赏"这个词,她认为自己的全部举动都是在"邀功领赏"。

令丛容百思不解的是班主任老师却不这么看,班主任老师认为丛容是在发泄不满,是蓄意向老师示威。

作为对这一恶行的惩罚,班主任老师撤掉了丛容的副班长职务。

丛容后来重温这段往事,突然意识到荒谬其实从这时就已粉墨登场。

她懵懂无知、急如星火地往学校跑,迫不及待地在老师面前撕碎那个橱窗里的自己,以为是在悔过自新,邀功领赏,却一头撞上了荒谬的南墙。

二十多年来每想到这件事,丛容就羞愧难当,同时迷惑不已。

这种羞愧与迷惑似乎从那天起便像病毒和细菌一样,理所当然、绵延不绝地伴随着她。

当然,令丛容迷惑的还有春兰。

是的,春兰,那个有着圆圆的、洁白的脸庞,缺乏个性却充满稚气也充满和善的女孩,那个面对母亲所剩无几的头发可爱地咕哝过"现在应该倒回来,每天喝草药,每天生头发"的女孩,分别几年再见面时,居然斩钉截铁、不容置疑地告诉丛容:

"善是没有力量的。善就像纸花,既无生机也无力气。

只有恶才是茁壮蓬勃,咄咄逼人的。恶至少充满力量。"

丛容惊讶不已。她直勾勾地盯着春兰,发现春兰的脸庞已不再是浑圆洁白,像个刚出笼的、散发着柔软温馨气息的馒头了,她的脸上有了生硬的线条,棱角也不容置疑地突显起来。

"还记得你披到我身上的那件灯心绒外套吗?我把它卖了,换了几副草药。可我,我现在,真想把它找回来!"春兰盯着丛容,声音尖锐而急迫。

听见这话,丛容心里顿时温润起来。一个怀旧的人,一个想要找回往昔温情的人,尽管她尖锐而急迫地承认恶,她的恶也只是宣言而已。

"是的,我要找到它。因为它是我贫困生活,耻辱童年的见证……我,我要把它挂在墙壁上,每天看着它,想着它,时时提醒自己:生活是无情的,你不压倒它,它就会压倒你,你不吃人,人就会吃了你。"

丛容目瞪口呆了。那件灯心绒外套,那件在她看来体现了同情与友善的外套,在长大成人的春兰眼里,却成了贫困和耻辱的见证!

丛容费了好大的劲才明白,同样的物品,同样的事件,在不同的时间空间,不同的心理状态下,它所见证所意味的可以是大相径庭,截然不同的。

那么,有什么东西是稳定而可靠的呢?

春兰显然已经摆脱了近乎赤贫的生活,她身上簇新的的确良衣裙说明了这一点。那些年的确良面料刚刚在中国大地露面,是既时髦又昂贵的东西,丛容的母亲向往了多时,也还没有富余的钱替自己扯过一件衣裳。母亲只是不顾丛容的反对,偷偷替她买了一块衣料。

春兰说她姐姐嫁了市商业局长的亲外甥,所以顺利地从山区调回城里,成为一个人人羡慕的商业局职工。

那是丛容头一次得知商业局长这个头衔(在这之前丛容听到的都是革委会委员,管委会委员之类的),也头一次体会了这个职务既显赫又充满能量。在春兰嘴里,这个职务几乎是神通广大,没有什么办不成的。

"而现在,你知道吗?"春兰不无自得地说:"这个局长等于是我在当。"

"你?"

"是的,他听我的,或者说,我当他的家。"

"你?外甥媳妇的妹妹?"

"当然不只这个,我……我……咳,算了,跟你说这些没意思,你不爱听的。"春兰说。

"你是一个不知邪恶为何物的人……不知这是幸还是不幸。"停顿片刻,春兰又神情复杂地补了一句。

丛容看见自己不胜惊讶地盯着春兰。她不知道这一切是怎么发生的,不知道那个羞涩腼腆,只会把善良愿望含在嘴里咕哝的可爱的女孩,是如何走到今天这一步的——今天她咬牙切齿,斩钉截铁,活像一个不由分说的复仇者。

只有一点,丛容是完完全全理解了,那就是春兰长大了,她已经不再是孩子,不再是学生了,而是一个经历过人生,见识过世面的大人,一个复杂玄妙、深不可测的大人。

如同她们少年时代既向往又心存疑虑的那些大人,那些有时秘而不宣,有时喋喋不休,有时愁眉苦脸,有时又洋洋得意的叔叔、阿姨们。

长大成人是一件可怕的事。

这个念头是什么时候开始像一粒种子似的跌落到她的脑海里呢？

丛容眼前渐渐浮现出一头卷发，然后是两只夹在裤腰上习惯性地往上提裤子的沾满粉笔灰的手。

那双手清瘦绵长，皮肤细密骨节突出，相当神经质。那双手常常将手指间的粉笔恶狠狠地朝正在开小差说话的同学头上砸去。那双手激起了全班同学的一致仇恨，大家咬牙切齿地叫它"魔掌"。你也不例外。你比谁都更认真的讨厌它，因为它们经常那样气势汹汹，肆无忌惮，它们经常让你心头痉挛。可是那双手，那双在课堂上恶狠狠的手在课下却常常对你显示温情，它们不只一次地递给你《少年文艺》《小学生画报》《卓娅和舒拉的故事》之类读物。

有一次你的指甲忘了剪了，它们甚至要你呆着不动，拿起剪子仔细地帮你把指甲剪了。

可是你依然厌恶它，憎恨它。有点忘恩负义、不知好歹地厌恶它，憎恨它。

那个学期期末考试前，你这个数学课代表和往常一样到年级办公室送同学们的作业本。椭圆形的办公室里静悄悄的，只有那双清瘦绵长、骨节突出的手在办公桌上飞龙舞凤。你把整摞的作业本轻轻放到办公桌上，立刻转身想要溜之大吉。可是那双手抓住了你，那双手说："好好看看这本书，嗯？"那双手在意味深长的第二声"嗯"之后放开了你。你如遇大赦，夹着那本它们塞给你而你取之无意、弃之不敢的教材，一溜烟跑了出来。

回到家你就将教材扔到抽屉里了。你功课好一向有些

竖琴的影子

自负,考试你从来不紧张不拼命复习的。你很得意,因为尽管这样你仍旧年年考第一。

第二天试卷发下来的时候,你发现今年的试题比往年难。尤其最后两道附加题,它是超出你们的教学程度的。

那两道题答不出来不扣分。答对了却加二十分。

考试结果仍旧你第一。全年级只有你一人将附加题做出来了。

你从抽屉里将那本教学书翻出来,送还给那双手的时候,那双手正在打点行装准备回家过寒假。

"怎么样这本书有用吧？嗯,对功课好又听话的学生我向来是照顾的。"

面对老师的好意你突然觉得惭愧,你一冲动,便老实承认这本书你没看,但你表示如果老师希望你看你假期里一定将它看一遍。

那双手的主人,那位姓彭的老师看了看你,突然异样地笑起来。那笑容的意思仿佛你是某桩谋杀案的同谋却装神弄鬼,佯作不知。

他异样地笑着并且迅速打开那本书,他翻到一处画了红杠杠的地方看着你笑:"嗯？这也没看？"

你低头看书。这一看你大吃一惊,那上面正是试卷上的附加题,而且解题过程、答案都赫然地印在那里。

你不明白既然这书这么重要,老师为什么将它借给你？哦,幸亏你没看否则这次考试你的成绩岂不是假的？

"我把书给了你我就知道你能考第一。嗯,你还不承认我对你的特别照顾？你瞧我还特意用红笔给你圈出来了。好吧你是个聪明孩子你说没看就没看吧。"那双手神经质地扭动着,同时意味深长地笑。

直到此刻你才明白你正在蒙受弥天大辱,而且这侮辱是这样恶劣这样可怕!

你相信浑身的血都冲到脸上头上来了,泪水在眼眶里打转,牙齿生平第一遭咯咯地打起颤来……

"你怎么啦?"那双手不再神经质地扭动了。

你终于"哇"的一声哭了出来。你使尽全身力气把书摔到那双手旁边,然后狂风骤雨般地跑了出来。

这一幕发生在你刚满十一岁的那一年。那一年你本来非常高兴你即将毕业即将成为中学生成为大人了,然而眼睛很大鼻子很尖的彭老师弄乱了这一切。你顿时改变了对成人社会的看法。整整两年你认定大人们很坏很恶劣,成长为大人是可怕也是可悲的。

所以当一九六八年中小学开始复课的时候,你没有像母亲希望的那样进附近的老五中,你选择了中心小学的戴帽初中班,也就是说你仍旧留在小学校里了。

成长为大人是可怕的。

丛容发现自己每忆起春兰,就不禁陷入沉思。

可爱地咕哝的春兰和咬牙切齿的春兰。无情的究竟是生活还是时间?

不过,让丛容长久以来迷惑不解的不是这个,让丛容迷惑的还在于,她不能接受春兰的想法,绝对不能,可是她又说不出春兰错在那里——同样绝对说不出。

丛容想起春兰那徒有四壁的家,那张靠在墙边吱扭吱扭使劲儿响的破木床,床上那破棉败絮里露出来的后脑勺。那毛发全无的后脑勺上集中了春兰全部的忧虑与惶恐,也集中了春兰全部无以兑现的爱与温情。春兰的温情是否像那个光秃秃的后脑勺上曾经有过的毛发,在愁苦与困顿的日子里眼睁睁地一根一根掉落了呢?

丛容觉得心口隐隐作痛,思绪像雪花一样纷纷扬扬。

很久了,春兰母亲那灰白委顿的后脑勺一在丛容脑海里出现,丛容心里就纷乱迭起。她既无法继续思考也无法保持平静,她的心里像塞了一团乱蓬蓬的干草一样,支棱繁乱,无以名状。

生活是戴着面具的撕咬,而不是诗。

丛容忘了这句话的出处了。但是她清楚地记得自己初闻此语就像初次面对咬牙切齿的春兰一样惊愕不已。倒不是这话多么尖锐锋利,令人震惊,而是因为这话是赫然印在书本上的,但它和丛容一向信奉的文字世界的结论如此大相径庭。从小到大,丛容从书本得到的,几乎全都是有道有序,有理有节,泾渭分明等等。丛容熟悉它们就像熟悉袖口上的祖训,那铿锵有力的八个大字是如此呼之欲出,朗朗上口:

友善谦和慈悲大度

是的,友善,谦和,慈悲,大度。

无疑这是规范每个个体从而也是规范整个社会的最好的节拍。

丛容无法遏止地想起钢琴旁的节拍器,那啪嗒有声、起伏有致的节拍器是缺乏节奏感的练琴者不可或缺的。

就像纷乱无序的人类社会所不可或缺的?

说到纷乱无序,丛容想起了母亲。母亲最有意思的地方是当她清醒时,她常常说自己纷乱无序,不可理喻,可是当她病倒时,明明言行怪诞,思维混乱,她却言之凿凿地说自己明察秋毫,条分缕析。

而大量的日子里,母亲总是怔忡茫然,惶惶不安。

少年丛容很早就察觉母亲心里似乎有所惧怕,可是母亲到底怕什么呢?丛容直到今天仍旧一无所知。

但是对于焦虑和恐惧,丛容已经有很深的体验了。她已经在突如其来、莫名其妙的歧视、鄙夷、贬损、打击中饱尝了茫然无措,惶恐不安。那是一种行将溺水而毙却无从求救的可怕感觉,那是一种眼睁睁看着人家掐你的脖子闷你的嘴巴而你却动弹不得的可怕体验。丛容有时候真恨自己,为什么如此弱不禁风,不堪一击,为什么总是束手就擒,任人摆布?

一个声音像影子一样突然悄悄贴近丛容的耳膜,那个声音影影绰绰,轻盈飘忽,那个声音说:

"你生来就是为了感受恐惧的。恐惧是你的福音,你的灵感。"

丛容发现自己多么愿意相信这个声音,即使这个声音影影绰绰,轻盈飘忽,像影子一样不真实,丛容也愿意相信它。丛容甚至愿意尊崇它,愿意朝它顶礼膜拜,对它俯首贴耳。

现在,丛容站在成千上万册书籍面前。原来她无意中走进了一家书店。精神家园。是的,在这种地方,她应该有一种回家的感觉,像她生命中曾经几十次几百次地体味过的那样。眼前一亮,如浴春风。游荡漂浮的心灵获得了停泊地。可是很奇怪,今天,那如返家园、心有所依的欣喜欣慰之情似乎消失了,书架上那罗列有致、秩序井然的书本,书页里那彬彬有礼、鱼贯而出的铅字向丛容和盘托出的不再是有序有道有理有节的一切(像以往任何一次一样),而是在在都提示着它的反面……丛容的眼前重叠融合起无数的混乱无序,荒诞不经,她看见自己在这些互相叠映又互相撕扯的画面中,可怜巴巴地不知所措,无所适从,并且日渐单薄破碎,面目全非……

丛容揉了揉眼睛,她希望所见全是幻觉。换句话说,她希望纸上世界是真切真实的,而真实世界倒是幻影幻觉。她就在这个瞬间多少看清了一点自己。她突然意识到自己被书本语言浸淫已久,她差不多已经被弄成了一个"纸人"。可想而知一个纸人在现实的疾风巨浪中,除了被风卷走,被浪打湿,被火焚烧外,还会有更好的命运吗?

想到这里,丛容长叹了一声,颓然倒在长椅里。她觉得这一刻比任何时候都寒冷可怖。她突然发现她并不愿意到达本质,哪怕你信赖的是假象和幻觉,有所凭靠,有所抓握也比这样长叹一声,颓然倒地好。

有人朝她走来,手里拿着一本书,那种她此刻既钟爱又怨怼,既迷恋又怀疑的东西。

那本书在夜色里显得那么不真切。在莲花洲的小河旁它只是一个轮廓,一个散发着光晕又似是而非的轮廓。

真切的是那个少年的脸。那张脸上有一种莫名其妙的光泽。是的,莫名其妙,不可名状。那个叫做阿坚的少年的亢奋是莫名其妙的——他正在口若悬河滔滔不绝,仿佛他的面前不是一个不知所措的女孩,而是整个礼堂黑压压急切而虔诚的听众。他演讲的内容也是莫名其妙的。少女丛容费尽心机,努力倾听,好半天也没有听出所以然来。她唯一明白的是少年脸上有一团莫名其妙的光,而她自己也是莫名其妙地站到这里来的。

黄昏的时候,他走近她,将手里的书朝她晃了晃,简捷地说:

"今晚七点,到莲花洲的小河旁,我有话和你说。"

容不得她反应过来,也容不得她点头或者摇头,他已经像个下达完命令的军官凛然威严地走开了。他简捷地扔下的那句话,就不容置疑地成了一道命令,一个符咒。

抵达莲花洲的小河旁之前,那很不短的一段时间里,丛容都没有去回味那道命令。她似乎也是个士兵,很自然很顺从地把那道命令接受了下来,并且依样画葫芦似的执行了

（此刻丛容想，她是否本质上是个容易顺从的人？为什么她就那样不问所以、不明就里而又理所当然地接受了那个并不熟稔的少年的可笑指令？而且在其后很长的时间里，尽管每次都是莫名其妙的演讲和莫名其妙的倾听，只要命令下达，她就准时前往，既不欢欣也不反感地一次次践约）。直到河对面的教堂里响起了唱诗班的歌声，这歌声昭示着七点已过，而少年还是杳无踪迹时，丛容才开始回味那道命令——它是那样干脆利落不容置疑，可是，它为什么是这样干脆利落，不容置疑呢？这个并不熟稔的男孩约会她是为了什么呢？

　　少年大概迟到了半个小时，他匆匆赶到的时候，手里举着那本书。他没有道歉也没有解释，同样他也没有请她坐下同时自己也试图坐下。他们就那么不伦不类地站着。他以惊人的方式开始了他的讲演：没有引子，没有铺垫，也没有过渡，他一下子就进入了高潮。随着他的声音铿锵响起，他的脸在顷刻间流光溢彩起来，如同一枚刚刚跃出海面的朝阳，栩栩如生，熠熠生辉。

　　丛容静寂无声地站在那里。她不知所以，不明就里。从少年嘴里喷吐出来的言辞像碎纸片，在空中优美地爆开，降落——有的散在地上，有的落到河里，有的滞留在空中，有的晃晃悠悠地飘进了丛容的耳朵里。

　　丛容听到了奇特的东西。优美，有力，同时又破碎，断续，带着几分不知所云。

　　丛容不知道它们的含义，也不知道它们的形状，但是她静静地听着，既不厌烦，也没有演讲者的亢奋激昂，如醉如痴。

她只是莫名其妙地站在那里,既匪夷所思,又安之若素。她轻盈地站在少年的对面,像少年身后忠实的影子,也像少年面前可人的风景。

一棵树。不言不语,无思无虑的一棵树。

多年后,丛容每想起这一幕,就不得不承认自己很多时候性情禀性真像一棵树。

但是当时丛容一无所思。她只是那样既像背影又像风景般地伫立着,倾听她此生中第一个约会她的少年的胡言乱语。这胡言乱语被火一样的激情抑扬顿挫、铿锵有力地喷吐到空中,像戏剧里的独白,也像众星捧月时的演讲。在此后将近一年的时间中,这种情形一次又一次出现,而且一次复制一次,一次模仿一次,既无突破,也无新意,两个半大的孩子就这么奇特地在漫长的青春期里期期相遇,彼此相随,却在漫长的时间里始终各说各话,毫不相干。

那个少年后来成了一个青年"反革命"组织的头头,十九岁那年被投进监狱,一关就是十年。十年之后步出监狱,少年已近乎老年,他脸上那份昂扬亢奋,流光溢彩的样子已经永远永远地消失了。

而他和丛容月光下在莲花洲小河旁整整上演了一年的那出戏,不过是他激昂亢奋的小领袖生涯乐此不疲的一次次预演?

每回想起这一幕,丛容就对自己迷惑不已。她有时候真不明白自己是什么,是谁——品学兼优的学生?真诚信实的朋友?随和可亲的同事?还是刻板单调的书呆,丧失个性的后辈,怯弱可欺的同僚?

她和那个少年在月光下的既如影相随又毫不相干又意

味着什么呢？

她甚至没有意识到他是个异性，是个自负自大、咄咄逼人、充满力量的男孩。她倾听他，那是因为他像个播音员；她凝视他，那是因为他是一道奇异的风景。

他们在漫长的一年里频频相会，却连手都没有拉过一下。

多年以后丛容对自己产生了浓郁的怀疑。不仅仅因为她在整个少年时代是那样混沌无知，不察不觉，还因为进入青春期以来，直到今天，她身上那始终如一、挥之不去的漠然，淡然。

无论是异性低沉的嗓音，灼人的目光，还是接吻、拥抱、抚摸、做爱，这所有的一切对她来说都是一回事，她的反应都是——无动于衷，置身事外。

即使她是当事人，是故事的主角，她也常常不由自主地冷眼旁观，置之度外。

丛容想起那第一个试图和她亲热的高中同学。

那是一个名叫宏志的男生。他们同窗时，关系其实很一般，甚至连友情都谈不上。但是有一天他突然应招参军走了，远走他乡的同学从遥远的北方给她来了一封信，信中并未隐含什么温情，但显然充满了悲伤。那个叫做宏志的同学不厌其详地描述了异乡的凛冽，饮食的粗糙，以及置身于陌生人当中的那份孤寂和茫然。这种拿她当挚友，不做作，不矫情的倾诉感动了她，尤其当这位光荣的背井离乡、保家卫国的同学在信的末尾请求她回信时用纪念邮票作邮资，以便他能揭下来再度使用时（那时邮局不在纪念邮票上盖戳），她发觉她被俘获了——她很奇怪地对他产生了温情。

她的回信不仅贴了纪念邮票,而且夹了一张整版的邮票。她知道这次馈赠不同于对春兰的馈赠,后者是一种同情,而前者,则是一份温情。

她和他通了两年的信。他们的通信从友情始,逐渐逐渐演变成了"爱情"。当然后来她知道那并不是爱情,它充其量只是一种"仿爱情"。

因为当那"爱情"不再仅仅停留在纸上,而转变为真实的敲门声时,她立刻逃之夭夭了。她的全部温情,全部关爱,事实证明不过是个虚构。

那是那位宏志同学返乡探亲的时候。他兴高采烈地到知青点来看她。室友吴茵然有事回城里去了,丛容不得不单独面对他。那整个下午的单独面对把丛容酝酿了两年的温情赶跑了一半,剩下的一半在他夜半急切的敲门声中也毫不犹豫地化为乌有。

那场阔别两年之后的交谈极其困难。彼此是既熟悉又陌生,既热切又冷淡。尤其丛容,情谊一旦试图从信笺上走下来,她就发现那点情谊原来弱不禁风,难以存活。

那情谊原来像一团人造奶油。

看起来不错,吃到嘴里却活像走进骗局。

那位宏志同学的感觉想必完全不同,他的陷于困境并非因为走下信笺的语言丧失了魔力,不,他只是被白天的阳光和入夜的灯光弄得不知所措,勇气全无。所以夜半,当他可以躲开灯光的时候,他不顾丛容已经睡下,竟然跑来轻轻叩门,并且喃喃细语,将压抑了一整天,不,应该说是压抑了整整两年的热情和盘托出。

丛容听着那些梦呓般的鬼话,厌恶与愤怒夹杂而生。她用极其生硬的口气请他自重,请他消失,当然也不由分说、斩钉截铁地宣判了这场"纸上爱情"的死亡。

第二天,那位碰了一鼻子灰的"纸上恋人"垂头丧气地回城里去了,丛容却顿时如释重负,神清气爽。

他们仍然连手都没有拉一下。

现在,丛容伸出手去抚摸长椅的椅背,感到了一份沁入心脾的欣慰。

木质的东西,无论是桌椅、书柜,还是地板、门框,还是已经截开正在风干的各种材质,永远都能给她以慰藉,以安宁。

她到底前身是树,还是来世是树?

或者她此生就是木本,是树的偶然变异?

丛容知道自己这是无事生非,疑神疑鬼,可是无论如何,有一份感觉是强烈而真切的,那就是:

和木头挨在一起远比和人挨在一起好。

所以那一年,当达春光苦心多日,终于使她坚冰一样的防线有所消融,得以再次拥抱她的时候,她不再簌簌发抖了,而是对那具既不粗糙斑驳也缺乏冷静自持的人的躯体产生了一种近乎局外人的心理。

她在油然而至的惊讶中逃离了自己的躯体,像幽灵一样升到空中,冷眼旁观起来。

她看见那人渐渐急切起来。他不再满足于空洞的拥抱(他甚至没有机会接吻,因为丛容始终紧闭嘴巴,她无法忍受两张人的嘴巴纠结缠绕在一起。达春光只好在她的嘴边徘徊,将丛容那面积有限的面颊印满了他潮润而失望的吻),他的手渐渐开始上下摸索起来。丛容起先不知其用意,后来发现她的一侧乳房已被人握在手中,不禁浑身一激灵。她看见自己不知所措,因为她所了解的爱情全都来自书本。在那些秩序井然的文字中,恋人们拥抱接吻,悄声细语,山盟海誓……可是,从来没有这种场面,从来没有乳房被人从衣衫下窃得,柔弱无骨地掌握在他人手中……

丛容怀疑这种行为不是爱而是猥亵,她的反感随着对方情意绵绵的摩挲蓬勃生长。

但是她决定按捺自己,因为那游离逃逸的灵魂高高在上,它希望了解躯体的秘密。

于是达春光得以将丛容放到沙发上。丛容看见自己闭起眼睛,斜靠在椅背上,一副决意逆来顺受的模样。

那双坚实有力的手再次伸展过来。这次他堂而皇之,大模大样。他将两只乳房全部据为己有。他的手在丛容的绸衣下跌宕起伏,惊喜不已,有一刹那,丛容听到了远处传来的阵阵涛声……

可是那双手恰恰在此时将绸衣猛地撕开,那犀利的声响把丛容的幻象撕了个粉碎。丛容看见那人将头埋了下去,自己的双乳在那颗激动的头颅两侧闪闪发亮。丛容正在奇怪这一切是怎么发生的,黑压压的头颅和雪白的乳房怎么能这样轻易而奇特地拼接到一起,便发现右乳房被某种温润而火热的东西吞没了。那曾经深沉透彻地思索的头颅正在自己的右胸上款款蠕动,而自己的乳房则在对方的嘴里不知所措,惊惧惶恐。

欲望犹豫了一下,"啪"的一声,掉落到尘封千年的古井中了。

它拒不复出。

竖琴的影子

但是,丛容还是尽可能冷静而自持地斜靠在沙发上。她那高高在上的主宰尚未下达指令,让她起立,一举抖掉她乳头上、躯体上、感觉上湿漉漉的负担。

所以达春光的头颅在丛容胸脯两侧盘旋多时后,再次得以下移。他抵达并且停留的时候,丛容真是大吃一惊。这是更加隐蔽,更加不曾言说也更加让人迷惑不解的方式。它把美丽与丑陋、尊严与卑污,温情与色情混为一谈……

丛容的厌恶很快压倒了惊讶,她觉得她的冷静已经达到了极限,即使那个在上面冷眼旁观的家伙继续冷眼旁观,拒不下令,她也很快就会霍然起立,让延宕盘旋了这么久的无聊勾当迅速见鬼去!

她果然猛的站起,像抖掉一个寄生蘑菇一样把那个不知羞耻的吸吮者"噼"地抖掉了。

达春光显然吓了一跳。他跌倒在地,一脸的恼怒与疑惑。"怎么回事?"他愠怒的声音嘶嘶作响,活像一盆刚刚被当头浇灭的火。

丛容一言不发,她正在一边重整衣装,让自己尽快恢复体面,一边和那个仍逗留在空中并喋喋不休地指责她的家伙怄气。那个家伙责备她不够耐心,不够幽默,没有坚持到最后一刻,使得她们的这次探询功亏一篑。她则愤愤不平。因为被揉搓,被打湿的是她,而"她"却高高在上,神清气爽,坐收渔利。

丛容看见自己终于收拾停当,并且和"她"言归于好。她们停止争吵,重新汇合为一,把那个正在角落里用大口的香烟遮盖惊慌与恼怒的男人扔在一边,扬长而去。

丛容走出书店,她的身影投在地上,显得恍惚而游移。她已经丧失了扬长而去的力量。自从她被这个世界弄得疑窦丛生、不知所措以来,她就丧失了扬长而去的气魄。单纯给她了力量,同时也使她陷入困境,四面楚歌。她该怎么办呢?

丛容觉得大脑空无一物,除了往事的碎片不时钻进来旁若无人地上演一番外,她空洞无依。她既无力思考,也无力行动。她的双手无法握拢,形成类似拳头一样的东西,去砸那捉弄她、窒息她、令她大惑不解的对面。就像当年她无法将肩上的蓝色挎包安然卸下,无法将里面那属于自己的一切变成能够贿赂他人的物品,祭献到对面那坚实而冰冷的墙基前。

她只能听凭尚能动弹的双脚,在热气腾腾的马路上漫游,在纷纷扬扬的往昔中踟蹰踯躅。

很多年以前她就这样惊恐不安、茫然无措地游荡过。所不同的是那时候她还小,而且不是独自一人。她的身后拖着一根尾巴。那根尾巴比她还小,还混沌无知,那根尾巴在某种意义上是她的牺牲品。那是她的表妹。那一年母亲病重，不得不住进疗养院，丛容被三姨接到那个叫做浮屿的海岛上，和三姨一家一起生活。在三姨家，除了三姨脸上宽厚平和的神情和表妹袖口上洁白晶莹的纽扣是丛容所熟悉、能够感到亲切的外，其他的一切都是她极其陌生、常常觉得不可思议的。这种不可思议最后终于整个儿将她塞满，使她那天生的茫然无措、懵头懵脑像水发的海带一样没遮没拦地膨胀起来。她完全丢失了自己——自己的心，自己的神经，自己的感觉，自己的判断，而满脑子只是那个她该称作"姨父"的人的神神叨叨、胡言乱语。那个人，现在丛容知道那个人才是"有问题"的，尽管他整天像只自动售话机一样把"你有问题"这句话塞给他所碰见的任何人，可事实上，上帝呀，过了多少年丛容才算弄明白了最有问题的是他，他才是有问题的。而且，正是因为他有问题，所以才整天把"你有问题"这句话挂在嘴上，塞给别人。丛容头一次看到这一幕时真是不胜惊讶。

　　那是她跟在三姨后面走进那所坐落在码头附近的房子时，丛容正在惊讶三姨家的天井那么宽大方正，空洞无物，几乎像座小广场，腋下夹着一本书的男人蓦地出现了。丛容猛地吓了一跳，因为那个人悄没声息，简直像是倏忽一闪就突然显现一样。三姨倒是若无其事（丛容后来想那是她司空见惯，见怪不惊的缘故），她对丛容说：

　　"这是你姨父。"

　　丛容咧咧嘴，却发现喉头干涩，"姨父"这个称呼怎么也无法从嘴里吐出来，正在尴尬，那个"姨父"已经把书本举了起来。他用那本书朝丛容致意，周正而客气地说道：

"你有问题吗?"

丛容不解其意,正不知如何是好,"姨父"又将那本书移到嘴边,挡着迅速翕动的嘴,几分神秘地说:

"她有问题。"

"姨父"用眼睛示意的"她"正是此刻正穿过天井、朝卧室走去的三姨,丛容不胜惊讶。

"是的,她有问题。"

仿佛为了解除丛容的怀疑,"姨父"再次用书本挡住嘴,既神秘又坚决地重复了一遍。

丛容不知三姨了解不了解这一幕,因为三姨已经穿过天井,走进右侧那间刚刚为丛容腾出的房间了。丛容迟疑了一下,也离开了天井。走进自己的卧室时,丛容满腹疑团,却在很长一段时间里无法向三姨启齿。

丛容觉得这个姨父比病中的母亲还古怪。

可是三姨却若无其事。三姨脸上平和泰然,看不出一丝忧虑或烦恼。每回丛容闪烁其词,左右迂回,想要接近"姨父"的"问题"时,三姨脸上的若无其事、平和安静总是令丛容蓦然止步。终于有一次丛容不顾一切,脱口而出,逼真地摹拟了"你有问题吗?"这句姨父的台词,三姨听后嗒然无语。沉吟片刻,三姨说:

"他没问题,只不过……只不过,要知道,他是……艺术家。"

丛容十分惊讶,因为三姨接下来所列举的艺术家的佐证不是所从事的工作,而是言谈举止,思维做派。宽厚平和的三姨谈到姨父的怪诞行为时活像谈到艺术杰作,稀世珍宝。丛容永远忘不了平日里平平和和、清汤寡水的三姨,在谈到

竖琴的影子

古怪的姨父时如何两眼放光，神采斐然。

那是三姨调到这个岛上的第三小学任教的第三周（丛容注意到三姨对这个时间的记忆十分清晰）。

那天是星期天，三姨绾着发髻，推着童车，带刚满周岁的女儿出去散步。当她们在海堤上停下来，母女俩一起悠然地享受着眼前的天风海涛时，那个日后的姨父出现了。原来，他已经尾随她们好一会儿了。此刻，他紧走几步，站到三姨的侧前方，目不转睛地盯着三姨头上的发髻，"美，美，太美了。"他的赞叹终于由喃喃细语变成了入耳声声，将三姨的视线从遥远的海域拽了回来。

"你？"

三姨惊讶于眼前的青年固执痴情的目光，正不知如何是好，日后的"姨父"已经抬起手，动手去拔三姨的发簪。三姨一惊，刚要变色，却发现那拔簪的动作含情脉脉，温存可人，于是三姨终止了反应，任凭那双陌生的手在她的发髻上检索拆解。发簪如获至宝地被那个青年握在手里了，三姨的头发像响尾蛇一样娓娓垂落。青年再次伸出手去取掉在三姨肩上的乌黑发罩。然后，青年急切地转过身去，将发簪对着自己的脸颊一下一下地刺起来……

鲜血点点，一滴一滴滴落到摊在青年掌上的发罩上……

半晌，青年停止了刺颊的动作，将被自己的鲜血洇湿了的三姨的发罩举到眼前，按在鼻子上，哧哧狂嗅起来。

三姨被身后异常的声响弄得狐疑不已，终于放下矜持转到青年面前，于是三姨看到了当时一举推倒她脆弱的婚姻后来又被她指认为艺术家行径的怪异的一幕。

"姨父"就这样以他突兀轻狂的行为，既拆开了三姨的发髻,又拆解了三姨那早就风雨飘摇的古板的婚姻,不久就从一个癫狂的倾慕者变成了一个颐指气使、危言耸听的丈夫。

变成了三姨的"艺术家"。

现在,丛容不无羞愧地看见少年的自己在那一年的海岛生活中,如何渐渐把对"艺术家姨父"的怀疑转化为对周正平和的三姨的怀疑。这种转化导致了那一天她轻率地率表妹出走,使三姨那一头黑缎般的乌发在那个早晨不翼而飞。

当"姨父"不再用"你有问题吗?"来作为对少年丛容的问候语,而频频用"她有问题"来替代时,丛容并没有意识到自己从一个被质问者变成了一个潜在的同谋。她只是渐渐丧失了对那位"艺术家姨父"的惊讶与怀疑。因为司空见惯,也因为悬在自己头上的质问渐渐解除,也许还因为日复一日的重复使胡言乱语逐渐丧失了胡言乱语的气质,而渐渐变得毋庸置疑起来。丛容日益见怪不怪了,当"姨父"用书本挡着嘴巴,神秘地发出"她有问题"这道符咒时,丛容脸上的神色终于由惊讶不已换成了会心一笑。她朝"姨父"会心一笑,既认可了"姨父"的艺术家地位,也裁定了三姨那被质疑、被诘难的可疑身份。

三姨的可疑随着岛上天风海涛的鼓荡,随着那年轮般地包裹着她的道道符咒,日益在丛容眼前放大凸现。终于有一天,丛容狭小单薄的耳廓里再也装不下一句新到的揭露了。艺术家姨父已经在少年丛容的耳朵里放进了太多的对于三姨的诘难:什么"资产阶级小姐",什么"地主阶级儿媳"(前儿媳),什么"用道貌岸然掩盖粗糙神经"、"用无动于衷抵挡心灵危机",还有"工作狂"、"道学家"、"两面派"、"阴谋家"、"巫婆"、"骗子"等等,这些判词在丛容耳朵里推搡,挤迫,碰撞鼓噪,搅得丛容心烦意乱,骚动不宁。所以,那天早晨,当"姨父"将新的惊人发现——"她差一点就是个娼妓"紧跟在"她有问题"的问候语之后往丛容耳膜里灌的时候,丛容再也承受不了了。她耳朵里的种种判词因为过多过满开始呼号着往外挤,往外涌……"工作狂","道学家","巫婆","骗子","小姐","叛徒"!现在又添了个不可思议的"娼妓"!唉,丛容觉得有限的耳蜗再也装不下这些浩浩荡荡的字眼了,这些丑陋不堪的字眼尽快顺着她的耳垂往外溢,往下流,流得干干净净,无影无踪吧,让她的耳朵重新恢复安静,让她的姨妈重新变得清洁纯正……

可是,好像塞了耳塞子一样,耳膜以内的东西只是在耳膜之内翻腾,它无法溢出耳垂,更无法四下流散。它们义无反顾地在耳廓里奔跑,尖叫,全然不顾她的焦虑和迷乱,愤怒和委屈……她,她觉得自己像一条胀鼓鼓的轮胎,眼看就要爆了。

她奔出了家门。她不知道要去哪里,可是她夺门而出。她一路狂奔,边奔跑边乱晃她的脑袋,好像要把人家硬塞进她脑袋里、耳膜内的那些脏东西晃出去,颠出去,倒出去……她奔跑的样子后来邻居说活像一只被追杀的麋鹿,既癫狂又苍凉,既迷乱又决绝……

她一路狂奔,一路晃荡……最后,她发现她站在码头上,身后,跟着那个小巧的隐忍的表妹。

"你要走吗?"

表妹的脸上、身上全是汗水,而丛容居然没发现她一直跟在她身后,一直随着她狂奔乱跑。

"不……噢……是的,也许是。"

"带上我。"表妹脸上是隐忍和哀求。

"这个……好吧,我们走。"

"我们……要去哪儿呢?"

"……不知道。"

"我们在哪儿睡觉呢?"

"不知道。"

"在哪吃饭?"

"不知道。"

"你看,船要开了……我们上船吧。"

于是表妹牵住她的手。她们重新奔跑起来。

当她们跳上甲板时,汽笛"呜"的一声长鸣起来,轮船开动了。摇摇晃晃站在甲板上的表姐妹正式开始了让家人焦灼万分的逃亡。

两个小时后,丛容和表妹再次听见长鸣的汽笛,鹿岛到了。

看着这个陌生的城市从远处渐渐移到眼前,在甲板上互相依偎着站了半天的表姐妹那隐隐的兴奋和憧憬突然消失了,她们惊慌失措起来。她们上哪儿去呢?哪里可以既逃避那些触目惊心的短语词汇,又能够遮风避雨,供给她们一日三餐呢?

哪里可以既没有姨妈的可疑又没有姨父的可怕呢?

是的,丛容蓦地发现自己原来是害怕姨父的,她那所谓的"会心一笑"其实是恐惧的产物,是讨好的象征。她害怕姨父的怪诞言行,更害怕姨父的尖利词汇。那些利刃般的词汇已经把一向平和泰然的三姨戳得面目全非了,它也把丛容的无知无辜搅成了一堆烂泥。

咳,她们上哪儿去呢?

在码头检票处,她们遇到了麻烦。因为她们是最后一刻匆忙跳上船的,她们俩没有船票。检票员狠狠地训斥她们时,丛容如梦初醒,赶紧去摸衣兜,却沮丧地发现那里面只有几个单薄的钢镚儿,根本不够付船资。

尴尬之间,表妹扯住了一位正要擦身而过的旅客的袖子。旅客回过头来,发现浮屿三小五年级林老师的女儿正面红耳赤地开口跟她借五毛钱。

旅客的女儿是林老师的学生,所以旅客略微迟疑了一下就拿出了钱夹子。

她们就这样应付了狠巴巴的检票员,快步逃出检票口。

现在,她们站在车水马龙、川流不息的滨海路上了,丛容再次茫然恍然。这是一个完全陌生的城市,既没有浮屿岛上熟悉的夹竹桃,也没有自己家里那亲爱的木棉树,既没有熟悉的空气,更没有熟悉的面孔,她们上哪儿去呢?

她们呆立道旁,像两株刚刚移植的木棉一样,木呆呆,怯生生,心神不定。

她们足足伫立了一个多小时。

她们看见很多车:小汽车、大汽车、卡车、自行车;也看见很多人:男人、女人、老人、小孩。她们还看见许多各不相同的神色、姿态、身影、步伐。她们不约而同地有了新的发现。她们觉得外面的世界真是热闹,也真是奇怪:匆匆忙忙、熙熙攘攘、你来我往、聚散离合,可是彼此又是那样互不相干,全无瓜葛。

"不像咱们家。"表妹撇撇嘴,同意丛容的看法。

"是的,互不相干,毫无瓜葛。"

"没有艺术家,没有地主婆。"

"是的,没有猜疑……和……指控。"丛容搜索半天,才找到新学的这个词。

"可是,不知道他们家里是不是也像咱们家?"表妹的手指向正前方的一个瘦瘦长长的男人。

说到家,丛容才蓦然想起她们该上路了,她们是不能这样一直站下去的。她们不是树,她们必须寻找屋檐。

表姐妹俩于是抬脚上路了。茫然无措的情绪支配着她们,她们无可奈何地漫游起来。

现在,丛容看到了那可笑的一幕。

那是黄昏时分,已经漫游了一天的表姐妹口干舌燥,饥肠辘辘,可是她们还没有找到可以安歇的屋檐。她们饿极的时候曾经想起各自的母亲有一个共同的表姐住在这个城市,也依稀记得那是一所院墙上爬满三角梅,老榕树像伞一样撑开在天空的漂亮住宅。可是无论她们怎么走,也走不到表姨母那宽广得像天空一样的榕树前。她们经过许多饮食店,那里面的食物、饮料甚至它们飘散出来的香气在表姐妹的眼里都像神话一样,既诱人馋人又遥不可及。她们真想坐在店门前大哭一场,看看有没有英俊慷慨的王子从天而降,请她们进去开怀饱餐,可是她们很快就明白高贵的王子是不会到这油腻腻的地方来的,她们获救的机会微乎其微。所以她们最好是走开,顺着这开满店铺的街道,继续走,继续走……

就在这时,丛容和表妹几乎同时听到了一种如泣如诉的声音。她们循声走去,看见沿街的一个挂着居委会牌子的房间里坐满了人。丛容惊讶地看见这些人无一例外地都在红眼圈,抽鼻子,甚至泪水涟涟。

竖琴的影子

那如泣如诉的声音是从台上那个女人嘴里发出来的。那女人端坐台前,正在用一种二胡般的声音回忆往事。

丛容被那女人奇特的声音所吸引,渐渐出神地聆听起来。

那女人的故事结束的时候,丛容惊讶地发现不只是她,连那小巧隐忍的表妹也都已经抽抽搭搭,泪水涟涟。丛容从主持人嘴里得知这是在忆苦思甜,揭发坏人。

最让丛容吃惊的是,她,一向不喜欢开口的她此刻居然如有所使,一反常态。她看见自己略微迟疑一下之后,终于迎着主持人鼓励的目光往前走去。她看见自己站到台上,用一种类似扬琴的声音叮叮咚咚地说起来。丛容听见自己在说三姨,说三姨曾经是她最信赖的人,可现在却可能是"资产阶级小姐"、"地主婆"、"巫婆"、"骗子"、"阴谋家"……丛容伤心地说天真的自己受了骗,说一向周正和气的三姨欺骗了她,而这种欺骗最终导致了她和表妹的离家出走,导致她们整整一天滴水未进,风尘满面……

说到伤心处,丛容以为自己也会热泪盈眶,如泣如诉,可是她很吃惊地发现她没有。惊讶之余,她向依然留在门口的表妹望去,发现表妹正在吃惊而绝望地瞪着她。

多年以后,丛容当然知道为什么那个黄昏她没有泪水涟涟了,因为那是不由自主的模仿,而不是发自内心的冲动。可是她不明白表妹的绝望神情意味着什么。难道比她小很多,也比她隐忍乖巧的表妹那时已预感到此事的后果?

总之,第二天,当居委会主任、警觉而热心的退休老工人何大妈领着已被她好心地收留了一夜的表姐妹登上开往浮屿岛的轮船时,被极度的担忧与焦灼烧烤了一天一夜的三姨心情终于安定下来,何大妈预先打到学校的电话使三姨高兴地得知出走的两个孩子安然无恙了。可是与此同时,她那敏感的头发就像是觉察到了某种危险,突然像打寒颤似的一阵阵支棱,乍开,支棱,乍开……

何大妈是在浮屿三小革委会办公室里将两个垂头丧气的孩子交给三姨的,她在送还孩子的同时也送给了三姨一份耻辱。她愤愤地瞪着三姨那乌黑的丝绸般的头发,毫不留情地说:

"像你这种混进教师队伍的黑五类,真应该给你们剃阴阳头——你知道这是如今城里最新鲜最稀罕的发式啦,我看,嘿,它很适合你!"

热心的何大妈乘下午的轮船返回鹿岛的时候,三姨丝绸般的黑发已不复存在。浮屿三小的造反派们按照"工人老大哥"的指点,让三姨的一头乌发一半成了"麦茬",一半荡然无存。

三姨就这样成了浮屿岛上第一个剃阴阳头的女人。

三姨顶着那个不由分说的阴阳头,前胸挂着"黑五类",后背背着"两面派",肩上横着"娼妓"两个字,被三小的师生们押着,开始了在岛上的一次次环岛示众。

丛容曾经和表妹一次次地跟在三姨身后,既心惊胆战,又悔恨交集。她尤其不明白那位何大妈照看她们时那样和蔼可亲,为什么指控三姨时却那样气汹汹,狠巴巴?

更让她不明白的是那位艺术家姨父。导致姨妈当众受辱的那些词汇追溯起来全都源于他,可他现在却为三姨身上那些可怕的名词,为三姨的耻辱处境痛哭流涕,悲愤不已。

他难过、恼怒到极点时,甚至故态复萌,重新操起姨妈那如今已废弃不用的发簪,在自己脸上乱戳起来。

那天,丛容和表妹忠实地尾随三姨游完全岛之后回到家里,看见瘦长的姨父颓然倒在沙发上,脸上身上星星点点,血迹斑斑。被耻辱和疲惫羁押了一天的三姨惊呼一声,扑了过去。丛容和表妹却都留在原地,呆若木鸡。她们对"姨父"的行径既震惊又厌恶。

这一幕即使如今重新浮现,丛容也仍旧惊讶之余不胜厌恶。总是神秘兮兮地发出"你有问题""她有问题"的那个影子似的男人,也许早在那个时候就把关于人,关于男人的巨大疑问提示给了丛容。而丛容后来那无边的茫然与恐惧,是否与此密切相关呢?

当然,最大的疑问是关于自己的。一向不喜欢开口不喜欢当众表演的你,为什么突然走到台上,像扬琴一样叮叮咚咚地"控诉"起来呢?

为什么其实深爱三姨的你,却突然轻巧地把三姨送上了耻辱之境?

人,到底是一种什么东西呢?

在美术馆门前,丛容茫然空洞的视线里出现了三张似曾相识的面孔。那是曾经将她从眩晕中唤醒的三张面孔?不,当然不是。即使他们同样佩着美术学院的校徽,他们的脸上同样洋溢着无法抑制的青春气息。时间使他们无法是他们。但是让丛容惊讶的是,那三张似曾相识、青春毕现的面孔却无视她渴望孤独的意愿,径直微笑着朝她迎来,他们似乎既惊讶又欣喜:

"这不是丛容丛老师吗?"

丛容一片茫然。

"丛老师,你不认得我们啦?我们是美院二年级的,你到我们那儿开过讲座,我们还和你争论过呢。"

"哦,哦。"丛容赶紧点头。

"你怎么一个人出来?没有人陪你吗?昨天晚报上……"男生说到这里,突然呛住了似的,戛然而止。

"和我们一起看画展吧,听说画展很好……"那唯一的女声清脆而仓促地说,她显然是想补台。

丛容不置可否,她想点头来着,可是她立刻又想摇头。

竖琴的影子

"你要是不累,和我们一起进去看画展吧,画展棒极了,我已经看了两遍了。"另一个浑浊的男声说。

"对,我再去买张票。"

这回丛容真的摇头了,可是她的脚却动了起来。她跟着这几个好意的学生向检票口走去。

这是一个颇具规模的海外华人画家联展。

不同题材不同风格的作品沿墙而立,无声地吸引着众多的观众。

丛容跟在三个学生后面,逐一看去。她的目光机械地移过一幅幅画面,脸上的表情很长一段时间里始终是茫然漠然,无动于衷。

直到那幅《冥想者》猛地跃入眼帘。

那是一幅用色极为独特的油画,近乎黑白两色的画面上,一个年轻的女子扶腮沉思。女子的脸是拉长的,鼻子像刀削斧砍般地笔直垂立,富于雕塑感的嘴唇被扶腮的手往上拉扯着,眼睛似闭非闭,一副苦思不得,寻根问底,半明半昧,无始无终的神情。

那略有变形、略带夸张却又含蓄幽深的笔触,就像蛇一样,倏地钻进了丛容心里,使她从心底打了个冷颤。与生俱来,却又一直深藏于心、沉睡不醒的种种东西于刹那间沸沸扬扬地翻涌出来。

那是像泪水一样清冷又像鲜血一样黏稠的东西。那是丛容既熟悉又陌生,既欣喜又恐惧的东西。那是泥沙俱下、饱满强烈却又懵懂模糊、无以名状的东西。

那是能够让丛容恸哭,也能够让丛容狂笑的东西。

丛容长久地伫立在"冥想者"面前。她已经被"她"牢牢吸引,无力走开。

可是,她也同样无法久久和"她"对视。她只能时而凝视"她",时而掉转目光,去看地上的足迹,天花板的倒影。

当她躲避够了,有力量再度凝视"她"的时候,她照样很快就会感到眩晕。

那清冷幽寂的画面仿佛有某种魔力,使丛容悲哀,迷乱,也使丛容激动,眩晕。

丛容觉得它甚至能够吸附她,假如她不适时躲开,而是久久地和"她"对视下去,她的身体一定要飘动起来,一定要渐渐移向"她",靠近"她",并最终附着"她",进入"她"。

和"她"成为一体。

这个前景经由语言明白无误地向丛容显现,丛容顿时迷乱起来。她发现自己对此既畏惧,又向往,既警醒,又沉迷。

你害怕什么呢?

你到底渴望什么?

丛容不得不承认她对自己一无所知,就像那个"冥想者"跃入眼帘之前,她对自己心底的激情一无所知一样。她不知道自己为什么迷乱,为什么警醒。她只是惊讶地发现自己那双像钉子一样被牢牢钉在"冥想者"面前的脚,此刻正在艰难地挪动……

她终于仓惶地逃离了那足以俘获她的"前景"。

同时,她牢牢地记住了那个创造者,那个旅居奥地利的华人女画家。那个既迷乱又坚定的LIUXIUMING。

那个她的同类?同类这个词在她脑海里显现的时候,她的脚正好跨出美术馆的大门(她忘了和那几个好意的学生告别了),夕阳、人群、车流再次不由分说地涌进她的视野。她心里突然重新翻出那年初遇尼玛时的心情。那心情是那样新鲜而强烈,以至她现在即使是那样颇带嘲讽地重温它,也仍然无法滤掉那份由衷的喜悦与欢欣。

那一天尼玛身着橘黄色长裙款款朝她走来时,丛容眼前顿时一亮,仿佛劈头看见一轮走动的太阳。尼玛的脸上同样流光溢彩,跳动着和阳光一样温暖亮丽的色泽。而当她开口说话时,丛容更加吃惊了,因为尼玛的声音叮叮当当,如同一架正在优美地弹奏的钢琴。丛容过了很久才明白,就因为这份阳光般的温暖亮丽(这种色彩已被无数语言描述为太阳般的,从而也是注定的温暖亮丽),因为这琴声似的纯正优雅,自己才从一开始就裁定了这个人,这份友情。她当时就将尼玛认定为明亮、热烈、率真、坦诚,同时也毫不犹豫地将尼玛判定为同类——虽然她们性格不尽相同,但丛容相信她们都是单纯、善良、率真的。她至今仍然记得她们那一次次在校园里的携手漫步,一次次和着月光促膝而坐、倾心相告的动人情景。她是多么发自内心地喜欢尼玛,喜欢这个从雪域高原走来、橘黄色的、处处散发着太阳气息的女友啊。尼玛是高原的女儿,尼玛是太阳的使者,尼玛和你心灵相通,意气相投。尼玛和你不是姐妹,胜似姐妹。你无缘(无意?)遭遇非凡的爱情,可是你有幸获得了非凡的友情。是的,非凡的友情。三年的研究生生活,丛容和尼玛同吃同住,同进同出,两个人的钱放在一起用,两个人的衣裳彼此掉换着穿,烦恼愁思一起承担,喜悦欢欣一块儿分享。丛容几乎是头一次不再有孤独孤寂之感,即使是在夜深人静,在思念遥远的病中的母亲、遥远的久违的木棉时,丛容也惊讶地发现,自己的内心不再有那挥之不去的深深的忧伤了。一切好像都是可以承受,可以抵挡,可以担当的了。

一切都不再是无可把握,空空落落的了。

那么她们的友谊是什么时候断裂的,或者说,她是什么时候发现原来自己弄错了,彻底错了呢?

丛容脑海里浮现出那个叫唐吉的法国人的不置可否的眼神。在丛容看来那个唐吉未必优秀,也未必可靠。丛容不知道自己是否对男人怀有偏见,总之她对于唐吉那不置可否的殷勤总是报以同样的不置可否,漫不经心。她不知道尼玛如此看重唐吉,也不知道尼玛为了唐吉会转瞬之间把她身上那可贵的温暖亮丽、纯正优雅扔得无影无踪。当然后来丛容理解了这一点,因为她后来明白装到头脑里的概念总不及头脑下的躯体孔武有力。至于套到身上的衣裳,那就更不必说了,它是转身就能脱下,急了就会撕开的。丛容觉得最难过的是自己居然目睹了这一幕,目睹了好友尼玛、阳光般的尼玛的仓促卸妆。

是的,好几天,丛容难过极了。不只因为好友反目,还因为她看到语言是这样不可靠,脸上的阳光竟然可以是人造的。它既容易蚀损,也容易消失。

那天在酒吧里,唐吉将尼玛那封信拿给丛容看的时候,丛容既吃惊又疑惑。她不明白唐吉为什么要这样做。在她看来,这样做,无异于公开承认自己做事卑劣,而唐吉这个巴黎第7区出身的高贵富裕的白种人,虽然他的眼里常常有一种不置可否的神情,但丛容一直觉得他无论如何总是一个绅士(虽然不是罗彻斯特那样的绅士),他的做派基本上可以说是无可指责的。

及至看完信,丛容的疑惑就全都变成了诧异。

这是她写的吗？那个阳光般的尼玛，善良、率真的尼玛，她的好友尼玛？

有一刹那，丛容觉得唐吉可恶极了。他出卖尼玛，他在挑拨，他才是残忍卑劣的！

而那个唐吉，他居然若无其事，他正在似笑非笑地对她说：

"看看你的好朋友都说了些什么吧？看看阳光尼玛如何残忍卑劣吧。"

尼玛那琴声般的语音再次在丛容的耳边奏响起来。那声音依然叮叮咚咚，但听上去不再优雅舒展了，它多了几分嘶哑，几分暧昧。

唐吉：

　　你一定奇怪我为什么不来见你，而要带给你这封信。相信我，如果不是事情紧急，我必须立刻启程回青海，我一定不会让任何东西代替我。要知道，这个世界上我最想做的事就是容光焕发地出现在你面前。当然我也坦白告诉你，我最不喜欢，最痛恨的事就是"她"容光焕发地出现在你面前，而你不知不觉间也容光焕发起来。咳，你们之间的那套把戏我早已了然于心了。你装作不置可否，漫不经心，其实，你每时每刻，每个细胞，每根神经都在守候她，而她呢，也俨然一副不置可否，漫不经心。不过，说句老实话，她倒不是在做戏，她的漫不经心差不多是真的。不仅因为她天生是个冷美人，也因为她还不会做戏，至少现在还没有学会。她是，怎么说呢，以我对她的了解，她几乎是天底下最大的傻瓜，也是天底下对男人最不感兴趣的女人。不要以为我是在信口胡说,贬低她,诋毁她,不,我只是在陈述事实而已。别忘了三年来我和她同进同出,"肝胆相照",没有什么人比我更了解她了。我知道她是头号傻瓜,因为她被书本遮住了眼睛,对现实视而不见。她是那么愚蠢地把人的梦想、人的表演当做了人的真实。我甚至还知道她最大的隐秘——说起来你也许不信,她的母亲,她那若有若无、讳莫如深的母亲就是个神经分裂症患者,而她自己,恕我直言,她曾亲口告诉我,从小到大,她依恋、爱恋的是一棵树,她家天井里的木棉树。她总是像依偎在恋人怀抱里似的依偎着它。她温情地触摸它,爱抚它,和它说最隐秘最知心的话。而人们,她告诉我,女人往往使她紧张,男人则无一例外地使她恐惧。她总是无法和男人亲近,无法像拥抱木棉一样拥抱男人。当男人走近她,试图拥抱她、亲吻她的时候,她心里总是会涌起一股即将被连根拔起,被放倒锯开的恐惧。她甚至由此怀疑自己也是木本,是不幸误入人间的一株植物。而她对我的感情,在我看来也仅仅因为我是"阳光",是她作为树木所需要的阳光而已。当然,我并不讨厌她,因为她简单得让你无法讨厌她。可是,当她无意中闯进屋来,使你眼睛骤然一亮的时候,我承认我开始恨她了。

　　我不想向你隐瞒这一切,因为当你读到这些的时候,你也就了解了我的看法,我的感情和我对你的处境的担忧了。我知道,你早已厌倦感情游戏,性游戏,你是一心要找一个纯粹的东方女性结婚的,正因如此,我才必须坦率地提醒你：你能和一株植物结婚吗？你能从一个厌恶男性者那里获取幸福吗？你愿意、也能够使自己变成一株木棉吗？

如果这一切都还不够，那么，我只好进一步提醒你：

你愿意你的妻子、孩子是潜在的精神病患者吗？

不要埋怨我残忍，因为我的残忍源自你的残忍。自从你在我们中间出现，你的目光常常跳过我，忽略我，即使在你和我说笑调情，甚至是我俩并排躺在床上互相抚摸，互相给予时，你也是那么残忍，你那可恶的瞳仁里只有她，她，她……

我知道你是一个务实的人（正是这一点让我欣赏赞叹——让那些可怜的浪漫主义，理想主义见鬼去吧），你那残忍的忽略是否因为我的种族？你认为我的民族是落后的民族，未开化的民族？你嫌弃我，因为我曾自称农奴的后代？如果是这样，我只好告诉你真相了，我并不是少数民族，也不是什么农奴后代，我的履历表上的名字、出身、籍贯、民族全都源于虚构。我的真正名字叫孟菲，祖籍山东，在青海长大。考大学那年，为了得到某种照顾，避免落榜，我的父亲一手安排了这种变更。而你知道，在我们这个国家，安排这一切远比在考场上多拼几分来得容易。我就这样成了阳光尼玛，成了你一度与其同床共枕却始终视而不见的人。

好了，我把这一切都说出来了，一切由你定夺了。我愿意重申一遍的是：无论从感情深度，性和谐程度，还是生存能力，生活经验上，我都是一个不该错过的人，就看你是否真正智慧，真正务实了。

我十天后返京,希望一回来就能见到你。

尼玛—孟菲

12日匆匆

信看完了,丛容看见自己机械地将它递还给唐吉。她的思绪不可思议地停留在"尼玛—孟菲"这个奇特的名字上。尼玛—孟菲,孟菲—尼玛。阳光尼玛,骗子孟菲,好友尼玛,敌人孟菲。农奴后代尼玛,孔孟子孙孟菲……丛容觉得这一切荒谬极了,它混淆不清,恍惚如梦,莫名其妙,无章可寻。

"现在,你对你的这位好友有什么看法?"唐吉那略带讥讽的目光终于进入丛容的视线。

丛容瞪着他,许久说不出话来。

"说出来,不要憋在心里——照我看,她下次要自称孟子后代了!"

"……"

"你很吃惊,很伤心?"

"不。"

"嗯?"

"不只这个。"

"还有什么?"

"我……不明白。"

"不明白什么? 她的古怪逻辑? 她的残忍本质?"

"不,不是这个……"

"不明白她为什么这样务实,这样无耻?"

"不。"

"那么是什么呢? 不明白我是否真的如她所说,对你一往情深？"

"不——跟你说吧，我不明白人怎么了——人到底是怎么回事……"

丛容记得自己说完这句话后便默默走出酒吧，把高贵的唐吉，来自巴黎第7区的富家子弟唐吉一个人扔在那儿，并且从此拒绝再见他。

阳光柔和下来了,行人变得浓稠黏滞。车辆也愈发摩肩接踵起来。都市的噪音重新铺天盖地地罩住了丛容。可是,不可思议的是,正是在这熙攘繁杂、喧嚣躁动中,一段安静的、总是能够让人咧嘴一哂的对话悠然浮上丛容心头。

有一天,麋鹿毛立斯看见一头母牛,他说:"你是只模样可笑的麋鹿!"母牛说:"我是母牛,不是麋鹿!"

"你有四条腿和一条尾巴,你头上又长了东西,你是一只麋鹿!"

"但是我说起话来是:哞!"

麋鹿讲:"我也能说哞!"

母牛说:"我给人牛奶,麋鹿不能那么干!!!"

"所以说,你是给人牛奶的麋鹿!!!"

母牛说:"我的母亲是母牛!"

"因为你是一只麋鹿,所以,你的母亲一定也是一只麋鹿!"

丛容记得这个故事的后半部是毛立斯和母牛遇见了一只鹿，后者认为他们和他一样，全是鹿，而非麋鹿或母牛。然后他们一起走到一匹马那儿，马对他们表示欢迎，说：

"你们好，马儿们！"

微笑不可思议地浮上丛容的嘴角。好多天了，丛容没有咧嘴笑过，更没有这样虽然不无酸涩，却是发自内心的微笑。她看到了人类的习性，也看到了人对自己的温柔嘲讽。"你们好，马儿们！"丛容差一点儿脱口而出，把这个温存的问候送给擦肩而过的行人。

在这个意义上说，尼玛是难得的。她看到的并不全是"阳光尼玛"，她看到了傻瓜丛容，木头丛容。

尼玛的揭露（诋毁？）是残忍的，它让丛容目瞪口呆，伤心难过，可是丛容惊愕的是尼玛的本来面目，以及她对好友的"寸土必争"，毫不手软，而不是她的口实。她的口实是——丛容早在读信的时候就已在心里承认它是对的，它的确是在陈述事实，而非攻讦——尤其尼玛那句"她被书本遮住了眼睛……愚蠢地把人的梦想、人的表演当做了人的真实"不啻是当头一棒，令丛容悚然心惊，并且在很长一段时间里默默回味，反刍不已。

咳，友善，快乐，像阳光一样明媚的尼玛原来只是杜撰的，只是语言的产物！

真实的尼玛，或者说尼玛的内心真实完全是另一副样子：阴郁，锐利，像狼一样目光炯炯，又像箭一样紧张坚执，随时准备离弦出鞘，抵达目标？

那么，语言是怎么制作出一个截然相反的尼玛，同时让丛容对此深信不疑，如获至宝呢？

是你过于愚蠢,还是人类过于聪明?

丛容记得自己那些天里被这个问题纠缠了好久,她努力想啊想,极欲探究下去,寻得答案,结果每次都不可思议地戛然止住,无功而返,并荒谬地回到起点——

问题仍然是:

是你过于愚蠢,还是人类过于聪明?

丛容想起自己毫无前提、毫无保留地信奉文字由来已久。从她认识文字的那天起,不,甚至更早,早在孩提期,婴儿期,她就通过祖母的故事,母亲的催眠曲接触语言文字,信奉语言文字了。语言里的世界有条不紊,井然有序,善恶分明,是非清楚,语言里的世界善有善报,恶有恶果。语言体现了永恒价值,语言指认了完满人性,语言制作了美好世界,但是,天啊,难道这一切仅仅是梦想而非真实,仅仅是表演而非行动?

丛容想起自己那几乎与生俱来的对于语言文字的信赖,不由一阵惶惑。从小到大,她使用的都是文字的视角,文字的标准,文字的观念,她已经不知不觉而又差不多百分之百地给自己换了血:如今在她的血管里流淌的,已经不是原初的血,本能的血,而是人造血了,是源远流长的语言文字涓涓不息地输给她的。可是现在,有人,而且这人曾是她的好友、挚友,以其尖锐的语言和确凿的行动对她猛击一掌,厉声大喝:

这一切只是假象!

丛容不知道别人是否和她一样,对于文字诚信不疑,她自己,现在她知道自己的确是不折不扣地做了文字的俘虏了。不仅她那友善、谦和、宽厚的品德,甚至她那阵发式的惊恐、紧张、焦虑,也全都和语言文字有关。是书本使她对苏慰人、叶易初、伍必扬的本相一无所知,并因此在遭遇他们时茫然无措,惊恐不安。是书本荡涤了她,使她单纯洁净,可是书本也蒙蔽了她,既使她失明失聪,又使她染上了某种洁癖,从而在泥沙俱下的生活中丧失了顽强的抵抗力,丧失了至关重要的行动能力。

所以她困惑茫然,所以她不断被推搡,被挤压,被窒息又不断落荒而逃——包括她从心理所的逃跑,包括她前天从七楼阳台的一跃而下,包括她此刻漫无目的的游荡——现在,丛容总算多少触摸到问题的本质了。

一个多么可悲的本质!

一个顾此失彼,使人这个族类进退维谷的本质!

丛容发现思路至此,她的困惑非但没有解除,反而更强烈、更深邃了。因为,接踵而来的是,如果语言只是假象,那么,作为一个语言操作者,一个以语言界定价值,指认意义的人,你的全部工作、全部活动又意味着什么呢?

你是否成了一个实际上的说谎者,或者,一个似是而非的人?

现在,丛容看到了更可笑的一幕。那是她对文字做了自以为是的总清算之后,她以她那一向的非此即彼的逻辑,做了一件令同行更令自己目瞪口呆的事。

那一天,她在漫无边际地萦绕思索了一周之后,突然莫名其妙地背离了她试图找到、也隐约可见的方向——她从她的思路中掉了下来,仿佛被某种病毒扼住似的,她无法抑止地将她省吃俭用、苦心搜罗了多年,一向珍爱有加的上千册图书悉数搬了出来。她把它们一摞摞掼到院子里,让这些平日里养尊处优、自视甚高的家伙在严冬的寒风中七零八落，瑟瑟发抖。她既幸灾乐祸又伤心绝望地看着自己的这些地位突降的"宠儿"，她觉得除了亲手焚烧它们，看它们一页页化为乌有外她无法使自己恢复平静，恢复本性。是的，她要报复它们，因为它们既提升了她也愚弄了她，既丰富了她也僵化了她，它们使她在真实世界里丧失活力，吃尽苦头，她再也不要受它们摆布，听它们使唤了，她要一册册，一页页，一行行地驱逐它们，她要这些人造的家伙从此从她的生活中消失，不留痕迹，音讯全无。

她要天然和本质回到她的身上，她的心里。

她决绝地点燃了火把。她将火把扔到它们中间。当它们在寒风中开始瑟瑟地蜷缩，焚化时，她听到了漫长的如泣如诉的呻吟。

泪水像火苗似的窜出她的眼眶。那呻吟不仅发自那堆正在焚烧的书，那呻吟也发自她的胸腔……

那是她对自己的焚烧，对自己的祭奠，对自己的哀悼……

现在，事隔多时，丛容仍然听得见那漫长的如泣如诉的呻吟。那呻吟仿佛是那上千册图书的回音，它们从那一天起就不曾离开她，它们久久地、紧紧地、像蛇一样地缠住了她。她只要一静下来，只要嘴不说话，手不做事，脑筋不钻牛角尖，那声音就会像泉水一样咕嘟一下冒出来，它们在她心里四处流淌，如泣如诉。

她原以为焚烧之后一切将有所改变。她将不再读，不再写，不再想。她将不受羁绊，不受蒙蔽也不再饱尝撕裂之苦。生活将以一种简单而质朴的形式重新出现在她面前。

可是她错了。

荒谬以另一种形式莅临她。

没有阅读的日子像荒漠一样空旷。没有思想的夜晚像虚无一样可怕。没有书写的早晨她倒能够忍受，可是生活也没有梦想了，一切都是可以理解的可一切又都是无法理喻的了。

生活像一圈铁板墙，你若伸手擂它，你将疼痛、痉挛，可是你不擂它，你连响声也听不见了，你将郁闷而死。

所以，你在几个月之后爬上了七楼阳台的栏杆。你的本意也许不是往下跳，你也许只是郁闷难当，你想换一个角度看这个世界，看你曾经亲历的时光，并从中找出你所需要的屏障，可是，你不期然地遇上了她，那个小小的你常常无法忽略也无法记住的身影。你的身体于是在那个瞬间摇晃起来，单薄的阳台栏杆不再能够承接你了，你不由自主地倒了下去……

小西米是多么瘦小啊，小到同学们总是忍不住在西米前面加上个小字。尤其女同学。当她们叫她西米时，她们只是承认她是西米，是那个瘦削矮小的女孩，而当她们无法抑制地在西米前面加上个小字时，她们的怜悯爱惜便全都表达出来了。大家都知道她的经历与众不同，也知道她因此而寡言少语，郁闷不乐，并显得有几分神秘。但大家不知道她那小小的躯壳里装着什么样的委屈，这委屈又如何锁住了她的嘴，她的心，她的全部生长细胞。尤其是小学毕业，升入初中以后，女生们都日新月异地变化着面容体态，一个个像春天的树苗似的，"嗖嗖"地往上蹿，往两旁伸展，常常一夜之间便挺直躯干，探出蓓蕾。只有她，永远的无动于衷，永远的依然故我——她就像一把锈住的锁,一片遭了霜的庄稼,无声无息,无知无觉,仿佛阳光和她无关,空气和她无关,食物和她无关,父母家人的爱和她无关(如果有的话),她这个小小的西米,无声无息的西米,是一个被定格了的生命,一个被虚掉了的背影。

只有她的眼睛还保留着些许渴望。她的眼睛虽不明亮,却漆黑如墨。很多时候那里面一片茫然,但丛容发现它有时也会突然尖锐明亮起来。丛容注意到当老师讲授新课时,小西米眼里的茫然便倏地消失了。它漆黑如墨,坚定执拗。新知识仿佛是她的兴奋剂,她的生命因此重新有了亮点。而当陌生人走近她时(丛容注意到往往是陌生男人),她的眼睛便射出惊惧的光。它们惶恐不安,尖利凄凉。丛容永远忘不了她那奇特的目光,忘不了她那小小的躯体所发散出来的巨大的恐慌。

咳,她遭遇了什么?

是什么东西使本该聪颖茁壮的女孩丧失了聪颖和茁壮?多年以后,丛容了解了原委。

那是丛容受那棵树救助,以癫狂的"美名"逃脱了扎根厄运,回到家里休养的时候。有一天小西米突然出现在丛容面前。她是来找丛容帮忙的,她想借丛容家宽敞的走廊办个小小的画展。

丛容惊讶极了,她惊讶于西米的现状:几年不见,小西米似乎更小了,小得就像一个袖珍人,一个盆景,一颗黄豆,而她自己几乎可以说是人高马大了——三年的劳动生活,使丛容的体态迅速向茁壮结实的村姑靠拢。可是更加瘦小的西米眼里却透射出一种光芒,一种奇特的、凄烈的、近乎回光返

竖琴的影子

照的光芒,以前那茫然恍然的神情神奇地一扫而光。

更让丛容惊讶的是西米的能力,不,应该说是天赋。当西米把一沓画作的照片铺开在丛容面前时,丛容几乎惊呆了:小小的西米居然有那么大的创造力!

西米的画面线条简单,色彩阴郁,可是在在都尖锐惨烈,饱满有力,其中那无处不在的发自生命深处的被窒息、被损毁的伤痛、愤懑,令人一见穿心,直抵肺腑。

丛容的心口猛地痉挛起来。

这是什么样的伤痛,什么样的愤懑啊,真是足以"动天地,泣鬼神"!

骤然之间,丛容似乎明白了西米,并深深地为西米心痛。她扶着西米瘦小的双肩,尽可能平静地说:

"这么好的画展,应该到美术馆、文化宫去办,应该让大家都看见!"

西米摇摇头,她的声音像针尖那么大:

"不,他们不会要这种画的……再说,我只想让同学、老师看看。"

"可是西米……"

"就挂在你的走廊上吧,就挂几天。"

"好吧,只是……太可惜了。"

见丛容答应了,西米淡淡一笑。她眼睛里那凄烈的光更集中,更强烈了,它们投射到丛容的脸上,使丛容心里再次猛地抽搐起来。她隐约觉得西米是在倾全力做最后一件事。这件事一做完,西米眼里那束光就要熄灭了。

丛容记得这个念头使她不寒而栗。当晚入睡前,她长久地跪在床头,祈祷上苍庇护西米,庇护所有弱小、无辜、善良的人。

可是丛容很快就明白,西米的意志比她的更执拗更决绝。

画展的第三天,西米邀请了所有曾经怜惜地叫她小西米的同学,以及她在校最后两年的班主任廖绪珍老师(西米上到初中二年级就退学了,因为抚养她,也是她在本城的唯一亲人祖母去世了)。廖老师最后一个进门,她一看完画展,西米立刻以一种腼腆而决绝的神色,一种呓语般的声音宣布:谢谢大家参加这个小小的画展,请允许我将这些画分送廖老师和各位同学。

到场的人都吃了一惊,因为这两天已有同学在激动地酝酿如何将这个地下画展办到地上去。到美术馆、到文化宫,甚至到省城、京城去展出。

让人们都和他们一样,一见穿心,直抵肺腑。

让人们重新记起,真正的艺术是什么样子的。

可是西米的眼神、声调都剥夺了这一前景,她好像在说:

这一切——这些画,这画展,还有作为观众的你们,只是组合了一束小小的火花,现在这火要熄灭了,你们可以走了。生活仍然是老样子,一切都还是老样子,只有我,将从此不同——我已经厌倦了。

西米默默地将墙上的作品摘下来,逐一递到同学手里。丛容惊讶地发现,递到她手里的正是那幅曾经像闪电一样击中她、摇撼她的题为《对面》的画作。

正是这幅《对面》,使丛容猛然串起廖老师曾经说过的只言片语,于瞬间洞悉了西米的命运。

那小小的、无猜的、笑脸烂漫的女孩西米,那因父死母

竖琴的影子

嫁,总是跟着祖母在旅店管理员房间孤独地温课的女孩西米,那远不知人为何物,生命为何物,人生为何物的女孩西米,就那样在那所祖母工作了十几年、灯光昏暗、墙垣剥落的旅店里,被一只游荡四乡的邪恶的手、男人的手拧断了一切:生命、心灵、整个人生。

丛容的心痉挛起来,这是一种什么样的毁坏,什么样的罪恶啊!——这就是人的罪恶,人的命运吗?

丛容久久地盯着画面,她的目光已经近乎神经质了。那双朝天抓举,像在呼号又像要近身肉搏的手是那样的皱纹纵横,苍老斑驳,仿佛凝聚着千年沧桑,万世耻辱,它像铁证一样指证人性罪恶,人世险峻,也像利爪一样抓挠着人类良知,人心准则,而伸出这双苍老斑驳、绝望犀利的手的,却是一个瘦削弱小、稚气未脱的孩子!

丛容记得自己完全被这幅画,不,应该说是被注满其中的西米的命运、西米的呼号给淹没了,同时,她清晰地看见了旅馆里那罪恶的一幕,听见了西米那惊恐凄厉的尖叫……

丛容的惊惧惶恐也达到了顶点。

她终于像一棵树那样陷入滞着与空白状态……

不知过了多久,丛容终于从树林中走出。她抬起头,发现偌大的天井里只剩下她一个人,西米,廖老师,同学们都已离开……

不到一个礼拜,就传来西米的死讯。同学们说她是绝食而死,整整五天时间里,她粒米不进,滴水不沾。她终于让生命按自己的愿望熄灭了……

廖老师则唏嘘半天,她说:

"她是绝望而死的,绝望而死……她不仅对过去绝望,对命运绝望,她也对现在绝望。她再也不想以她那被玷污的身心,永远无法成长成熟的身心在这个混沌的世界苟活了,她是一棵被雷击中的小树,夭折对她来说是早已注定的——早已注定……"

丛容伫立在一株高大的梧桐树下。苍翠的梧桐叶在晚风中翻飞跌宕,哗哗作响,终于将她的思绪拽出了小西米的命运,驻足在更早的一天。

那一天,丛容在思想和躯体的长时间游荡之后发现自己厌倦了,她渴望止步,渴望无论此刻身处何时何地,能够一把将那只代表了这个世界的混乱与卑琐、几天来压得她喘不过气的蓝色挎包随手一扔,就地坐下,席地而眠,让成堆的烦恼、疑惑、困窘、焦虑统统见鬼去!

让自己变成一个原始人,一个新生儿,一株无声无息,不会流血流泪、也不会思索忧虑的木棉树。

她,她看见自己果然将肩上的挎包慢慢卸下来,然后,把心一横,用力扔了出去。

随着那个大得出奇的蓝色挎包从丛容手中滞重而迟缓地抛出,不可思议的事情发生了。

先是周围静寂了下来。车水马龙的大街上突然静谧无声,所有的声响都像被虚掉了一样,片刻间无着无落。人们像无声电影里的画面一样踽踽而行,恍若隔世。机动车、人力车随着噪音的消失,也突然间轻盈灵动起来,仿佛动画片里的道具,轻而易举随心所欲地奔驰往来。

然后丛容发现自己的脚生根似的扎进了大地,片刻间动弹不得,行走无门。而且,很快她就大惊失色起来。因为她发现自己的身体正在拔节似的"嗖嗖"往上长,不一会儿就和周围的法国梧桐齐肩了。丛容低头端详自己,这一端详她真是惊喜参半——她看见自己发生了多么惊人的变化,她,沮丧不已的她竟然片刻之间完成了宿愿:

她变成了一棵树,一棵自己心仪已久、郁郁葱葱的木棉树!

作为一棵树,丛容沉吟良久才怯生生地抬起头。她立刻就发现自己的视线也神奇地改变了。进入她视野的不再是眼前的风景或者过去的投影,而是蓬勃茂盛的远方。

变幻莫测的远方,不可思议的远方。

而当她像以往一样,开口想将"你好""日安"一类词语送出喉咙,问候迎面走来的行人时,她发现自己已经失声。从她的喉咙滚出来的,只是一片"簌簌簌"的叶片抖动声。

她甚至也丧失了思索的能力,焦虑的能力。她的大脑就像被彻底荡涤过一样,一片澄净空白。除了遥望远方,守候远方,她别无所能。

于是,在那一刻,她突然意识到,自己将日复一日地站在那里,日复一日地迎朝阳,送落日,日复一日地凝视世界,凝视远方,凝视自己的结局……

凝视,将成为她的全部人生。

同样不可思议的是,母亲也在这个时候倏然出现。

母亲身上笼罩着一团温婉和煦的光。

母亲从远处款款走来。丛容觉得所有的枝杈叶片都蓦地温暖起来。母亲渐行渐近,丛容一阵眩目。半响,她睁开眼睛,发现从远方款款走来的母亲赫然端坐床头,而自己,正和衣躺在床上。丛容不胜惊讶,以为自己疲劳过度出现幻觉,正想掐自己一把,眼前那赫然的"影像"却说话了:

"阿容,是我,不认识妈妈了?"

丛容又惊又喜。那是真实的母亲,近在眼前的母亲。而且,一向怔忡恍惚的母亲此刻却清晰而周正,明朗而端庄。

母亲的对面还有一个男人,同样清晰而周正。

丛容惊奇之至,一直住在疗养院的散乱的母亲怎么能如此清楚周正,明朗端庄,又怎么能在她最狼狈的时候从天而降,如甘霖如雨露地洒落到她的眼前?

母亲微笑着俯下身,紧紧拥抱丛容。

母亲说,两天前,她突然感觉到丛容有麻烦,惴惴了一天之后,就决定在"病友"何先生的陪同下,赶到北京来了。

"病友"何先生在一旁点头,"乘飞机来的,三个小时,很方便。"他证实母亲的话。

丛容狐疑地看这位"病友"。她不得不再次确认他和母亲一样清晰而周正。倒是丛容自己,显得既恍惚又矛盾。

那曾经郁郁葱葱、默默无语,站在路边凝视的记忆就是证明?

还有,她是怎么回到自己房间的?她又怎么从高高在上、葱茏满目的木棉回到躺卧的人体,回到瘦削孱弱的人类?

蓦地,丛容发现了这份胡思乱想的可怕,她赶紧坐起来,想要向母亲,也向自己证明一切正常,毫无问题。

母亲却把她按下去,母亲说:

"你病了,发着烧呢。"

丛容狐疑地盯着母亲。她一方面真的满腹疑团,一方面似乎也想将错就错,以一种不明就里、不知所以来掩饰这混乱的一切。

母亲却非常敏锐。母亲目不转睛地盯着她,目光像鹰隼一样犀利。

"遇上麻烦了?——是大麻烦?"

"不,没有……一点小麻烦……我,我能应付。"

"不用掩饰容儿,我们是特来帮你的。"

"我知道……可是我能对付,真的能对付。"丛容真高兴自己如此嘴硬,可是不争气的眼泪却立刻汩汩汩地窜出来背叛她。

母亲把脸转向天花板。半晌,她的声音从天花板弹回,进入丛容的耳膜:

"你父亲当年也是因为这个远走他乡……我,我希望你不要像他……"

丛容惊异莫名。她并没有对母亲说她的打算,母亲怎么知道她要还乡?再说,母亲又是怎么知道她遇上麻烦并因此匆匆赶来的呢?

"我有感觉,我们,"母亲把脸转向"病友"何先生,"我们旁的都丢了,只剩下感觉了。"母亲说。

感觉。是的。你也经常出现奇异的感觉。那年丛容在后景插队,有一天突然梦见十来年不见的祖母出事了,相当危急。第二天大队的广播喇叭里就传出了焦急的呼唤:五队知青丛容立刻到大队部接长途!五队知青丛容立刻到大队部接长途!丛容接过文书递过来的话筒的刹那,心中一片战栗。姑姑的声音在话筒那边也是一片战栗。姑姑颤抖着证实了丛容的担心,她告诉丛容,祖母被车撞了,生命垂危,要她回去见最后一面。

从此丛容再也不敢自以为是,嘲笑神奇。

现在丛容渐渐松弛了下来。她朝母亲笑笑,表示理解,也表示感激。

她和母亲常常这样,心有灵犀,一点相通。

否则就不是母女了。

丛容无法再对母亲隐瞒,于是将事情经过和盘托出。因为她发现,无论是母亲还是那位病友何先生,在这个不寻常的黄昏都比她清楚,比她冷静。

难道母亲们是平常糊涂,遇事清楚?

总之,母亲和那位何先生聚精会神地倾听原委,平日的恍惚与散乱无影无踪。

如果这是真的,丛容在心里嘲笑自己,如果母亲已不再恍惚与散乱,你又怎么向母亲的恍惚与散乱求救呢?

但是母亲仍然在帮她。

母亲说:

"你不能回家。即使你辞了职,也不能回家,你不能只是逃……逃……逃(丛容注意到母亲只是在说"逃"这个字时显出几分神经质),你更不能和我们在一起……那样,那样你就同时重复我们了——你父亲和我……"

"可是妈妈……"

"不,你不能……我不让你这样。"母亲固执得很。

"好吧。"丛容从小就对母亲妥协惯了,她已经习惯于随时随地避免刺激母亲,她从不对母亲固执己见。

可是在心里她并没有真正妥协。她多么想念老家,想念老家天井里的那棵树啊。既然她已没有公职,为什么不回家,和母亲,和它长相厮守呢?

要知道,直到如今,她也仍然眷念它,向往它。

"我留在这里又能做什么呢?——我现在是像一抹空气,无处附着,无足轻重了。"丛容看见自己换了一种方式恳求母亲。

"空气不是无足轻重的,空气供人呼吸,给人生命。"母亲反驳道,"再说,你可以继续研究你的心理学,写论文,写书,继续干呀。"

"没有刊物肯发我的文章了,"丛容深深地叹了口气,"我现在是出了名的自由化分子了。"

一直显得平静的母亲眼圈蓦地红了起来。她紧紧抓住女儿的手,似乎这样便能分担女儿的痛苦:

"会好的,会好的……我保证……"母亲的神情活像在哄小孩,"咦,你看,我们来写小说怎么样?换个笔名写小说,谁也不知道你是谁了。"

可怜的,爱好文学的母亲!

"唉,这倒是真的,"病友何先生插话了,"你妈妈在疗养院给我们讲了不少故事,都是她现编的。有时讲到一半,她卡壳了,我们就和她一起往下编。嘿嘿,蛮有意思。"

丛容想起插队时写过的那篇《父亲》,虽然不成样子,可她始终不舍得扔,一直带在身边。

想到父亲时,她还会偷偷拿出来,聊以自慰。

或许真可以再试试。至少可以聊以自慰。

如果她能写,如果她改头换面成功,她就是户外的一口

竖琴的影子

自由空气了。没有对面,也没有背面,不必随圆就方,也不必仰人鼻息。

她可以浮游在半空。若隐若现,自由自在。

如果她愿意,她还可以迎风飘荡,行吟天涯。

重要的是,她可以抒发,可以呼号,可以梦想,可以抗议。

对,梦想。梦想这个词比抗议还合她的心意。她现在知道她是多么需要梦想。有一类人是多么需要梦想。

她、小西米,还有三姨、妈妈,甚至春兰、梦兰等等,他们都是需要梦想的。梦想就像他们的吗啡,可以止痛,可以兴奋,可以转移,可以蒙住眼睛。

假如春兰沉湎于梦想,她那张馒头似的、充满和气的脸,是否永远都不会出现肃杀与阴郁?

可是春兰那空空荡荡的家怎么办?那摇摇晃晃的木板床上的病人怎么办?

丛容发现悖论再次辖制了她。

"你决定了?"看见丛容眼里放出光来(虽然不无犹豫而且自相矛盾),母亲知道她动心了。

"嗨,我们来帮你,我,你何叔叔,还有疗养院的病友们,我们一起帮你。你知道,我们的故事千奇百怪,什么都有,准让你们大吃一惊!"母亲神采奕奕。

丛容知道母亲的你们指的是什么,我们指的又是什么。母亲不知道丛容也到了"我们"的边缘,而且很想成为"我们"的一员。

不过,既然母亲还是派定你做"你们",你就暂时再做做吧。

实在做不下去了,再进入"我们"。

"那么,就这么定了! 现在我们先弄饭吃,吃完饭就开始。"母亲很干脆地替丛容做了结论。

母亲的正常再次让丛容吃惊。她再次怀疑时间把角色对调了:住疗养院的母亲日趋正常,而散落人间的她,倒反而日渐反常起来。

丛容看见自己脸上现出一种复杂的神情。她说不清自己是喜是忧。

一对老态龙钟的夫妻相互搀扶着从丛容跟前走过。他们那相依为命、相濡以沫的样子令丛容感动。丛容耳边重新浮出那天和母亲的对话。

那天晚饭后,丛容给附近的招待所打电话,替何先生订床位,然后目送何先生走出房间。房门刚刚被何先生轻轻掩上,母亲就径直说:

"你不要以为我和这位何叔叔有什么。我们只是病友,朋友。"

"为什么要只是呢?妈妈,如果你有伴,我会多么高兴!"

"不,你不懂。我们和你们不一样,我们关系简单。我们从不拉拉扯扯,横生枝蔓。"

"可是妈妈……"

"简单是奇妙的,我们热爱简单。"

"妈妈……"

"不,我们从不拉拉扯扯,横生枝蔓。"

"好吧,我想我有些懂啦。"

"那好,我们呆上一周,帮帮你,然后就回去……一出来,觉得还是我们那儿好。"

那是自然。丛容看见自己心里又涌出一堆向往。

不生枝蔓,毫无瓜葛,无是无非,一清二楚。这是世界上最好的地方,最适合你的地方。

丛容想起姑姑的那些信。姑姑几乎每封信都谈到母亲。自从丛容北上以后,母亲就全仗着姑姑照料了。也是由于姑姑的安排,母亲于两年前转到流泉郊区附近一家新的疗养院。这家疗养院不收狂躁型病人,病人们不是抑郁寡欢就是沉默不语,很少喧哗吵闹,昂扬亢奋的。这家疗养院既拒绝电棒电椅也拒绝中药西药,这家疗养院使用的唯一药物是:

语言。

这家疗养院擅长精神分析。

从母亲如今的状况,丛容已大致了解它的治疗水准。

丛容看见自己多么庆幸有这么一个地方做退路。

如果你不能成为语言的操作者,你就到那里去,做一个语言的承受者。

接受语言的治疗。

母亲却像她肚子里的虫一样了解她的心思,母亲说:

"不要三心二意,不要还没开始就先想退路。你能成功——你必须成功。"

丛容知道母亲的必须成功意味着什么。对母亲来说,自己的人生是失败的,在疗养院打发余生就是佐证。而要避免走进疗养院,你就必须奋斗,必须成功。

必须让大众的意志(世俗的,昂扬的,坚定的)战胜自己的意志(个人的,低迷的,惶惑的)。

必须让你的全部神经,全部细胞都用在为生存而奋斗上。

一旦你退出战场,你天生的那份低迷、惶惑、怀疑就会蜂拥而上,把你缠绕、围困,把你一点一点蛀尽镂空,最终把你的生命之火生生浇灭,使你变成一个恍惚的人,散乱的人——使你最终住进疗养院。成为一个精神病患者。

母亲将此视作畏途,而你恰恰将它当做逃路。

这就是你和母亲的全部区别?

而母亲和何先生的区别是什么呢?

丛容一边继续那不知所以的游荡,一边任何先生的形象在眼前放大,凸显。

母亲和何先生走的那天,竟然下起了小雪。

那个冬天,北京地区没有下过一场雪。无论是郊区的土地还是城里的人,都被焦躁与干渴所缠绕,不想进入初夏了,倒突然来了一场淅淅沥沥、珍贵如油的雪。丛容提着母亲的行李走进雪地,顿觉精神一爽。

去机场的路上,母亲和何先生饱览雪景,兴致勃勃。母亲说她从来没见过雪,只想见到雪,今天居然如愿了。

出租车司机说母亲有福,母亲嘿嘿笑起来,母亲说是何先生有福。

母亲说,何先生原本是很有建树的天体物理学家,"文革"中遭人诬陷,百般凌辱,何先生忍无可忍,终于从四楼阳台跳下,不想却毫发无伤。何先生被人从地上拽起来后,发现自己完好无损,便拍拍裤子回办公室继续工作。因为他想这是上帝的意志,上帝不准他中途脱逃,要他完成那个至关重要的研究。不想造反派闻讯赶来,恶狠狠地撕毁了何先生整整一麻袋的计算稿(那是何先生多少年的心血啊),并且不由分说地将他扭到批斗会场,当众挖苦何先生"不愧是天体学家,连跳楼都事先设定好安全轨迹,毫发不伤。"何先生剧痛之下,精神分裂,于是在审查、看押了一段时间后,被遣送还乡。

于是多年后,何先生就成了母亲同一个疗养院的病友,朋友。

丛容记得自己曾经问何先生:

"现在情况不同了,您也康复了,为什么您不回去重新工作?"

"荒疏多年,已经不适应了……不仅专业不适应,对人间也不适应了。"

"可是,疗养院也是人间啊,您和病友们不是相处得很好吗?"

"那不一样。我们,我们关系简单。"何先生说。

丛容顿时无话可说。她想起母亲也说过同样的话。母亲和何先生是对的。

在你们这边,嘴上一套,心里一套,道理一套,事实一套。你们说一句得留半句,想要这个得指着那个,看了这个的脸还要瞅那个的脚,这里明白了那里又给绕进去了。你们这边的世界曲曲仄仄,弯弯绕绕,真真假假,虚虚实实,你们这边明白人都常常给弄糊涂了,何况简单愚钝的人?

你的命运是必然的。

母亲还说,何先生仁厚至极,何先生不可能不是有福的。当年那个造反派,那个诬陷他的恶人,前年要申请出国进修,因周围的老教授没一个肯为他推荐,也因何先生在国外学界尚有余威,所以厚着脸皮跑来求何先生。何先生注视他良久,问了他一个问题,然后便郑重提笔,为他写了推荐信。

"什么问题?"丛容好奇起来。

"你为什么要出国进修?"母亲转述道。

"为了提高专业水准,更好地报效国家。"那个恶棍一脸凛然。

何先生于是颔首点头,欣然提笔,并郑重地在推荐信上签上了"何之为"三个字。

"可是他是个恶棍啊,他曾经置您于死地!"丛容叫起来。

"那件事他是错的,可是,这件事他是对的——我不能反对正确的事,这是我的原则。"何先生神情肃然。

丛容再一次无话可说。是的,你怎么能说何先生是错的,你怎么能说这样的原则是错的呢?

"妈妈,如果是您,您签不签这个字?"丛容记得自己曾经问母亲,她突然很想知道母亲的答案。

"我?我不签。"母亲十分干脆。

"为什么?"

"因为,因为我用一只眼睛看事情,而你何叔叔用两只眼睛,不,他用三只眼睛看事情。他有三只眼睛。"

"是吗?"

"是的,他还有一只你看不见的眼睛,那叫天目。他,他可是个天体物理学家啊。"母亲说,半是认真,半是调侃。

"不,不是眼睛的问题,是方式,看问题的方式。"何先生抗议,"你妈妈是尖叫派,而我,我是祈祷派。区别在这里。"何先生说。

"尖叫派?祈祷派?"

"是的,或者尖叫,或者祈祷,这是两种基本态度。我们如此,你们也如此。"

"我们?"

"是的,将来你写作,也逃不出这两个词——祈祷或者尖叫。"

"哦?"丛容似懂非懂。

机场到了,丛容无法再和何先生讨论下去了。想到母亲和她的朋友将关系简单地回到关系简单的"他们"那边,留下她一个人孤零零地呆在复杂莫测的"这边",心里就一阵难过。

她默默地要求自己,不要失控,不要哀求母亲允她同行。

就像当年要求自己不要在钟雨墙面前哭泣,不要在钟雨墙面前爆发一样。

她不能够逃跑。她必须留下来,必须独自面对这个世界。

母亲已经快步走进登机口了,她也在避免和你握别?

只有何先生伸出手来:

"再见丛容!希望你做一个祈祷派。"

"再见何叔叔,一路平安!"

丛容把目光移向母亲,努力向母亲示意:她会努力的,她保证不让母亲失望。

她不敢同母亲说话,生怕一开口,哭声会随着溜出来。

更重要的是,她知道语言会背叛她:因为,她心里对于"重新上路"其实完全没有把握。

现在,她又重新上路了。因为那棵树张开手臂挡住了她。她和多年前一样又重新在马路上游荡了。

个人的历史也常常惊人相似的重复?

一个穿着夹袄的乡下老人在她面前停下来,跟她哇哇啦啦比画了半天,她才回过神来,明白这是一个哑巴,他在向她问路。

可是她却无力帮他,不仅因为她听不懂他的"话",还因为她自己对这一带毫无概念,方向莫辨。

她只好拦了一辆"面的",把老人送上车。她递给司机两张十元的票子,交代司机带他在这一带找找。

"面的"扬长而去,那张独一无二的面孔也在手扶拖拉机的鸣叫声中浮现出来。

那是他们敲着锣鼓,戴着红花,坐在手扶拖拉机上一路轰鸣跳宕地来到后景村的时候。飞扬的尘土尚未落下,一群老人孩子便围了上来。透过唧唧喳喳的声音,以及钦羡与审视夹杂的目光,丛容蓦地发现了远处的"头像"。那是一张安静得近乎凝然不动的老妇人的脸。那脸上也有关切和审视,但那份关切和审视是凝然不动的,它们掩映在安静与超然的浓荫下,更突显了那份神秘的泰然自若。丛容心里一动。她刚刚离开散乱恍惚的母亲,下车伊始却神奇地遇上了安定与泰然。丛容激动不已,她把这看作宿命,视为神佑,她不顾正在闹哄哄进行的欢迎仪式,抬起脚缓慢却坚决地朝老妇人奔去。

只有几十米的距离吧,丛容却依稀走了很久。当她梦幻般地站到老妇人面前,并以一种梦幻般的声音谦恭地向老妇人问安时,后面突然爆发了一阵笑声。

"她是哑巴!她是哑巴!"成群的孩子快活地叫着。

丛容看见自己茫然不知所措,但是老妇人却嫣然一笑。

老妇人抬起手,温存地触摸丛容的脸。那粗糙却亲切的手立刻让丛容温情满怀。丛容的眼泪无法抑止地翻涌出来。

老妇人从此成了丛容秘而不宣的朋友,不可言说的归依。丛容差不多每天都能"觑见"她,因为老妇人每天背着竹筐上山砍柴都要路过山脚下的知青宿舍,丛容只要不出早工,总要早早起床跑到路边迎候她,她需要那安静泰然的目光的沐浴,也需要老妇人粗糙亲切的手在脸上款款移动。那温情脉脉的移动,仿佛一种语言,代替了老妇人失声的咽喉和紧紧抿着的嘴,它说:

"别害怕,你不是一个人。别害怕。"

那一阵丛容的确常常被恐惧所裹挟,她害怕的东西是那样的多:母亲的怔忡恍惚,父亲的杳无音讯,家族背景的阴影,海外关系的复杂,还有生产队长的脸色,分管支委的鼻息,知青同伴的牢骚,以及面对乡村那浩浩苍穹所感到的空前的孤独与渺小……这一切是那么粗壮有力,生生不息,它们总是摩肩接踵,川流而来,令丛容时而心惊肉跳,时而散乱恍惚,丛容常常觉得自己再也承受不了了,她的堤坝危在旦夕。

但是每天老妇人都有效地安慰了她,她的惊惧惶恐在老妇人粗糙而温情的手下得到了缓解,老妇人既像母亲一样慈爱又像父亲一样有力,她的目光就像一个象征,给丛容那漫漫乡村生活一个归依。

丛容发现自己的精神渐渐安定下来,安静与泰然终于像风一样丝丝入扣灌入了她的体内。

她开始像一个土生土长的农人,日出而做,日入而息,辛勤本分、泰然淡然。直到那一天。那一天夜里,丛容听见一种奇怪的哭泣。那是一种断断续续,似烟似雾的抽泣。那抽泣低沉幽深却石破天惊,丛容从梦中醒来,发现自己惊惧不安,浑身冷汗。

第二天早晨,丛容早早跑到路边守候老人,但她久候不得。不久,从山上下来几个人,他们肩上有扇破门板,破门板上躺着那个老妇人。丛容顿时惊惧起来,但是那伙人却嘻嘻哈哈,插科打诨。

"她怎么啦?她怎么啦?"丛容至今还清楚地记得那个早晨自己那抖动得像网一样的声音。

"死啦,嘿,死啦!"答话的是老妇人的儿子。他总是像吆喝牲口似的吆喝老妇人,他管老妇人叫哑巴。傻哑巴,老哑巴。可是老妇人回答他的总是一片慈母目光。

"被人砍啦。——喂,我说,你们家以后不用发愁柴火没地儿堆了。哈哈……"另一个男人冲老妇人的儿子嚷。

丛容知道老妇人风雨无阻定时上山拣柴火,已成了村里

竖琴的影子

的笑话,她的儿女们也以此为辱,因为老妇人拣的柴火已经足以撑破他们家的院子了,可是老妇人仍旧风雨无阻,每日上山。

她的上山就像丛容对她的守候一样,已经成了一个仪式。

可是她现在躺在门板上毫无知觉了,一只搭拉下来的手臂灰白枯槁。丛容伸出手去,指尖蓦地触到了那份冰冷苍凉,她顿觉万箭穿心。

老妇人在那伙人的肩上,在那伙人的说说笑笑中远去了。丛容愣怔半天,突然跌坐在地。那份悲痛与哀伤后来无论何时想起她的眼前都会跳出四个字:如丧考妣。

是的,老妇人已经成了她的密友,她的共谋,她的灵魂归依。那份安静泰然的目光,那双充满温情的手,一年多来已经成了她的定心丸,安魂剂。

是她使丛容变成了一个任劳任怨的小农人。

一个可削整,可塑造的日后的好知青?

但她却一夜之间倏然消失,就像丛容曾经有过的父亲的肩膀和母亲的理智一样,有一天小女孩一觉醒来,发现这两者都像风一样飘然而逝,她再也无法像抓握一把糖果似的紧紧抓住它们了。

丛容再一次略带讥讽又饱含同情地凝视自己,因为她差不多又一次体味了那些惊恐与混乱。在那个显得特别长的冬季里,老妇人那只灰白枯槁的手臂总是在她眼前晃动,既不停地搅动她的哀伤,又如泣如诉地开启着她面前的恐惧。

那是对死亡的惊讶,对瞬间消失的恐惧。那是她头一次被鲜明而强烈地告知:人是可以片刻之间化为乌有、从这个世界遂然消失的。

丛容想起那些日子的哀悼之情是和惊恐与迷惘混杂在一起的,那些日子她心里总是有一个声音既怅惘又绝望地叫着:她没有了,她没有了。

她没有了,她没有了。

她没有了这个事实在很长一段时间里令丛容一想起来心里就一阵疼痛,人竟然会像风一样倏忽不见,烟消云灭,人竟然会归于无——无声无息,无影无踪,无知无觉。

丛容觉得到那时为止,她压根没有无这个概念。因为所见全是有,所见全是在,所以她从未意识到还有无,还有不在,还有消失。

现在,老妇人用她的猝死否决了她曾经成功地传导给丛容的安静与泰然。丛容比以往任何时候都要可怕地陷入惊恐与混乱。消失这两个字像一道闪电在整个冬季里昼行夜伏,此起彼落。

所以二十年后,当丛容得知她的一个同行,那个叫做斯妤的女作家提笔写作是妄想以文字战胜流逝,拓宽生命时,她惊讶地笑了。因为这和她曾经有过的想法是那样不谋而合,殊途同归。

虽然后来她提笔的直接动因不是这个,而是"重新上路"。

但是那种被启动、被牵引着进入的对于形而上的苦苦思索,并因这份思索而轻视现实,在心智的领域流连忘返的气质,丛容是多么熟悉啊。它简直如同己出。

丛容不知道那个叫做斯妤的同行(她从没见过她,她们两个人差不多一样深居简出),是否至今仍保持着对文字的信奉,她自己,咳,她自己是……丛容的眼前又浮现出那一幕：

走到阳台,爬上栏杆,最后一次回头看了一眼书房——那里面的三千多册书曾经是她的情人,她的密友,她果腹的食粮,御寒的冬衣,她的全部天地。但现在,她要将它们遗弃了——然后在明晃的阳光下,睁大了眼睛,纵身一跳……

一个粗重沉缓的叹息就在此时连天响起,从七楼阳台跃下去的丛容听见了它,此刻在马路上无谓地流连的丛容也听见了它。

她甚至听到了它一边叹息,一边展臂的声音,它敏捷却从容地伸开双臂,它叹息着拦截了她。

它不要她中途退出,它不愿她因怯弱而完成一个怯弱的夭折的存在。

但是,她留下来做什么呢？她还能继续被文字牵引,用文字编织吗？

还有,编织什么呢？

真理？谎言？幻想？梦魇？绝望的垃圾？迷惘的残骸？

丛容想起她爬上栏杆,纵身一跃其实全无来由——它既非深思熟虑的结果,也非偶然事件的激发,不,她只是很久以来就感到迷惘,感到无谓,感到厌倦,很久以来就渴望纵身一跃,沉回寂静罢了。她在栏杆上的时刻,是她一生中最舒展,最惬意的时刻。

她几乎是意气风发,如醉如痴。

而她,作为一个人,一个女人,长久以来所欠缺的就是这份意气风发,如醉如痴。

她总是低迷,沮丧,无精打采,不置可否,她对任何事都打不起精神来。

任何事。包括美食、美服、美景。包括谈情说爱、争吵斗殴、出人头地。

是的,甚至谈情说爱。

"你是多么奇怪的人!"

丛容想起周觉曾经不止一次口吐怨言,因为她虽然常常和他同进同出,状如恋人,可事实上她总是心不在焉,毫无激情。她非常惊讶地发现自己具有一种古怪的能力——当她不无陶醉地被灼热的目光所环绕,被激情满怀地拥吻爱抚时,她总是立刻变成了另一个人。她的所有欣悦,陶醉,所有柔情蜜意立刻成了明日黄花。仿佛对方的热情不是火而是水,不是炭而是冰,它们喷薄而出,倾倒下来,劈头盖脸地浇灭了她的激情,她无法燃烧,无法成为她自己——别人的感觉,别人的反应,别人的目光蓦地降临到她体内,她于瞬间生硬起来,冷漠起来,她成了一个惶惶不安,烦躁不宁的个体,一个袖手旁观,冷嘲热讽的他人。她,她总是不可思议地在不知不觉间,居心叵测地将恋人的全部冲动化为乌有。

周觉的如火热情一次次被她当头浇灭,他常常无可奈何地目送那份激情被送进冷库,然后久久凝视,口出怨言,他大惑不解:

"你是多么奇怪的人!"

丛容对周觉的指责毫无怨言,因为她对自己也不胜惊讶,迷惑不解。每当她离开周觉,回到自己的宿舍时,她的心里总会或多或少涌出几分愧疚,因为她清楚这对周觉是多么不公平!

所以后来当周觉接受了伍必扬的暗示(借助于伍必扬的

暗示?)终于拂袖而去时,丛容反而轻松起来,她真诚地替周觉松了一口气。

当然,她清楚地记得,她也替自己松了一口气。

一个漠视情爱的女人。一个将卿卿我我,缠绵悱恻视为负担的女人。

一个古怪的、不可思议的女人。

丛容想起达春光。达春光曾一度那样吸引她,激荡她。可是当他紧紧拥抱她,将满腔的热情倾倒到她身上的时候,他在她眼里却马上变成了一个可笑的角色。他的如火如荼,如醉如痴在她看来是那么莫名其妙,愚蠢可笑,他的疯狂大胆,一意孤行,不但使她目瞪口呆,而且使她厌恶惶恐。她,用达春光后来的话说是在整个过程中像一段木头一样,既支棱棱又干巴巴,既木呆呆又冷冰冰。达春光说要不是那张苍白的脸上还有丰富的表情,时而白时而红,时而惊愕时而尴尬,时而恼怒时而惶恐,要不是他恰恰就爱那份惊愕惶恐,尴尬恼怒,他早就将这段支棱生硬的木头从床上支起来就着窗口扔出去了。但是,达春光激动地说,奇怪的是我恰恰爱这个生硬冰凉、苍白惶恐的女孩,这个莫名其妙、闻所未闻的你。

丛容记得自己听了达春光这份剖白后更加惶恐不安了。她想,如果自己是莫名其妙、闻所未闻的(她觉得她的确如此),那么一个强健有力、清醒深沉的人爱这份莫名其妙、闻所未闻是否也是一种莫名其妙、闻所未闻呢?这两种莫名其妙、闻所未闻搅和到一起会衍生催化出什么来呢?

丛容再次看见那个被这些古怪念头所纠缠的自己,看见那些天里她像躲避瘟疫一样躲避达春光。画作中所透射出来的那个开阔博大、深沉坚忍的画家不见了,在她眼前晃动的是生物的达春光,平庸的达春光,一意孤行的达春光。

这个达春光既疯狂又乖戾,既古怪又无聊。

丛容想起达春光费了整整三个月的时间才颠覆了她的这套观念。他对丛容的洁癖哭笑不得,他说他简直不懂人间还有这样的人,自己毫无热情,一无所知,却以为他人是不洁的,奇怪的,有病的。

难道你以为人就是你被告知的那个样子吗?难道你不知道描述——无论语言还是线条,画面还是音符,都不过是个筛子,它把血肉筛掉,将筋骨剔出,让真实漏下,任幻象浮出?

难道你愚蠢到只认可平面的、单调的、洁净的,而将混沌的、丰满的、活生生的真实拒之门外?

达春光的这串质问爆发于他的耐心达到极限时,他似乎对丛容的冥顽不化、固执己见恼怒到了极点,他像狂风骤雨似的把他的愤怒他的轻蔑他的良苦用心一齐倒了出来,终于让丛容在惊愕之余心头一震,重新审视一切。

这是他们和解的起点。因为丛容虽然仍旧不能完全理解他,但她突然意识到他有些地方是对的。也许的确是她无知可笑,以偏概全。

何况当丛容收到那本印刷精美的画册,重新看到那些笔触生动老到,内蕴丰满深厚的作品时,那个开阔博大、明敏深沉的画家达春光再次呼之欲出。他轻而易举地覆盖掉了那个可笑的、疯狂的、古怪的达春光。

所以,当达春光最后一次"悲壮"地走进她的宿舍时,丛容绷紧的嘴角几个月来第一次松弛了下来……

所以,此刻丛容恼怒地想,所以达春光才有了后来上演那拙劣一幕的机会。

在那拙劣的一幕里,当向欣明略带嘲讽地飞回北京,拉开那其实已准备就绪的幕布时,达春光虽然不在舞台上,但他的声音、形体、呼吸无所不在,他是这场戏的主角。

缺席的主角。

被略带嘲讽地挂在嘴上的主角。

让你目瞪口呆的主角。

当然从此达春光无法再让你目瞪口呆了,包括他后来那近乎神赐的作品,他在悉尼绝无仅有的成功,甚至他最后的隐遁,最后的愿望,丛容都不再目瞪口呆了。

她已经能够明了这些并能漠然视之,泰然处之了?

(当然丛容对此不无怀疑。)

一个顶着一头蓬松的乱发的男孩迎面走来,丛容不由莞尔一笑。因为这个男孩又瘦又长,那头乱蓬蓬的头发套在他头上就像鸡毛掸子套在竹竿上。是的,加长的鸡毛掸子,曾经被她紧紧抓握的鸡毛掸子。美院展厅的那一幕,在这个瞬间如水涌出。

那一天,她是在黄昏时分被画家朋友禾其聪拉到美院展厅的。禾其聪告诉丛容,美院正在举办的教师联展有不少佳作,要她不要错过。丛容笑笑,有些不置可否,但她还是跟着好意的禾其聪来到美院。

走进展厅,一种异样的感觉蓦地袭来,仿佛她并不是被人拉来看画展而是应邀来赴一个莫名的约会。这个约会既神秘又尴尬,既重要又无谓,这个约会并不是她心甘情愿,可是掉头走开对她来说又有些于心不忍,于是她踟躇着,犹豫着。可是非常奇怪的是,就在她踟躇不前、犹豫不决的时候,她已经被推搡着来到了它的跟前。

是的,是它。马路上的丛容眼前再度蓦地出现了那幅题为《对峙》的"杰作"。那蜷缩在长椅上写写画画的女孩多么令她吃惊。那迷茫又倔强,绝望又执着,痛苦中夹杂着欣慰的神情多么入木三分,余味无穷。那是她吗?熟悉的自我,陌生的自我。她在长椅上的姿势既散发着绝望又透逸着抗争,她的身影里有一种决绝的对抗与对峙的线条。而不远处,丛容看见了不远处的那截"树桩"。那被雷击中的树桩,那屏气静心、一动不动的树桩……丛容记得那股荡涤的冲动就是在此时窜出来抓住了她,她突然觉得那树桩上满是灰尘,周遭泥污,她觉得她必须立刻擦拭它,清洁它,她无法眼见那灰尘泥污肆虐,却无动于衷,驻足不前……

可是一个声音就在此时幽幽响起,丛容听出那是多么熟悉的声音。

"小心啊,不要向前,那是陷阱,那是个陷阱!"

丛容迷惑不已。这明明是他的声音,那曾经深深地潜入她的内心又终于被她像毒刺一样骤然拔掉远远抛开的声音。这个声音怎么会在此时连天响起,又怎么会好意地提醒她不受它自己伤害呢?但是,角落里的鸡毛掸子已经抓在她手里了,它在她手里拱着,动着,撺掇着,挑唆着——她终于神经质地奔过去,用那把蓬松缭乱的鸡毛掸子蓬松缭乱地擦拭起来……

现在,丛容听到了鸡毛掸子落地的声音。吧嗒,吧嗒。

竖琴的影子

灰尘落尽,那人重现。达春光的目光在画面上闪闪发亮。

"你——?"丛容惊愕之至。

"是的,是我。"那人声音铿锵。

"你不是消失了吗? ——隐遁了?"

"是的,我以消失达到返回,以隐遁达到显现。"

"可是,这怎么可能呢?"

"一切都是可能的,包括重返过去……包括重新找回你的心。"

"我的心? 我? ——多么荒谬!"

"是的,你的心。你的。"

"我已经没有心了,我很高兴我现在是个空壳。"

"你不是壳,小说才是你的壳,就像绘画是我的壳一样。"

"不,小说是我的心,我自己才是小说的壳……我,我成功地把自己甩开了,剔掉了。"

"她会回来的。她一回来,你的小说就空了。"

"不,永远不会。我不让她回来。"

"她会回来的,等着瞧吧——你看,我不是回来了吗?"

"你?"

"是的,艺术是我的藏身之所,永远是我的藏身之所……我们作为一个制作者躲在艺术背后比我们作为一个人呆在世上要纯粹得多,一旦我们的使命完成,我们就该消失——或者消失在作品之外,或者消失在作品之中……当然,我选择了后者……"

"这是……为什么呢?"

"我厌倦了。世俗的身体,世俗的生存让我精疲力竭,我不再向它低头了——我拒绝了它,或者说,抛开了它。"

"所以你回来了?"

"是的。"

"你找回什么了？和谐？统一？"

"是的，不再有撕裂之感了，不再有挣扎与低头了。"

"可是，你的生命消失了。你以他为代价？"

"对，别无他途——你不是也讨厌他吗？"

"我……是的，有时候是的……很多时候是。"

"那么，我为你抛弃了他。你看，现在在你面前的是我，是你的艺术家，仅仅是艺术家——我重新回到你这里了。"

丛容狐疑地盯着达春光。是的，这是达春光，作为艺术家的达春光，她曾经那么热爱的达春光，清澈明敏，深邃博大的达春光。可是，这怎么可能呢？人怎么可能过滤与分离？

"你已经不相信我了……那么走吧，回去吧，什么时候弄清楚了你再来……对了，带上那把鸡毛掸子，下次再来你还要用它的，你是一个固执的人。"

丛容揉了揉眼睛，重新凝视达春光。她看见声音铿锵、目光灼灼的达春光渐渐变成了幽深肃然、遥不可及的达春光。那被雷拦腰击断的树桩渐渐凸显起来，它如日西移，循序渐进，终于完全覆盖了达春光。

丛容的视线模糊起来。她依稀看见自己离开展厅，来到马路上。她记得那一刻她若有所失又若有所思，但她并未目瞪口呆，也没有激动不已，她只是有一份说不出来的奇怪的感觉，而这时，马路两旁已是灯火阑珊了。

事隔多年,即使此刻,丛容仍然对自己感到惊讶。她奇怪自己面对奇异的达春光并没有惊慌失措,目瞪口呆。她是那么平静地将这视为顺理成章、自然而然的事(当然,她心里偶尔也会闪过一丝怀疑,怀疑美院展厅那一幕是杜撰的,是她身上的语言机器自动开启的结果)。她被这件事牵引着、启动着陷入了无边的沉思。

她记得那天她回家后,整整三天里,她粒米未进,滴水不沾。她就那么打坐似的静静坐在窗前,脑子里万象浮动,思绪奔涌。书桌上的一杯水是她唯一的饮料,但是三天里她动都没动一下。

当她终于如梦初醒,从打坐般的状态返回时,她发现自己的四肢像树干一样既粗糙又僵直。

她又一次体验了树的存在。

甚至那份沉思也是树的沉思。漫无边际,不知所属。

不久,当她应邀为一次关于自然界的征文撰稿时,她记得那三天里的懵懂感觉突然像河床上的落叶一样,清晰鲜明地浮现出来。

世界在头上喧嚣,在周遭喧嚣,树梢上的风连绵不断像汽笛此起彼伏,呜咽不止。阳光在叶片上翻飞跳宕,如同人间的情侣,卿卿我我,难分难舍。可是,人不懂得我们,人像风一样不懂得伫立,不懂得缄默,不懂得放弃细枝末节,更不懂得伟岸耿直,落落寡合。人不懂得我们的语言,因为我们从不开口,我们的思想、情感、冲动、欲望既直白又深远,既单纯又饱满。我们只在心里思想,独自思想。我们把一切——苦痛、疾病、伤害、打击、幸福、茁壮、繁荣、茂盛,我们把一切都压进年轮里。只有当我们被放倒并将致死的伤口暴露在阳光下时,你才可能了解我们——我们屹立经年的历史,我们缄默平静的生存。

是的,叽叽喳喳的人类,纠结缠绕的人类,变幻莫测的人类,口是心非的人类,尔虞我诈的人类,自相矛盾的人类,在我们看来是多么愚蠢又多么无谓。

……

丛容记得这篇题为《缄默的生存》的短文发表后,既激起了喝彩又招致了谩骂。当然,喝彩声是三三两两,稀疏错落的,那多是对人性感到失望,对人类(包括自身)持几分怀疑并总是思索追问的人。他们赞成拍案而起,猛击一掌,希望通过呼喊振聋发聩,有所改变。他们并不是真正绝望的人。但是,他们的表现往往被指责为绝望,举证为忧郁。落到丛容头上的指责自然也是这个,而且,指责谩骂声是如此嗡嗡嘤嘤,不绝于耳,仿佛丛容玷污了神圣,侮辱了人类。丛容记得自己就是在那个时候才认识到人类需要的是掩饰而不是拆穿,是谎言而不是真理,是自慰而不是救赎。而自己的问题恰恰在于——

编织谎言,掩饰真相对她来说近乎不可能。因为那将使她时时刻刻都遭受撕裂之痛,时时刻刻都无法面对自己,对自己说:

你不是无耻的人。

丛容觉得除非你是个无耻的人,否则你就不该执笔撒谎。因为至少你可以三缄其口,沉默不语。

谁也没有逼着你说谎。

谁也没有逼着你一边说谎,一边将谎言粉饰成真理。

丛容不知道这是不是她从七楼阳台跃下的真正原因。她只知道她厌倦了,厌倦人这一伟岸族类的卑微生存,厌倦人类那能够建立圣洁理想却始终无法建立圣洁现实的悲哀宿命。

丛容想起那位不期然在京城邂逅的表亲。那是她那个冬季的意外收获。表亲的名字叫吕如挚,算起来是她隔了几代的表姐妹(如挚的曾外祖母是丛容的曾祖母)。身处异乡却意外相逢,两个人都喜出望外。尤其丛容,从小就形单影只,除了那年寄居姨妈家时曾和小表妹有过短暂相伴,整个童年少年时代几乎都是悄无声息,独往独来的。而且,吕如挚的外表和阳光尼玛、修长如诗的尼玛截然不同,如挚是矮小、浑圆、憨厚、平实的。如挚就以这份和尼玛截然不同的风格令丛容顿生好感,并逐步赢得她的情谊(丛容知道这是自己的毛病之一,常常从这个极端跑到另一个极端)。丛容觉得自己遇到了厚道信实、可做朋友的姐妹,她将厚道信实的人所能有的优点慷慨地倾倒到她的表亲身上（这是她的毛病之二：主题先行，举一反三），同时，也将应该有的亲情、友情慷慨地运用到如挚身上，并以此开始了和这位表亲浓厚深挚的情谊。有一天这浓厚深挚、牢不可破的情谊却像气泡一样扑哧一声破灭了，丛容这才知道这份情谊的基础是多么可笑，它建造在沙滩上，却像城堡一样巍然耸立。

巍然耸立的城堡曾给丛容不少安慰。当她为母亲的病焦虑不安的时候，当她因为不屑编织、执意戳穿而招致麻烦的时候，当她宿疾发作、惶恐不安、度日如年的时候，她那双瘦弱支棱的手总会被一双肥厚敦实的手握住。它们总是传导给她温度，让她感觉几缕温情，几分安慰。它们和它的主人一样总是保有一份诚挚的感情，就像她的名字一样，常常使丛容骤然放松，感觉良好。丛容记得那两年里自己沮丧的时候常常无端地听见这个名字，听见有人在用一种亲切的语气呼唤：

如挚，如挚。

吕如挚几乎每天都到她的家里来。那时候丛容刚刚离开那个用走廊改造的单身宿舍，搬进新的单元居室。虽然仍是单身，但因为有了这个两居室的套间，也因为一向漂泊的如挚是如此热爱家居生活，所以丛容的新居在如挚的手下几乎变成了一个"暖巢"——如挚一手布置的家既温馨又热烈，既充满匠心又情意浓浓。虽然丛容喜欢简单讨厌繁复，喜欢淡雅讨厌热烈，而且丛容尤其讨厌她的家像个暖巢，但吕如挚如此热心又如此固执，丛容既拗不过她也不忍太一意孤行，所以只好随她去了。丛容给自己找的一条出路是想象，用想象取而代之。比如墙明明是米黄色的，丛容一进家门却

竖琴的影子

只自欺欺人地看见淡蓝色——淡淡的,若有若无、若隐若现、鸭蛋壳似的。床罩是橘黄色的,丛容却认为它是天蓝色,像十年前北京金秋的天空一样湛蓝碧蓝,一见倾心。吕如挚在白窗纱之外挂了棕红色的织锦缎,丛容总是一进家门就把它们推到一边,让里面的白色窗纱登堂入室,大行其道。如挚还在卧室的墙上挂了不少小玩意儿,什么布贴啦,剪纸啦,竹编草编啦,总之是那些制造情调、又显露艺术气息的东西,丛容对此一概视而不见。她认为墙上一片虚无,除了有几道她喜欢的意味深长的线条外,什么也没有,正是她喜欢的简洁流畅,清楚明朗。丛容就这样用她此生所唯一擅长的东西——想象,成功地化腐朽为神奇,化异己为知己。

于是她和吕如挚各得其所,相安无事。

如挚一来,丛容便受到户主般的礼遇。她总是让丛容蜷在沙发上看书,自己下厨烧菜。吕如挚的烹调堪称一流。她烧出来的菜既色香味俱全,又合乎现代营养学标准,而且可以一个月里不重样。她最拿手的是烧豆腐。一块豆腐在她手里可以变出无穷花样,以致丛容一看到豆腐就会想到吕如挚,一见到吕如挚便要想到豆腐。即使在和如挚疏远多年后,丛容仍然无法割断豆腐和如挚的关系。丛容记得那时候她常常开玩笑地喊吕如挚豆腐吕,称吕如挚写的社论为豆腐社论(三十五岁的吕如挚是《新经济论坛》的主笔,常常替杂志写社论),如挚也不生气,她总是看着丛容大口大口地吞吃她烧制的各式豆腐,调侃说:

"豆腐吕的表妹天天吃豆腐,吃成了一个豆腐西施。"

吕如挚对豆腐西施的唯一要求是尽快找男友。她不但督促丛容,而且亲自替丛容物色。丛容反应冷淡时,她便一改常态,尖酸刻薄地嘲笑丛容。

丛容只好承认她早已不相信男人了,也几乎从没真正对男人产生过深情。半生来,她真正爱过的只是一棵树,她完全可以把那棵树的照片放大了挂在卧室里,安慰这份孤独人生。

如挚听了立刻激动起来,她似乎喜忧参半。她不相信丛容的后半截话,她认为那纯粹是丛容编出来搪塞她的,三岁小孩也不会上这个当,但是她对丛容的前半截话如获至宝,她神情紧张地追问丛容:

"你讨厌男人?你是不是偏爱同……"

丛容瞪了她一眼,吕如挚于是把憋回去的话干脆利索地倒了出来(这是她的性格,一遇阻碍反而昂扬亢奋):

"对,我的意思是你是不是偏爱同性,你是一个同性恋者?"

"当然不是,真见鬼!"

"那么你的意思是我多心?……恐怕是你多心吧,你怕我笑你。"如挚意味深长地笑。

"不,你弄错了,我只是不相信男人……不相信男人的感情,也不对男人产生感情。"

"如果这样,你完全可以不和男人谈感情而只和男人上床。"

"你这么想!"

"对,就是只和他们上床,只和他们搂搂抱抱,颠三倒四,其他一概免谈。"

"你真……这么想?"

"不但这么想,我还这么做……当然了,那是多年前的事。自从我发福以来,变得像个葫芦以来,没有人来找我了。"吕如挚刚毅的脸上涌出几分悲戚。

丛容大大不忍起来。因为吕如挚一向是兴高采烈,来去生风的,悲戚阴郁的如挚既罕见又令人心酸。丛容走过去,抱住表姐的肩膀:

"听着,你并不胖,你一点也不胖,是你自己拒人于千里之外的,不是男人不找你。你看,明天我就给你带一个仰慕者来。"

丛容振振有词,气壮如虹。但是她一边说心里一边发虚,她想起自己和如挚重逢以来,的确没怎么见她与男人往来。偶尔有一两个电话打到她家找如挚的,也多是苍老阴鸷的声音。

吕如挚说那是杂志社的头儿,一个又坏又蠢的胖老头。他找她的唯一原因是工作。

"嗨,别安慰我了,我是死猪不怕开水烫,没人找就没人找吧。倒是你,不要自我幽闭了。什么树啦,木头啦,让它们见鬼去吧!咱们需要的是人,是男人,是生气勃勃、孔武有力的男人!"

丛容记得自从那次谈话后,如挚便鼓动丛容参加经济界的一些活动。丛容不情愿,因为她只想一个人呆着,写小说或者读小说。她越来越不喜欢抛头露面,谈笑风生了。

如挚久劝不听,索性在家里开起party来。

如挚每次都以丛容的名义邀请几位男士来,有丛容的同行,也有如挚的同行,但他们接到的请柬落款一概是丛容,而且据说他们也是冲着丛容来的(如挚转述他们这番话时,丛容觉得自己简直像是如挚抛出去的一块诱饵)。每次party丛容都有些心不在焉,她时而坐在窗下,看男士狂饮,如挚大笑,时而被人拉起来踩踩拍子,摆摆舞姿。但是她无论做什么,无论是动是静,都有一种让人受不了的不置可否的神情(吕如挚语)。吕如挚为此不止一次地猛损丛容,她说你那副德性,真对不起父母的苦心,他们给你一个"丛容"的美名,可是你呢,什么时候有过一点从容不迫?你不是惶恐不安就是心不在焉!真该把你拆开看看到底是什么东西组装的,缺什么零件没有!

吕如挚怒气冲冲地说这番话的时候,丛容总是笑笑,不置可否。她理解如挚的恼火。不仅仅因为晚会上她表现欠佳,还因为晚会后,当那位关强关主笔在如挚的挽留下留下来继续陪她们的时候,丛容竟然哈欠连天,睡意绵绵。关强见状知趣地告辞之后,吕如挚的怒火自然如决堤的洪水,汹涌而下,一泻千里。丛容的耳旁顿时汪洋一片。

丛容奇怪自己,面对如挚的尖酸刻薄倒总是心平气和(相处数月后她才知道如挚并不是憨厚平实的),而后来当吕如挚殷殷恳求时她倒勃然大怒,拂袖而去。她有时不由要怀疑自己,怀疑自己的神经和别人不一样,怀疑自己缺乏某种气质,某种能力。

现在,丛容清楚地看见几年前的那一天。

那天晚上,秋风飒飒,秋雨淅沥,丛容正陷在颓丧孤寂的心境中无法自拔,吕如挚推门进来了。

"又难受了?我知道这种天气你准犯病,所以赶过来了——我可是从清华大老远赶来的,我们在那儿开个座谈会。"

见如挚一身泥一身水,丛容心里一阵温热。肆虐了半天的孤寂颓丧顿时被赶走了一半。

竖琴的影子

"快换衣服,我去给你热饭。"丛容站起来时觉得自己身上又有了人气儿了,刚才她坐在那里发呆时简直像一棵被连根拔起、倾斜无依的树。

饭很快就热好了,如挚吃饭的时候,丛容坐在一旁陪她。看着这个矮小却干练、肥胖却精明、学商却从文的表亲狼吞虎咽,想起她被两届男友相继踢开、五年来一直孑然一身的处境,悲凉感不禁重新袭上心头。

"怎么啦?又发什么呆?"

"如挚,我在想,你该结婚了。"

"结婚?难道你忘了男人一见我这身段就擤鼻子?"

"萝卜白菜各有所爱嘛,谁像你总是贬自己!"

"你才该结婚呢!白长一张漂亮脸蛋,心思却跟木头一样!"

"我倒是喜欢小孩……可惜不喜欢男人。"

"结婚吧,哪怕嫁个阿猫阿狗的,也比孤零零一个人强!"

"我真想要个孩子——只要孩子!"

"此话当真?"

"谁跟你开玩笑?"

"那好办,找个天才上床,生个孩子归自己不就得了。"

吕如挚嘻嘻哈哈信口胡诌,丛容心里却蓦地一动。她想起西方有的是这种事儿,它虽然不无荒唐,可是倒真能给你孩子——只给你孩子。你的孩子。

"谁是天才呢?"丛容笑问。

"天才?天才有的是!"吕如挚显然也玩兴大发,"有天才的傻瓜——比如你,有天才的刁妇——比如我,还有天才酒鬼,天才守财奴,天才妻管严,天才……"

"人家跟你说正经的,你倒胡诌个没完了!"

"我说的也是正经的……嘿,你看,关强就蛮不错,文章一流,身材一流,鼻子一流,中国人谁有那样笔直挺拔的鼻子?而且,三十五岁不到就是权威刊物的主笔了,政治、经济、艺术,样样在行。哼,我要是你我就嫁给他,而不仅仅是和他上床!"

"谁说和他上床啦?瞧你,又当面造谣了。"

"上床就上床,有什么忸怩的。你这个人啊,就是太古板了,乏味乏味!"

丛容想起男人也对她有这种评价,说她什么都好,就是缺点风情,少点"媚"力。

"是乏味,可这是爹妈给的——我倒愿意这样。"丛容说。

"那你就孤零零一辈子吧。阴天忧郁,雨天抽泣,刮风就惶恐不安,打雷则莫名其妙想哭——你就这样过一辈子吧。"

丛容记得自己刚想分辩,刚想说这是毛病但不是因为缺少男人,门铃猛地响起来了。关强披着雨衣出现在她们面前。

"哈哈,真是说曹操曹操就到呀!我们正说你呢。"如挚说。

"编派我什么了?"关强边脱雨衣边问。

丛容看见自己使劲朝如挚眨眼睛,可是吕如挚视而不见。

"说你什么都是一流,很适合当爹。"

"什么话!"关强笑起来。

"喝茶吧,别听她胡诌。"丛容听见自己赶紧打岔,可是吕如挚根本不理她。是的,她从来都是不管不顾,一意孤行的。

"听着关强,丛容喜欢你,想和你生个孩子,你觉得这主

竖琴的影子

意怎么样?"

"你太幽默了——嘿,黑色幽默!"

"谁跟你开玩笑?我说的是真的——你看着她,你看看,是不是我们这位小说家想当妈了?"

"那就嫁给我,我正好一个人也腻了。"关强凝视丛容,脸上的神情半是当真半是调侃。

丛容看见自己涨得满脸通红。她从来都不会应付这种场面,不会嘻嘻哈哈,虚虚实实,插科打诨,自我解嘲。她从来都是满脸通红,嗫嚅含混,言不及义。

见丛容陷入窘状,关强纵声大笑。半晌,他才调转话题:

"哎,如挚,知道吗,你们那里出新闻了,我就是来告诉你这个的。"

"什么新闻,我怎么不知道?"

"你们那个老头出国时喝醉了酒,叫了个服务小姐到房间,大出洋相,被人家录下来了。"

"是吗?太棒了!"吕如挚雀跃。

"闹出了大洋相,他想推迟退休是没门了。你的主编有望了。"

"好极了——阿容,拿酒来,咱们好好庆祝一下。"

丛容不大情愿地拿来一瓶长城干白,可是如挚嫌这酒不够劲儿,又去酒柜里搜了一瓶马爹利来。吕如挚兴致勃勃,一再嚷嚷好事要用好酒庆贺。

丛容觉得如挚的反应有些过分。庆祝别人倒楣,这算什么事。

不过她也不好说什么。她只是默默地坐下来,替他们倒酒,看他们碰杯,哈哈狂饮。

现在,丛容看到了她最不愿意看的那一幕。

几年来你一直下意识地回避这一幕。

那是她拗不过吕如挚,喝了两杯之后的事。她觉得飘飘忽忽起来,头晕得厉害,就先回卧室去睡了。不知过了多久,有人在她身边躺下来,她以为是吕如挚,没想到那个人过了一会儿竟钻到她的被窝里来(吕如挚虽然常常和她同榻而眠,但她们总是各盖各的被子,丛容受不了和别人共一条被子),并且放肆地把手放到她的胸口上。丛容一下子惊醒了,原来这个冒昧的闯入者是关强。关强赤裸着上身,嘴里呼出一股强烈的酒味。丛容知道他是喝多了,便高声叫如挚,想让她来帮忙弄走关强,可是如挚却久呼不应。

丛容只好起身下床去找她,这才发现房门被反锁了。吕如挚沉重的呼吸就在门边呼呼作响。

丛容哭笑不得,她以为吕如挚是恶作剧之后睡着了,只好裹着自己的被子缩到一边,把大半张床让给那个此时已鼾声如雷的关强。

不知过了多久,丛容被一种奇怪的声音叫醒了。她侧耳凝听,很快听出那是如挚的声音。

"喂,你们两个木头别光睡觉呀,来点节目呀,我都等了半宿了……来呀,来点正事啊……"

刚开始,丛容以为吕如挚在说梦话,可是循声望去,却发现被打开的门缝里忽闪着吕如挚那双炯炯有神的眼睛。

"阿容,别装淑女了,你不是要孩子吗?快呀,你只要脱下睡袍就行了……"

"关强,上去呀,抱住她呀……你不是想她想得发疯吗……上去呀……插进去呀……快呀……"

听着这些疯狂无耻的话,丛容目瞪口呆。她怀疑自己是在梦中,是那两杯被如挚灌下的马爹利引出的幻觉。

她正想掐自己一把,让自己醒来,却发现如挚的声音又飘过来了,门上的搭链被她弄得哗哗直响。

关强也醒过来了,见丛容张皇失措的样子,他笑了笑,似乎并不惊讶。他示意丛容躺下,然后伸手去揽丛容,丛容躲开了。

"听着,别害怕,她这是老毛病了。她就喜欢看别人做爱,只有这样她才会兴奋起来,重新感到自己是幸运的,幸福的,有冲动有能力的。"关强说,似乎兴致盎然。

丛容惊愕不止,她从来没听说过这种事。

"你怎么知道?"

"她求过我,要我带上她到女朋友家去。我见过她这副样子。"

"你带她去了?"

"我没办法。"

"真恶心。"

"很多年前我和她好过……那时她还小巧玲珑,而且也没有这样病态。"

"后来你甩了她?"

"她得了肾炎,然后就像个葫芦了,我再也没有情绪了……她也变了,她再不想别的,只想窥视,窥视就能让她兴奋,让她满足了。"

"你怎么能做这种事,你怎么能带着她和别人……"

"我没办法。我欠她的。"

"你们……你们让我恶心!"

丛容记得她和表亲吕如挚的决裂就是从这句话开始的。

第二天,当夜里的紊乱随着太阳升起悄然隐遁,一切都重新变得道貌岸然时,丛容对着如挚那笑吟吟、坦然泰然的脸倒出了这句话。

"你们让我恶心!"

丛容永远不会忘记那一刻,永远不会忘记此话一出,如挚如何勃然变色。她的眉毛剧烈地纠缠跳宕起来,鼻孔张得像烟筒,原本平坦的额头也急遽地鼓荡起来,仿佛全部的怨恨全部的愠怒都集中到那里去了。这时只消一个意念,那些仇恨就会化作烈焰喷将出来,瞬间将对方化为乌有。

丛容觉得自己那时候实在是太简单了,即使吕如挚如此可怕地盯着她,她还是一意孤行,不吐不快:

"恶心!你们让我恶心!"

现在,丛容当然知道为了这份直抒胸臆,不吐不快,她该付什么样的代价了。她知道自己那时实在是太简单了。咳,那时候,她那么自信自负,勇气十足,那么认定一是一,二是二,白是白,黑是黑,那么相信是非井然,曲直有序……

竖琴的影子

当然,此刻丛容一边踢着马路边上的石子,一边清算自己,简单给你了力量,给你了信念,使你有勇气一意孤行,不吐不快,使你虽然曾经四面楚歌却决不会爬上七楼阳台纵身一跃……而现在,现在你倒是知道真相了——荒芜的真相,也不会再犯当年的错误了,可是现在,现在你却如此绝望,如此恐惧,你没有把握自己不会重蹈覆辙——像个影子似的晃晃悠悠爬上阳台的栏杆,在朗空丽日下,祭奠般地咧咧嘴,然后,往前一栽……

丛容想起其后的那场遭遇,不由一阵感慨。那时候她无论如何也不会想到有朝一日"恶心"这个词会成为一种标志,天天触目惊心地别在她的脑门上。那时候她是多么自信自负,简单无知啊。

那是一场关于小说《恶心》的座谈会。丛容后来想那天她要是得了急性阑尾炎或急腹症什么的,或者一时心血来潮临阵脱逃就好了(就像她隔三差五总会犯的那样),那么她就不会傻乎乎地在会上为那篇某某主义小说大唱赞歌,更不会为了那篇小说和那位年逾古稀的老牌评论家争论起来了(她觉得她的性格可真够呛,要么心无所系,炭炭惶惶,要么心血来潮,执着倔强,为不相干的事不屈不挠)。唉,那场争论在她看来纯属学术之争,既不涉及政治更无私人恩怨,可是怎么就演绎成了政治之争夹带私人恩怨!其实——丛容事后责备自己,其实,那天你看见那位关强关主笔那既兴奋又紧张的神情你就应该想到后果了,可是你一如既往地感觉麻木,反应迟钝(在世道人心方面,你总是不可救药地麻木迟钝),你仍然坚持己见,不遮不拦,你那傻乎乎的激情肯定令那位精明强干的关强如获至宝,兴奋不已——会后,他果然以此为材,成功地为你制作了一顶帽子。

想起那顶帽子,丛容就哭笑不得。恶心女士。是的,这是对她那傻乎乎激情和无遮无拦话语的最好回赠。那场研讨会上凡是肯定小说《恶心》的,会后都成了"恶心派"。男士们是"恶心先生",女士们是"恶心女士"。很凑巧那天大抒己见的女人只有丛容一个,所以丛容成了独一无二、分外醒目的"恶心女士"。"恶心先生""恶心女士"们被说成是对现实恶心,对政治恶心,对人类恶心,而全然不顾他们实际上讨论的只是一篇小说。他们对于作者的称赞只是因为作者既有正视人性负面、鞭挞荒谬人生的勇气,又有实施此鞭挞的新视角,新手法。丛容原以为这独特商标的发明人是那天交锋的对手,那位老牌评论家,后来才知道老牌评论家不过是附议而已,发明者原来是关强关主笔。

丛容记得自己得知真相后十分吃惊,因为关强和她之间严格说并无芥蒂,除了那天早晨她喷吐"恶心"这两个字时曾经拖泥带水地将他包括其中外,她并没有对他做过什么(甚至那天将他包括其中也不是蓄意的,她只是一时情急顾不上将他摘除出去而已,她事后不曾解释是因为她觉得对方应该能够理解)。可是始料不及、不可理喻的事情是这样多(多年来它们似乎最热衷于隔三差五地光临她的生活,以使她频频惊愕、茫然不已为己任),丛容以为不存芥蒂的人其实耿耿于怀、芥蒂横生,它们在他心里落地生根,抽枝发芽,一遇机会便横空出世,石破天惊。

只是带累了一拨不相干的同行。

丛容想起那几个头顶"恶心先生"牌号的男士,黑色幽默油然而生。丛容和他们一起被横批竖批了一年多。那一年

竖琴的影子

他们一起出现在哪里,哪里就会涌起一阵小小的波澜。因为他们的名声被持续不断的批判弄得实在太大了,人们都知道有一拨专事恶心、处处恶心的年轻作家。他们一出现,读者便想一睹为快,看看他们当众恶心是何模样。有些年轻善良的读者则被持续不断的批判激起了热情,他们认定这些恶心派作家是当今文坛的真正翘楚,中流砥柱,所以每遇他们便毫无保留地奉献给他们如潮的掌声,汹涌的激情。丛容想起那一年在两种迥然不同的境遇中左奔右突的情景,不禁露出几分苦笑。

甚至那些对她毫不了解或所知不多的人,也能瞬间或冷眼相向,或视而不见,即使她困窘得连眼泪都窜出来了,他们也依旧不依不饶地视而不见,冷眼相向……还有盯住她看的,仿佛她是一个怪物,一个人妖,他们打量她琢磨她,是为了考虑把她送往何方:动物园还是焚尸炉……

更有直截了当,挥拍上阵的。或者笔底生风,或者唾液四溅……

而这一切,后来丛容才知道这一切原来全都源于她那句不管不顾、无遮无拦的"恶心"!

一句对真相的指斥必然导致对另一真相的颠覆?

当然,丛容也如获至宝地想起了那些理解。他们那友善的目光,亲切的声音,无疑使充满困惑的她如饮甘泉。要是没有这些,她想她连爬上栏杆的机会都没有了,她早就该步母亲后尘,被送到疗养院或者精神病院去了。

丛容觉得令自己沮丧的不是这些莫名其妙的事情,而是这种莫名其妙所表达的荒谬现实。

是的,现实。现实如此不可思议,荒乱无序,现实让她这种战战兢兢、谨小慎微、毫无力量的人无章可循,手足无措。

现实简直就是由一条条纵横交错的斜线组成的。人立足其上,如果你的姿势不呈斜度,那么你正立的身影将和现实形成抗拒,你将被那一条条斜线围困,侵袭,颠覆。你立正的身影除了成为虚妄和枪靶外别无所能。

而如果你的身影呈斜线,你就和现实那纵横交错的斜线平行了,你将和现实相安无事。

负负得正?

丛容觉得这一切荒谬得让人张口结舌,无法言说。

正正得正,正负得负,负负得正。

现实居然可以用数学公式表达,真是匪夷所思。

不过弄明白是一回事,付诸行动又是一回事。丛容想起自己那副已经铸就的德性,不由叹了口气。即使现在,即使她已明白无论何时何地对何人,无论你当时多么恶心,都不应该把"恶心"这两个字喷吐到空中去(这两个字是只能闷在心里,烂在肚里,自己发酵、自家消解的,它一喷吐到空中,就会变成一枚反弹的子弹,掉转头来再次让你恶心),她也无法面对恶心之人、恶心之事,坦然泰然,怡然欣然。

即使你已明白,对他人,你永远只能说喜欢。

丛容想如果那个早晨她吐到空中的不是"你们让我恶心",而是"你们让我喜欢",这几年里她就不会被搅扰得频频恶心了。她至少可以享受一份安静,一份平和,至少可以与世无争,不受打搅。

但是,她反过来又想,即使她当时明白她该用的词是喜欢而不是恶心,她也无法偷梁换柱,将喜欢而不是恶心这个词送到吕如挚耳边。

竖琴的影子

即使意志要她这样做,本能也会出来抗拒。

她的本能一向是自由流淌,难以遏止的。否则,她也可以留在机关,当个处长、局长什么的了,而不必这样一逃再逃,永无宁日。

当然,现在她已经不想再跑了,她疲惫难当,惶恐之至。文字曾经那么好意地收留她,给她工作,给她薪俸,给她一席之地,为她遮风避雨,替她解忧排难,可是她越在文山字海里徜徉,就越走到今天——今天,她差不多可以说是忘恩负义了,她居然强烈地、深切地、不可阻挡地怀疑起文字来。每当她想阻挠这种怀疑,中断这种忘恩负义之举,她的脑海就会恶作剧般地重新涌现那一篇篇掷地有声的文章:

《生命是一份壮烈的美》

《警惕低级趣味泛起》

《良知的声音》

《窥视者考》

《善良的人们啊,我爱你们!》

唉,那一个个铿锵有力的题目下,署着那个她多么熟悉的名字。那名字是一串古怪的、梦呓般的声音,是一双嵌在门缝中的闪闪发亮的眼睛。

高尚与伟岸的产房很多时候正是其对面?

如果这是真的,如果语言多数情况下只是遮羞布,挡箭牌,烟幕弹,那么当你提笔书写,你怎能不怀疑自己?怀疑手中那支笔?

在马路上无谓地流连的丛容想起不久前那欲罢不能的冥思苦索,寻根究底,不由露出了苦笑。

是的,她越是惶惑难当,就越要寻根问底,而越是寻根究底,就越是惶惑难当……她终于知道,人有时候是需要简单的。

是的,简单给人勇气,盲目使人清晰。

现在,丛容自嘲地叹了口气,现在你倒是不再单纯无知了,你也可以不再惊惧不安、疑虑重重了。可是,更可怕的东西拽住了你,你几乎是从根上被铲除了。你甚至无法张口,无法提笔。你差不多已经患了失语症。

想到失语症,丛容眼前出现了一个截然相反的场面,那是已经久违了的场面:

老家的天井里,一个高大魁梧的青年面对那株木棉,正滔滔不绝、壮语连珠。青年目光炯炯,神情亢奋,仿佛在当众演讲,又仿佛是面对情人,慷慨陈情……

天井上方,二楼回廊的栏杆上,伏着一个半大的女孩。女孩的脸上一派惊异莫名,迷茫惶惑……

在马路上眺望行人的丛容心里重新浮现出二十年前的那份惊异莫名,迷茫惶惑。

那一年母亲发病较早,每天吃了药便躺在床上昏睡。她则因"文革"停课,无学可上,只好每天对着昏睡的母亲发呆,就在这个时候,那个高大魁梧的青年闯进了她的天井,每天面对她的"树朋友"滔滔不绝,"慷慨悲歌"……

少女丛容立刻被他那充满激情又跳宕无序的话语所震慑。那些话语时而像朗朗颂辞,时而如耿耿檄文,时而又像哀哀怨诉。那些话语激情洋溢如火燃烧,又自相矛盾漏洞百出。那些话语对半大的似懂非懂的女孩犹如天书,既复杂又悲壮,既神秘又怪异……最令丛容惊愕不已的是,那个青年在他时而如滂沱大雨倾盆而下、时而似绵绵雪花款款落地的

竖琴的影子

"演讲"中，居然常常插进对她的连绵呼唤，"阿容，阿容，阿容！"这几个音节像感叹号一样，节奏鲜明地出现在他的演讲中。

而这个像呼唤知音一样天天在天井里呼唤她的青年，丛容根本就不认识！

丛容只是后来才听说，那青年是某某工宣队长的儿子，因恋爱受挫，突然发作精神病，从此天天在外游荡，彻夜不归。

不可思议的是，在他的精神发生病变的时候，他所熟悉并爱恋的那个黑皮肤、黑眼珠、长辫及腰的结实饱满的青年女工消失了，苍白瘦削、半小不大的女孩丛容变成了那女工的替身，天天挂在他嘴上。

这个半小不大半生不熟的女孩似乎越来越变成他热恋的情人，他渐渐不只像太阳一样每天早晨准时出现在她家的天井里，他渐渐中午也来，下午也来，黄昏也来了。后来，他甚至夜半三更也跑来。在如漆的夜色中，高大魁梧却走火入魔的青年对着那株静立的木棉，滔滔不绝，恳恳陈情……

当然，他从来都止于面向木棉恳恳陈情。他既不会上楼也没有其他出格的举动。

后来，丛容记得自己终于请人在院门上加了一把铁锁（院门上原来只有一个蚀损经年的木插销，一拨就开）。青年进不了天井，从此就将陈情仪式改在窗下了。每天，他都像钟表一样准时出现在她家客厅的窗下，或慷慨陈词，或娓娓吟唱……

丛容不记得这一切是何时终止的，她只记得那一年里这一幕日复一日月复一月地上演，从不间断。她记得半大的自己当时始终弄不明白两件事：

第一，她是怎么变成那个黑皮肤黑眼珠、饱满结实的女工的替身的？

第二，那青年嘴里怎么有那么多的话语言辞，怎么能日复一日络绎不绝，滔滔而出？

她和母亲一年里可是有大半年是默默相依，无言以对的。因为母亲一发病，家里弥漫的就只有成双的散乱的眼神、散乱的心思了。

一个对于口头话语有一份天然畏惧的人，无论如何也无法想象人怎能旁若无人，滔滔不绝，喋喋不休？

丛容记得自己曾有一度对那个窗下的莫名其妙的仰慕者产生了深刻的怀疑。不是因为他的钟表般、太阳似的准时，而是因为他的声音。那个时而高亢时而低沉、时而飞扬时而瑟瑟，但始终络绎不绝、喋喋不休的声音使她一再地想：也许他是架机器，是个喇叭，是自动化的发音匣子，而不是人……

一个人的声音是不能这样连绵不断络绎不绝的。

当然，这个似乎无止无休的声音不知什么时候终于休止了，它从此不再出现在丛容的窗下。它的戛然而止，甚至使已经由惊异莫名变得习以为常，由惶恐不安变得安之若素的女孩丛容感到几分惆怅。她再也听不见颂扬她、乞求她、将她引为知己、朝她顶礼膜拜的抑扬顿挫的声音了。

此刻，被黄昏的阳光照得通体柔和的丛容，在马路上漫无目的地溜达的丛容想起那个视她为女神、突然出现又骤然消失的青年，嘴角露出了对自己的嘲讽。

是的，多么具有讽刺意味啊，这个青年是此生唯一将她

竖琴的影子

引为知己,唯一纯洁纯粹、不含杂念地朝她倾倒激情的人,而这个青年却是陌生的、有病的、怪异的。

唉,你想要美好、纯粹、激情充沛的东西吗?那就进入那个亢奋怪异的世界,舍此别无他途。

如果你要的是稳健、正常和真实,那你就别在窗前谛听。别让那个声音牵动你,扰乱你,映照你。

别让竖琴的音符将你拨动。别让你的姿势成为竖琴的影子。别让影子抻拉变形,扭曲游走,成为一个自戕的标志。

琴声如诉

天渐渐全黑下来了。

丛容意识到这一点是因为在刚刚过去的那个片刻眼前突然闪烁了一下,这条著名长街两旁的华灯齐刷刷地亮了。黑暗也需要光明的提示,否则身处暗夜也会浑然不觉。丛容发现自己正在走近那条熟悉的胡同。那令她不胜厌恶、总是如破锣如丧钟在空中乱撞的鸦噪再次不由分说地朝她压来。恶心的感觉猛地袭上心头。

丛容惊乍地小跑起来。

丛容像躲避暴雨、躲避冰雹一样仓皇地奔跑。她希望立刻从这个裸露的、布满破锣般的鸦噪的天空下逃开,希望一脚踏入郁郁葱葱、鸟语花香、幽深静寂的境地。

终于,她的脚步逐渐慢了下来。

现在,她气喘吁吁地凝视自己,因为她正在登堂入室。

熟悉的楼道。熟悉的阶梯。熟悉的门牌号码。

门无声地开了。

丛容站在自家的门口不知所措,像一个被突然按下的中止键。

丛容想起那曾经发生过的几次停顿。那些日子丛容像被按下停顿键一样，声音中止了，行动中止了，思想也中止了。编辑记者找不到她，朋友亲人找不到她，连她自己也找不到她——她觉得她哪儿都没去，既没逃遁也没消失，可是所有的人都说足足有两个礼拜，大家找不着她，既不知她的行踪，也没有她的音讯，她仿佛一个外星人，倏忽一闪便从这个地球消失了。消失得干干净净，无影无踪……

而她的突然归来，也像外星人一样，既突兀又神速……

大家这么说的时候，丛容将信将疑，因为她觉得她就在自己的房间里，既没有上天也没有入地，可是连表亲吕如挚也这么说，丛容就没有把握了。因为如挚一个月里至少有二十天是和她在一起的，连她都说她音讯全无，那她可一定是音讯全无了。

另一个证据是时间。停止翻动的日历确凿无疑地证实了这空白的两个星期。而丛容根本不记得这两周里自己在哪儿呆着，干了些什么。她甚至没有变成树的记忆，像从心理所逃跑的那次一样。

为此，如挚不停地抱怨她神神鬼鬼，莫测高深。丛容只好笑笑，不置可否，可是她心里疑窦丛生。

她到底去了哪儿？

或者说，她出了什么岔子？

她只记得在这停顿的两个星期里，她感觉良好——不，岂止感觉良好，她简直是爱上它了。

所以才有后来的一而再，再而三？

据大家说，近几年里，她至少已有三次"失踪"。每次都是两周左右。

当然,她不认为那是失踪。她认为最贴切的词是停顿。她感觉到的正是停顿。对,停顿。

她就是在那一刻理解了达春光,理解了他那不同凡响的方式。那众说纷纭的隐遁。

不过,她不得不承认,最近,停顿似乎不再能满足她了。她爱上了别的方式,更彻底、更决绝的方式。

唉,被语言所喂养,所浇铸,以语言为坐标,为方位,并且选择言说作为生存要义、生活目标的人,有一天突然发现言说不过是世界的表象,言说既无法指向本质也无法改变本质的时候,她将陷入怎样的困境呢?

可是,因为什么又返回呢?

丛容想起当她返回的那些天里,她总是更加疯狂地读,更加疯狂地写,仿佛那逃避文字的停顿反而使她重新意识到文字的意义似的。就像她吃足苦头时常常不由得要诅咒那些蒙蔽了她眼睛的言说,拒绝言说后又发现没有言说的生活是沉闷焦炙、不可忍受的一样。

悖论围困了她,她已陷入空前的怪圈?

一阵耳语般的声音此时突然涌进丛容的耳膜,丛容一惊。那声音絮絮叨叨,切切嘈嘈,那声音像灌木在风中蹁跹,又像春雨在林中巡回。那声音如泣如诉,既神秘又亲切,既幽微又诱人……

丛容清楚地记得它,记得上次它出现的时候,自己如何沉迷低回,不能自已……是的,很久以前,很久很久以前,它也曾经像风一样在她心里款款拂动……但是那时候她还不懂得它,所以它悠然而去,不留痕迹……而前天,丛容看见前天了……是的,前天,那诱人的低语充满了她整个身心,连最

竖琴的影子

纤细、最幽微的末梢神经都听到了它,于是,她屏息敛神,流连低回,一步一步朝阳台奔去……

她登上栏杆……她咧嘴微笑……她在朝阳的清辉下蓦然回首……最后,一个纵身,她于瞬间变成一片落叶,一瓣雨珠,一个自由落体……

丛容觉得在这一片切切嘈嘈的耳语声中,那纵身一跃的渴望再次猛然将她擒住。她顿时明白这一天来似乎漫不经心的游荡其实大有深意。她的全部游移,全部步伐都指向此刻——此刻,她刚刚发现此刻她的双脚已经穿过自家的门厅,自家的书房,再次踏进那曾经将她吐到空中、扔进虚无的灰色阳台。

一股决绝的激情从心底升腾而起,丛容像醉汉一样摇摇晃晃地登上栏杆。

双耳鸣响,周身燥热,屹立在栏杆上的丛容感觉自己如同火蛇,既熠熠生辉,又蓬蓬涌动……她仰望天穹,夕阳正在西边踟蹰踩躞……一片混沌连绵的铅灰色中,那么多的人和事,那么多的嬉笑、啼哭、诅咒、怒骂争相翻涌……她再次体验了那份强烈的迷茫和恐惧,悲哀与厌倦……是的,她再也不想强迫自己承受了,再也不想一次次地惶惑、惊愕、绝望了,她——这个名叫丛容却从未从容过的女人,这个选择了言说却发现言说也是虚妄的女人,这个渴望立正也总是作出立正的姿势却一次次被拉扯得东倒西歪的女人,她将再次倾身而出,飞奔而下,以孤绝的、彻底的纵身一跃,进入一个静寂的、泰然的境界……

那阵琴声就在此时蓦地飘了过来——它如泣如诉,如电如风。伫立栏杆的丛容听见了它,正准备飞身而下的丛容听见了它……那已经微微倾出的身体犹豫了一下,终于收了回来……

收回身体的丛容颔首低眉,泪流满面——她像影子似的斜挂在栏杆上,贪婪、专注地谛听起来。

这是她多么熟悉又多么怀疑的声音。

这是她曾经弃绝又要再度弃绝的声音。

可是多么奇怪,此刻,它却像圣乐一样既亲切又威严,既幽婉又神秘。

它是这样如泣如诉,如电如风……它像童年,像故土一样,虽然稚嫩虽然蚀损,却是你无法拒绝、无法反抗的一切……它,这亲切威严、幽婉神秘的琴声,很快就以一种不容置疑、不由分说的权威,于瞬间再度征服了她……

就在夕阳没入山峦的那个刹那,丛容女士的身体剧烈地摇晃起来。片刻之后,她走下曾经久久凭靠的栏杆,在阳台上跪了下来。喃喃的祈祷声从她心里鱼贯而出,伴着那幽婉神秘、如电如风的竖琴声,于瞬间充满了整个空间。

跋

由于身体的缘故(严重的颈椎病,无法持续低头打字),这些年我写得少了,转而以大量的阅读"为生"。读哲学,读历史,读宗教文献,读中医典籍……阅读越多,感觉文学越小,感觉文学所能承载、能担当、能影响的实在有限。当年狂热地视文学为天下第一圣事的劲头自然不复,甚至是,和文学竟然有些渐行渐远了……直到重新检校这堆年轻时、中年时写下的文字,方才惊觉,无论现在思想有多大的变化,也无论将来生活与兴致还会有多少流徙变迁,此生的重头戏是已经交付给文学了。

俄坚格桑多杰活佛曾说我前世是个修行人。重读旧作后我想他也许所言不虚。虽然这个曾经的修行人是一边迷茫空寂,一边执著激烈;一边慵懒怠惰,一边辛辛劳作。或许正因前世修行时俗缘未绝,尘心未了,此生才又投到人间当作家,把前世未了的情义在今生以文学的形式重新铺陈演绎一番?

总之,虽然此刻我的思想较这四本书所呈现的已是大不同,我还是要庆幸年轻时选择了文学,并且深深感谢上苍赋予我些许才情,使我在重新检校时没有脸红,没有后悔年轻时误打误撞,以一颗枯寂与不才的心灵冒用了文学的名义。

斯妤
2012年元月于北京